文學原來這麼有趣

顛覆傳統教學的18堂文學課

孫赫 著　魏鵬舉 審定

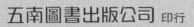
五南圖書出版公司 印行

使用說明書

大師課堂

運用穿越時空的手法,邀請18位文學大師逐一走進課堂,討論與文學密切相關的18個話題——古希臘悲劇、英雄史詩、真善美、人欲、崇高的理想、人性的覺醒、偽善、自然之愛、永不滿足地追求、個人式反抗、仁愛、金錢的罪惡、心靈辯證法、迷惘與抗爭、世界的荒誕、魔幻與現實、諷刺與批判、和平與博愛。文學大師以卡通形象呈現,更直觀親切。

文學大師介紹

用言簡意賅的文字介紹文學大師的生平和作品。

文學大師的話

文學大師畫龍點睛的話語,展現其畢生思想精髓。

圖解文學知識

用具體而生動的圖解解構文學難題，用活潑插畫再現文學場景。

魏鵬舉老師知識補充站

對於文學，每個人都有自己的見解。魏鵬舉老師所補充的註解，權且當作引玉之磚。

參考書目

在每一堂課結束後，文學大師會推薦一些參考書，讓讀者拓展知識，加深對課程的理解。

文學或許無關乎生計，但一定關乎生命

　　以我的觀察，人在生命兩端，即孩童與老年，其狀態是最為文學的。我以為，文學的本質是自由想像與自在遊戲，是純然生命的活躍。孩童時代，遊戲與想像是孩子的基本生活與生命形態，而且，童話故事等文學作品也是孩子認知自我與觀照世界的萬花筒與望遠鏡。而人到中年，汲汲功名，忙身外事，也被身外事忙，或許贏得了事業，但往往丟了自我。對於那些羈絆利祿的中年人，即使很難得有非功利的文學狀態，但也需要文學的滋潤，至少在修辭意義上，需要文學顯示其修養，增進其溝通。進入老年，面對終極的生命歸宿，明白了生不帶來死不帶去的道理，讀些令人感悟或感動的作品，或寫點兒歲月積澱的文章，生活重歸平靜，生命返歸本真。在孩童與老年時期，人生是有趣的，文學是鮮活的，文學的境界自然也有個遞進。正若《五燈會元》中禪師所謂：「三十年前見山是山，見水是水；及至後來，親見知識，有個入處，見山不是山，見水不是水；而今得個休歇處，依前見山只是山，見水只是水。」在人生的旅途中，文學不僅是一道道風景，在柳暗花明中，文學還令我們的生命顯「山」露「水」。

　　我在中國中央財經大學講文學，自然會經常遇到這樣的問題──文學有什麼用啊？我說這是最好的問題，也是最糟糕的問題。之所以是最好的問題，是因為這個問題表示我們開始思考文學的意義。之所以是最糟糕的問題，是因為我們關於「用」的標準往往是功利性的。莊子有所謂「無用之用是為大用」，前一個「用」是功利之用，後一個「用」指的是宇宙生命之大道。關鍵是，莊子的這些卓見之所以影響深遠，之所以老少皆知，是因為他用了寓言化的文學方式，唯通俗方流遠。比起哲學，文學是關於生與死、靈與肉等人類根本問題的感性化表達。我理解魯迅之所以棄醫從文，是因為文學有直抵人心的力量。我理解每個民族的記憶都是以文學的形式傳承的，是因為文學其實就是理智與情感的混合體，文學就是人學。

即使從功利之途來看，在創新經濟的潮流中，文學也是整個文化創意產業的核心資源。2010年，美國版權產業的產值達到1兆6,200億美元，占美國GDP的11.1%，是處於金融風暴中美國的希望所在。文學正是版權產業的核心部分，是創意最方便自由的表現形式。一度潦倒的單親媽媽J.K.羅琳，一部《哈利波特》給她帶來的個人收入比英國女王的薪水高出8倍，而且，她的創作預計能產生超過1,000億美元的電影、影音商品、玩具、主題公園等版權產業綜合收益。

　　有趣的文學帶來有趣的人生，一個有文學情懷的人，才會是一個有五彩夢想的人。有趣的文學也能產生深遠的社會價值和廣大的經濟效益，在一個創新型的社會中，人人都是創新價值的源頭和受益者。其實，文學從來沒有遠離我們，因為文學是人類生命活力的光影投射。文學的載體或許在變化，從岩洞到竹簡，從絹帛到電子；但文學的精神卻是亙古不息，歷久彌新，即使是在這個躁動的數字時代，擁擠地鐵中仍有沉浸在閱讀中的人們，從碎片時間的縫隙裡，沐浴文學的靈光，汲取文學的滋養。

　　這本《文學原來這麼有趣：顛覆傳統教學的18堂文學課》以新穎、有趣的方式講述了世界文學史上18位重要文學家及其作品的故事，讓我們在輕鬆幽默的氛圍中感受大師的魅力。文學是語言的藝術，更是心靈的「補品」，真心希望能有更多的朋友在這本書中得到文學的「滋養」。

中國中央財經大學文化經濟研究院

前　言
FOREWORD　>>>>

　　一直以為愛書之人必定都愛文學，卻從不知其實不過是自己的一廂情願。直到有一次和一群書友聊天才恍然發現，原來很多人寧願讀一點兒玄幻言情的網路小說，也不願看一眼雨果或巴爾札克的作品。而另外一些更務實一點兒的人，他們或許更願意讀一點兒職場勵志、心機謀略來提升「戰鬥力」，也絕不會「浪費」一個小時來讀一讀拜倫或泰戈爾的詩歌。有一次，朋友看見我在讀托爾斯泰的《安娜‧卡列尼娜》，一臉不屑，因為他的第一反應就是，我在裝模作樣，賣弄才學。

　　文學何以淪落至此？我陷入了深深的困惑。難道在21世紀的經濟社會，文學真的只能作為一種商業化的存在，一種沽名釣譽的手段嗎？難道莎士比亞、歌德這樣的文學大師也像那些過氣的明星一樣，需要更新換代了？難道《哈姆雷特》和《浮士德》這樣的作品也像那些過期的報紙雜誌一樣，需要束之高閣了？對於以上問題，若有人敢毫不猶豫地給出肯定的答案，我將就此收筆。不過，我心如明鏡，經典的文學作品猶如滿天繁星，無論人世如何變遷，其魅力只會有增，絕對無減。

　　名利不過浮雲，金銀終會散盡，當褪去塵世的喧囂，脫下華麗的錦袍，有幾個人能直面自己赤裸的內心。不空洞嗎？不迷惘嗎？或者是早已麻木不仁。讀讀文學吧，在陽光明媚的午後，在繁花綠蔭之下，泡一壺熱茶，讓人文主義的溫情滋潤那片乾涸已久的心田。文學不能救世，卻能洗心。

　　可是，該讀點兒什麼好呢？已久不讀書的你可能早已把胸中的那點兒「墨」就著飯局應酬吃光喝光了吧。或者還有些人，雖然很想讀一些經典名著，但卻苦於其過於精深而不能甚解。於是，為了幫助這些想要「回歸」文學的朋友，我們特地推出了這本《文學原來這麼有趣：顛覆傳統教學的18堂文學課》，讓18位文學大師「親自登場」，用輕鬆易懂、詼諧幽默的方式為你精心講解大師們的經典之作，讀過之後，一定能讓你重拾對文學的熱情。

閱讀本書，你會發現，原來那些深邃奧妙的「經典」也並非高不可攀，原來文學從來都不是茶餘飯後的消遣。稀鬆平常的故事背後原來蘊含著無限深意，啼笑皆非的喜劇之中其實飽含心酸。文學是一面巨大的鏡子，能照得世間萬物無所遁形。而我們這本書則是一面「微型可攜式」鏡子，可以讓你先「牛刀小試」，在閒暇之餘，照一照自己心中的那些「妖魔鬼怪」。文學是一座崇高的殿堂，讓許多門外之人望而卻步。而我們這本書則是一張貼在堂前的導覽地圖，可以幫你辨別方向，為你指點迷津。

　　總而言之，無論你是「文學迷」，還是「門外漢」，這本書都能滿足你的需求。因為在這裡，在課堂的輕鬆氛圍中，你可以聆聽大師的經典；在同學們的激情辯論中，你可以品味人生的真諦；在趣味的漫畫中，你可以享受視覺的盛宴。怎麼樣？心動了吧？那就趕緊隨我們一起，來一趟「非比尋常」的文學之旅吧！

2013年10月

目　錄
CONTENTS >>>>

索福克里斯老師主講 「古希臘悲劇」

> 命運是凌駕於人和神之上的主宰，它在暗中操控，人和神都不由自主。

索福克里斯（Sophoclēs，約西元前496—前406）

　　古希臘悲劇的代表人物之一，與艾斯奇勒斯、尤里比底斯並稱爲古希臘三大悲劇家。他生活於雅典奴隸主民主制的全盛時期，是一位高產量的劇作家，一生筆耕不輟，直到晚年仍有佳作問世。據歷史記載，索福克里斯一生共創作過123個劇本，可惜如今只有《大艾阿斯》、《安蒂岡妮》、《伊底帕斯王》、《厄勒克特拉》、《特拉基斯婦女》、《斐洛克特底》和《伊底帕斯在科羅諾斯》等七部完整的作品流傳於世，其中《伊底帕斯王》最爲著名，被公認爲整個古希臘戲劇的典範。索福克里斯的劇作大多圍繞個人意志與命運的衝突這一主題展開，內涵深刻，因此後人常將他的悲劇稱爲「命運悲劇」，而他本人則被後人譽爲「戲劇藝術的荷馬」。

　　已過半的三月，乍暖還寒。殘冬過後的第一場春雪，沾身即濕，落地便化，沒人留得住的精彩。「都是註定飄零的命運啊！身不由己。」獨坐於「兔子洞書屋」的小艾，手執書卷，隔窗感歎。小艾天生一副林妹妹的哀怨心腸，最愛傷春悲秋。今日本就心緒不佳，再遇上這場春雪，心中千頭萬緒一起湧上心頭，一時失控，不禁哭了起來。

　　還好，「兔子洞書屋」位置偏僻，素來人少，再加上天氣不佳，因此整間書店就只有小艾一人。小艾忘情地哭了很久，後來哭得太累了，竟不知不覺睡著了。離開現實，進入夢境，小艾覺得自己好像開始了一場「愛麗絲夢遊仙境」之旅。

　　這是什麼地方？有黑板和講臺，看上去像教室，可是教室裡怎麼還有沙發和茶几？這又是些什麼人？講臺上的老師頭髮和鬍子都是捲捲的，是個外國人，相貌極其俊美，不過穿著卻也很奇怪，好像是幾千年前的打扮。

　　「難道這是今年的新流行？又颳復古風？不過這復古也復得太遠了，怎麼有點兒西元前的感覺？」正當小艾滿腹狐疑之時，臺上的「帥哥老師」開口了。

🖊 古希臘悲劇概覽

　　「大家好，我叫索福克里斯，籍貫希臘雅典，愛好音樂、體育和舞蹈，年齡就不說了，聽說『年齡保密』是你們現代人的新規矩。」這位「帥哥老師」幽默地自報家門後，故意稍作停頓，熱切的眼神中透露著渴盼。可惜，這群木訥的同學完全沒有反應，他們面面相覷，一臉迷茫。

　　「看來大家對我還不太熟悉，沒關係，在接下來的時間裡，我會讓你們在場的每一個人都對我終生難忘。」說罷，索福克里斯英俊的臉上露出一抹自信的微笑，接著這堂古希臘悲劇課程，便正式開講了。

　　「今天來到這兒的同學，想必都是文學愛好者，那麼我先問問，你們對古希臘悲劇瞭解多少呢？」索福克里斯的話擲地有聲，然而卻反響甚微，看來古希臘悲劇真的不是大家熟悉的題材。

　　「我知道！我知道！」一個激動的聲音打破沉寂，發言的是高高

瘦瘦、面容清秀的小文。「悲劇在古希臘語裡的意思是『山羊之歌』。據說那時的人們在演出前會用一隻山羊祭奠，因此得名。關於古希臘悲劇的起源，如今學術界公認的說法是起源於『酒神祭祀』，後來取材範圍逐漸擴大到神話和英雄傳說，最後漸漸發展和完善成一種固定的敘事體。」說完，小文得意地看著索福克里斯，等待誇讚。

「小夥子，你說得非常好。」索福克里斯慷慨地滿足了小文的虛榮心，接著補充道，「古希臘悲劇最早起源於祭祀酒神戴奧尼索斯的慶典活動，後來在漫長的歷史演進過程中，逐漸發展成為一種有合唱歌隊伴奏，有布景、道具，經由演員在劇場演出的藝術樣式。古希臘悲劇的內容基本取材於神話和傳說，早期的古希臘悲劇主要以希臘神話英雄的冒險故事作為表演題材，透過歌頌他們的英雄事蹟來教化人民。後來到了黨派競爭激烈的伯里克里斯時代，那時的悲劇主要被用作政治鬥爭的工具，用來借古諷今。」講到這裡，索福克里斯稍作停頓，環顧四周，他發現臺下的同學們全都聽得聚精會神，看來這群「門外漢」已經逐漸開竅了。

「你們現代人對古希臘悲劇的理解往往存在偏差，一提到『悲劇』兩個字，就以為是悲情的、痛苦的，於是腦海中就自然浮現了那些哭哭啼啼的言情劇橋段，這其實是一個思維誤區。古希臘悲劇裡的『悲』其實是『莊嚴』、『崇高』的意思，追求的是一種悲壯美。他們選取古希臘英雄的悲壯故事作為題材，希望透過對這種嚴肅、高尚行為的模仿，來淨化觀眾的心境，幫助其擺脫塵世的苦惱。」

「聽您這麼說，古希臘時候的悲劇其實就和我們現在的舞臺劇差不多，要有劇本、有演員、有劇場，還要有舞臺布景和道具，是這樣嗎？」坐在最後一排的小悠紅著臉怯怯地問。

「說得很好，這位同學的理解基本正確。」索福克里斯帶著鼓勵的笑容繼續說道，「就像你們現代人看電影、看電視、看戲劇一樣，表演和觀看悲劇也是我們的一種精神生活。不過你們現在比我們幸福多了，能玩出各種花樣。我們那個時候，一切都處在模糊的摸索狀態，條件也十分艱苦。」

「當年詩人阿里翁首創酒神頌，後來酒神頌傳至雅典，經詩人狄斯

比斯改編，演變成對話式的悲劇劇本，至此，古希臘悲劇才有了正式的劇本。西元前534年前後，希臘舉行了第一屆戲劇競賽，狄斯比斯自導自演，進行了第一次悲劇表演。」

「早期的時候，悲劇表演沒有固定的場所，也沒有固定的演員，很多時候劇作家還要親自參加演出。不過隨著悲劇藝術的不斷發展，悲劇的表演也越來越規模化。例如於西元前340年竣工的『戴奧尼索斯劇場』，據說可以容納3,000多名觀眾。當然，這個數字在你們今天看來可能很平常，可是在2,000多年前的雅典，這已經算是一個『創舉』了。」

「中國現在最大的國家大劇院最多也只能容納6,000多人。由此看來，2,000多年前的『戴奧尼索斯劇場』真的算是很厲害了。」小文突然插嘴說道。

「有機會我也要去你說的國家大劇院看一次戲，讓我這個幾千年前的『化石』去感受一下你們現代人的藝術品味。」索福克里斯老師幽默地開了個玩笑，接著又言歸正傳。

🖊 三大悲劇家

「好了，現在大家已經對古希臘悲劇的起源、發展和表演形式有了一定的瞭解，接下來就讓我們回歸到文學層面，重點談論一下悲劇劇本的藝術形式。悲劇劇本一般由話語和唱段兩部分組成。話語通常用三音節（或六音節）的短長格表述，而唱段則採用眾多的抒情格寫成。至於悲劇的布局，一般包含開場白、進場歌、場次、場次之間的唱段、終場等五部分，也有悲劇直接從進場歌開始的，如艾斯奇勒斯的《訴求者》。」

「既然提到了艾斯奇勒斯，那麼我們就從他的作品開始談起吧。眾所周知，艾斯奇勒斯是古希臘三大悲劇家之一，當然另外兩個就是我和

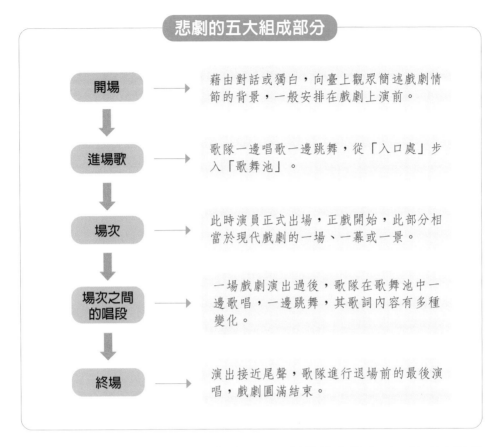

悲劇的五大組成部分

開場 → 藉由對話或獨白，向臺上觀眾簡述戲劇情節的背景，一般安排在戲劇上演前。

進場歌 → 歌隊一邊唱歌一邊跳舞，從「入口處」步入「歌舞池」。

場次 → 此時演員正式出場，正戲開始，此部分相當於現代戲劇的一場、一幕或一景。

場次之間的唱段 → 一場戲劇演出過後，歌隊在歌舞池中一邊歌唱，一邊跳舞，其歌詞內容有多種變化。

終場 → 演出接近尾聲，歌隊進行退場前的最後演唱，戲劇圓滿結束。

尤里比底斯。」說到此處，索福克里斯老師的臉上漾出了一抹意味深長的微笑。可是同學們還沒來得及做出反應，索福克里斯已經繼續講了起來。「艾斯奇勒斯是古希臘悲劇形成時期的重要作家，他生於大約公元前525年，當過兵，參過戰，因此常常以戰爭生活入劇。他親自參加演出，並且在古希臘悲劇中引入第二位演員，這便使戲劇對話成為可能。艾斯奇勒斯的這一創新是具有突破性的，為古希臘悲劇的定型起到了重要的作用，故後人尊稱他為『悲劇之父』。」

「這位偉大的劇作家於26歲發表首部作品。據說他年少時在葡萄園中熟睡，曾夢到酒神指派他寫悲劇，因此他便一生致力於此。艾斯奇勒斯的作品大多以人類不能逃脫的命運、不能逃脫復仇之神的追逐為主題，劇情都是神話和傳說，在藝術上以刻畫人物性格見長，文風剛健雄奇，文字古樸瑰麗。**據說艾斯奇勒斯一生共寫了90多部作品，可惜現今**

魏鵬舉老師知識補充站

《奧瑞斯提亞三部曲》是古希臘現存唯一的三部曲，分別包括《阿格曼儂》、《祭奠者》和《佑護神》，其中一部《阿格曼儂》是古希臘最出色的悲劇之一。這三部曲主要描寫的是父權制對母權制的勝利，以及進步的法治精神對血族復仇觀念的勝利。

只有7部流傳下來，其中《被縛的普羅米修斯》和《奧瑞斯提亞三部曲》是其代表作。」

「普羅米修斯的故事我小的時候就聽過，講的是『盜火者』普羅米修斯從天界為人類帶來光明與溫暖，甘心受宙斯懲罰的故事，相當感人。」聽到這裡，小艾終於忍不住開口了，她已被索福克里斯老師帶入了古希臘的文學殿堂，完全進入旁若無人的狀態。

古希臘三大悲劇家比較

	代表作	政治主張	對英雄傳說的態度
艾斯奇勒斯	《被縛的普羅米修斯》	擁護民主派但未能完全擺脫舊觀念，他的世界觀存在明顯的矛盾，反對雅典的僭主統治。	取材英雄傳說，歌頌的是神的力量。人的命運由神領導，比神更具威力的是命運，神也不能擺脫命運的控制。
索福克里斯	《伊底帕斯王》	反映當下人們所深信的「命運」觀念。	從神話中汲取故事情節與人物形象，在力圖保持人物性格以及故事真實性的同時也傾注了自己的理念。
尤里比底斯	《米蒂亞》	提出被拋棄婦女的命運問題。	完全將視線從神的身上轉移到人的身上。他筆下的主角大多是小人物，即使是借用《荷馬史詩》中的故事，也僅當作故事背景。著重刻畫的是那些在正統傳說中一閃而過的、未曾被世人所歌頌過的小人物。

　　小艾的大膽發言吸引了眾人的目光。這時大家才發現，今天又來了一位新同學。小悠衝著小艾露出甜美的微笑，並且親切地喚她到自己身旁坐下，於是二人一起專心聽課，此時索福克里斯已經講到被後世稱爲「心理戲劇鼻祖」的尤里比底斯了。

　　「尤里比底斯出生於雅典由盛轉衰之際，此時地位崇高的神已經開始受到懷疑，因此尤里比底斯作品的主人翁已不再是艾斯奇勒斯筆下那些半神半人的英雄了，而是具有很多弱點的平凡人。尤里比底斯特別關注女性問題，他的劇作也以擅長刻畫女性心理著稱，這一特徵在他的代表作《米蒂亞》中體現得淋漓盡致。」

　　「《米蒂亞》取材於希臘神話，講述的是幫助伊阿宋取回金羊毛的米蒂亞，在遭到拋棄後不惜殺子復仇的故事。聽到這裡，在座的各位同學可能對米蒂亞瘋狂的復仇行爲表示費解，但是你們若瞭解米蒂亞所處的時代背景，就會明白她內心的痛苦了。」

　　「西元前6世紀到西元前5世紀之間，隨著私有制的發展，家庭制度逐漸穩固，一夫一妻制基本確定。這個制度表面上看起來男女平等，但其實卻只約束了婦女，而男子則以此名義將妻子囚禁家中，自己反而在外面胡作非爲，盡情享樂。總之，在那個時代，婦女的內心是十分痛苦的，她們不但要忍氣吞聲，還要擔驚受怕，因爲一不小心就會慘遭遺棄。」講到這裡，索福克里斯深深地長歎一聲，似乎有些情緒。同學們也都受到他的情緒感染，不由得長嗟短歎。「比起米蒂亞，生在今天的我們，眞是太幸福了。」已經紅了眼圈的小艾也不禁低聲感慨。

　　「總之，尤里比底斯是一位偉大的作家，他的作品揭露了社會中男女不平等的現象，並且表現出了對婦女命運的同情和關切。」索福克里斯老師突然提高了嗓門，又接著講了起來，情緒比剛才更加飽滿。「尤里比底斯的悲劇不僅思想深刻，藝術造詣也頗深。其語言明晰流暢，喜用修辭，善於塑造形象，能夠把觀眾引入審美意境。他的詩句如畫，一字一句，濃墨重彩，讀之讓人有身臨畫境的錯覺。各位同學若是有興趣，不妨去感受一下這位悲劇大師的作品，一定會受益匪淺。」

　　講到此處，索福克里斯老師突然停了下來，教室裡一片安靜。「索福克里斯老師，與艾斯奇勒斯和尤里比底斯齊名，又是古希臘最重要的

三大悲劇家之一。『戲劇界的荷馬』，下面該您親自登場了吧？」坐在第一排的小新是個機靈鬼。他早就參透玄機，一直在伺機發作。「天哪！原來眼前這位索福克里斯老師就是古希臘三大悲劇家之一，我們這群傻子！」眾人這才如夢初醒，教室裡開始騷動起來。

「好啦，同學們！」索福克里斯老師又開口了，「不用為這些無謂的事情費心，借用你們現代人的話來說就是：『不用問我是誰，也不用問我從哪裡來，相遇便是緣，無需猜疑，只需珍惜。』下面還是讓我們回歸文學，繼續攜手欣賞美麗的古希臘戲劇吧。」

《伊底帕斯王》引發的「命運」思考

「我知道大家都是喜愛文學的率真之人，那些虛偽自謙的客套話我就不說了，下面就讓我們直奔主題吧。《伊底帕斯王》的確是我的嘔心瀝血之作，取材於古希臘神話中底比斯王室的故事，旨在探索人的意志與『命運』的矛盾衝突，是一部典型的『命運悲劇』。」

「我這樣概略地描述，你們聽起來可能會覺得有點兒晦澀難懂。畢竟時隔千年，如今的你們不太能理解那時的我們在面對自然、社會和人自身矛盾時的困惑與痛苦。然而，不管人類社會怎麼發展，現代的科技文明如何發達，人類自身仍然存在許多共通的矛盾，是無礙於時空的。比如說，到底是誰主宰著我們的『命運』？」

言至此處，索福克里斯故意稍作停頓，留給同學們思考的時間。「難道冥冥中真的有命運在主宰嗎？相信命運難道不是一種迷信嗎？從小到大，父母、老師和身邊的所有人不是都在告訴我，這個世界上根本沒有上帝，沒有神嗎？」小艾的腦袋裡閃過了一連串的問號。

「命運不是神。命運是凌駕於人和神之上的未知的主宰，它在暗中操控，讓人和神都不由自主。」索福克里斯突然衝著小艾說了這一句，把小艾驚得目瞪口呆。「他怎麼知道我在想什麼？難道他能鑽進我的腦袋裡不成？」小艾暗自嘀咕著，不敢吭聲。

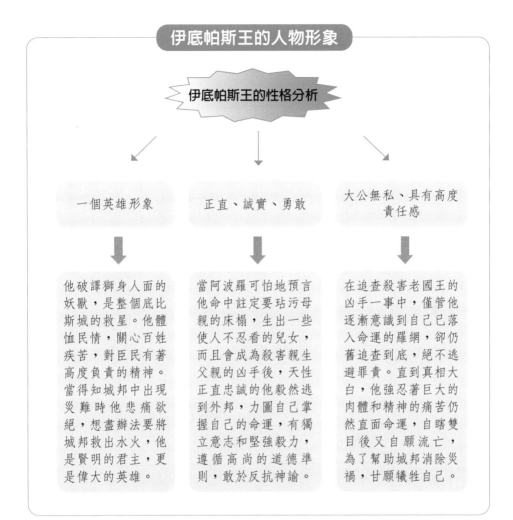

「我們是只相信科學、相信智慧的21世紀新人類，才不相信有什麼『命運』之說呢！所有的謎團終將會被科學解開，所謂命運之談不過是虛妄。若真的有命運，命運在哪兒？命運是什麼？它以什麼方式在操控我們？你告訴我。」發言的依舊是小新，篤信科學、理性的他態度強硬而傲慢地與索福克里斯直接對峙。

「小夥子，我欣賞你的自信和勇氣。」索福克里斯老師笑著說，「你問我命運為何物，我坦言，我不知道，但是我卻篤信它的存在。你說你相信科學，我不否定你，因為科學確實為人類解開了許多困惑。不過我

魏鵬舉老師知識補充站

索福克里斯曾講過「斯芬克斯之謎」，即「什麼東西早晨用四條腿走路，中午用兩條腿走路，晚上卻用三條腿走路？」謎底是人。因為人在幼年用四肢爬行，青年時用兩腿行走，老了就要拄著拐杖。其實索福克里斯的作品就是一個「斯芬克斯之謎」，其核心永遠是人。

要說，這世上還有科學無法解決的矛盾，這一點你沒有辦法否認吧？比如，人與人之間的緣分，事與事之間的巧合。為何你今天會坐在這裡，會遇見我們？會參與到這場討論？若是你換一個時間，換一個地點再來，可能所見所聞、所思所想，都會有所不同。你難道能說，這不是命運？」

「命運是一個未知的存在，在冥冥之中主宰著一切。這個神祕莫測的存在正因為未知才顯得更加可怕。然而人類是最勇敢的生靈，他們不會因為懼怕而退縮，他們只會越挫越勇，勇敢地挑戰命運，哪怕最終以悲劇收尾，卻九死不悔，這才是最積極的人生態度，也正是我這部《伊底帕斯王》想闡述的主題。」索福克里斯言之鑿鑿，小新無言以對，眾人都陷入沉思。

《伊底帕斯王》的深層解讀

「好啦，同學們，剛才有關命運的話題或許有點兒沉重，你們還如此年輕，不必太過糾結於此，這可是一個需要用一生的時間去思考的永恆課題。慢慢探索吧，相信每個人都會給出獨一無二的答案。」

「接下來還是讓我們回到《伊底帕斯王》這部作品吧。在座的各位讀過它的可能不多，下面就讓我簡要地給大家做一個劇情介紹，既能讓你們的大腦放鬆一下，也能幫我自己溫故知新。」

「一向繁榮的底比斯城突遭厄運，土地荒蕪，莊稼歉收，牲畜瘟死，婦人流產，血色彌漫城邦，哀鴻遍野。眼看民不聊生，國王伊底帕斯憂心如焚。死神為何會突然降臨底比斯城？是偶然還是另有因果？伊底帕斯請阿波羅給予指引。神諭表示：『城中有一個人，在多年前曾犯

下殺死先王萊俄斯的罪孽，城邦因此遭難。若想拯救城邦，必須嚴懲凶手。』」

「接到神諭之後，伊底帕斯竭盡全力尋找凶手，劇情由此展開。諷刺的是，伊底帕斯千辛萬苦尋到的凶手，竟然是自己。而更大的荒謬是，先王萊俄斯竟然是自己的生父，而自己所娶的王后則是自己的生母。」

「原來當年伊底帕斯剛剛誕生之時，底比斯國王萊俄斯便得到神諭，說這個兒子命中註定要『弒父娶母』。聽到這個消息後，萊俄斯便將嬰兒遺棄荒野，不料竟被柯林斯國王波呂玻斯收養為子。待伊底帕斯長大之後，同樣從神那裡知道了自己的命運。他一心要反抗命運，於是便離開祖國，逃亡底比斯。在路上一時動怒，打死了一位老人，卻不知那正巧是他的生父。後來又因立功而陰錯陽差被擁戴為王，娶了前王的寡后，更不知那竟是自己的親生母親。命運就這樣和伊底帕斯開了一個巨大而殘忍的玩笑，待一切真相大白之後，伊底帕斯悲痛欲絕，自瞎雙眼，請求放逐。」索福克里斯一口氣講完了劇情，同學們都聽得津津有味，他自己也是樂在其中。

「我是個篤信命運的人，我在很多作品中都表現出了對人和命運的思考。剛才講的這部《伊底帕斯王》無疑是我所有命運劇中的代表作。在這裡，我將伊底帕斯的悲劇命運無限放大，目的是希望大家能夠從伊底帕斯的巨大悲劇中看到命運的強大，感知到心靈的震撼。我希望人們能夠認識到命運的不可戰勝性，但並不是想告訴大家要向命運妥協，而是希望人們能夠拿出勇氣，與命運抗爭。就像劇中的伊底帕斯，他明知自己悲慘的命運不可違背，但並沒有消極等待，而是英勇地與命運展開殊死搏鬥，儘管最終仍是以一曲悲歌收尾，但是伊底帕斯在命運面前仍是一個強者。從這層意義上來說，他不是一個失敗者，而是一個英雄。」索福克里斯作了如上的總結。

「雖然《伊底帕斯王》講述的是幾千年前的故事，而他的命運悲劇也與那個時代的文明程度有一定關係，但是對於生活在文明程度高度發達的現代社會的我們來說，仍然具有深刻的教育意義。因為不管是在怎

樣的時代，人類自身都存在著許多相似的困惑，都有許多科學無法解決的煩惱。就像我剛剛看著窗外的雪花飄零會發出身不由己的哀歎一樣，人類的命運有很多時候也是身不由己。我們都知道終究會死，卻還是要努力活著。我想，這就是《伊底帕斯王》想向我們傳達的精神吧。」聽了索福克里斯老師上面的講解後，小艾一時有感而發，她自己都不知道從哪來的智慧和勇氣讓她在眾人面前說出這番話。不過不得不說，小艾的這番言論的確精彩絕倫，同學們掌聲熱烈，索福克里斯老師也連連點頭，滿臉洋溢著讚賞的笑容。

幸福的時光總是轉瞬即逝，小艾的美夢才剛剛做到最精彩處，卻被一雙「如命運般無情」的大手搖醒了。小艾揉著惺忪的睡眼，看著眼前的人，半天才回過神來。自己仍然身處空蕩冷清的「兔子洞書屋」，剛才的那場熱鬧真像是南柯一夢，醒了便散了，不留一絲痕跡。搖醒她的是書店的店員，通知她書店關門的時間到了，催促她趕緊離開。

小艾失魂落魄地走出了書店，此時雪已經停了，她的心也晴了。「這難道真的是一場夢嗎？怎麼這樣真切？不過，不管怎樣，這夢真美。明天若是還能夢見就好了，應該能吧。」一向不喜歡用理性思考問題的小艾人雖醒了，心卻依舊夢著。比起科學，她更願意相信自己的直覺，因此她堅信，今天的這場夢絕非偶然，更不會就此結束，她預感到在未來的「夢境」之中，還會有更多的精彩等待她去經歷。

 索福克里斯老師推薦的參考書

《被縛的普羅米修斯》艾斯奇勒斯著。本書是希臘悲劇中主題最崇高、風格最莊嚴的作品之一。劇本用全宇宙來影射小小的雅典城邦，把民主派和寡頭派表現為超人的神明，把民主鬥爭提升到關係人類命運的高度，表現了為正義事業而鬥爭的高尚精神和雄偉氣魄。全劇富於哲理和肅穆氣氛，感情洶湧澎湃，體現了雅典民主派的自豪感。

第二堂課

荷馬老師主講「英雄史詩」

《伊利亞德》和《奧德賽》，我為你們吟唱一曲古典英雄主義的頌歌。

──── 荷馬（Homēros，約西元前9─前8世紀）────

　　希臘吟遊詩人，專事行吟的盲歌手。生於小亞細亞，生平和生卒年月不可考。儘管歷史上並沒有確鑿的證據證明荷馬確有其人，不過，後人一致把他推舉為世界四大詩人之首（另外三位分別是義大利的但丁、英國的莎士比亞和德國的歌德），並且認為希臘史上的兩部偉大史詩《伊利亞德》和《奧德賽》是由他編撰而成的，因此這兩部史詩又被統稱為《荷馬史詩》。

懶洋洋的週末，天氣晴好。初春已至，清晨八九點鐘，暖洋洋的日光便已爬上窗臺。雪白的床單，軟軟的棉被，小艾正舒舒服服地做著美夢。夢裡有青山秀水，有昔日舊友，有美味佳餚，可惜就是沒有讓她朝思暮想的索福克里斯老師和那堂精彩絕倫的古希臘悲劇課。陽光愈加刺眼，小艾極不情願地從夢中醒來，揉著睡眼，歎了口氣。這已經是她第七次「失望而歸」了，這一週以來，她一直在苦盼著能「重溫舊夢」，可卻未能如願。「或許我該再去『兔子洞書屋』走一遭。」小艾思前想後，突然開了竅。

「兔子洞書屋」十點開門，小艾是今天的第一個客人。書店依舊空蕩蕩的，小艾又來到上次的位置坐下。她努力回憶著上次的情景，依稀記得那天自己讀的是一本《古希臘神話》。模仿電視劇裡常見的情景，小艾又找到了這本書，回到原處，翻看起來。她的心思根本不在書上，只是一心期待著奇蹟再次發生。

小艾的《古希臘神話》已經翻到一半了，可是那間「神祕教室」卻還是沒有出現。小艾有點兒灰心，於是試圖透過專心讀書來分散自己的注意力。此時書頁剛好翻到描寫特洛伊戰爭的段落，小艾不知不覺便讀了進去。未曾想，就在她凝神文字的瞬間，時空交錯、人事皆變，「愛麗絲夢遊仙境」再次驚現……

🐇 走進《荷馬史詩》

一樣的講臺、一樣的沙發和茶几，還是那群同學，連座位都沒變。沒錯，就是這裡，小艾再次糊裡糊塗地來到了這間「神祕教室」。又是一次不小的驚喜，不過這次驚少一點兒，喜多一些。教室裡已經開始上課了，同樣是一位大鬍子的外國男士在講臺上侃侃而談，這次已不再是索福克里斯了，不過看穿著打扮，應該是他的「同鄉」。

「索福克里斯老師的同鄉真奇怪，身上穿著西元前的衣服，鼻樑上卻架著現代人的墨鏡。」小艾暗自嘀咕，此時她已在上次的位置上坐定，身旁依舊是甜美可愛的小悠。小悠告訴小艾，今天的主講老師是古希臘著名的吟遊詩人荷馬，主講的內容便是那部讓他舉世聞名的《荷馬史詩》。

「臺上的老師原來就是鼎鼎大名的詩人荷馬！」聽到小悠的話，小

艾激動得差點兒沒喊出聲來。「歷史上記載說荷馬是個盲人，難怪他戴著墨鏡。」小艾自己解了惑。「這麼大牌的老師親自主講，機會難得，我可得認真聽呢。」小艾自我勉勵一番，漸漸進入聽課狀態。

「《荷馬史詩》寫的是西元前12世紀希臘攻打特洛伊城以及戰後的故事，包括《伊利亞德》和《奧德賽》兩部分，後人抬愛，以我的名字『荷馬』將兩部史詩統稱。兩部史詩每部都分成24卷，《伊利亞德》共有15,693行，《奧德賽》共有12,110行。關於史詩的形成，後人爭議頗多。有些人對我厚愛有加，把史詩的創作都歸功於我；也有人不太看得起我，覺得我不過是一個瞎眼的吟遊詩人，可能大字都不識一個，不過是靠著一雙手，一張嘴，自彈自唱，把當時的短歌和神的故事唱成了一部恢宏史詩。那麼真相究竟是什麼呢？還是給大家留個懸念吧。」講到此處，荷馬老師的嘴角露出了一抹自信的微笑。

魏鵬舉老師知識補充站

與世界上其他民族一樣，古希臘上古時代的歷史也都是以傳說的方式保留在古代先民的記憶之中，稍後又以史詩的形式在人們之間口耳相傳。因此，《荷馬史詩》並不是真正的史學著作，但它卻已經具備了史學的某些功能和性質，並且直接孕育了古代希臘史學。

「一部氣勢恢宏的《荷馬史詩》，既展示了早期英雄時代的大幅全景，又為西方的文學樹立了典範，其中表現出的追求成就、自我實現的人文倫理觀更是影響了日後希臘人，乃至整個西方社會的道德觀，因此這部巨著也被讚譽為『希臘的聖經』。所以說，如此的一部巨著，豈能歸功於一人？其實是整個希臘民族智慧的結晶。」說到此處，荷馬老師音調高昂，情緒有些激動。

他又接著說道：「《荷馬史詩》是現存關於西元前11世紀到西元前9世紀唯一的文字史料，它記述了古希臘從氏族社會過渡到奴隸社會的社會、風俗、歷史變遷，具有很高的史學價值。除此之外，這部史詩中體現的人文主義思想也是值得稱頌的，它充分肯定了人的尊嚴、價值和力量。」

「我聽說《荷馬史詩》又被稱為『英雄史詩』。荷馬老師，您能為我們解釋一下原因嗎？」小悠低聲發問。

「你問的問題正是我接下來要講的。」荷馬老師笑著答道。「《荷

馬史詩》之所以又被稱為『英雄史詩』，主要是因為史詩裡塑造了眾多
的英雄形象，並透過這些形象表現了那個『英雄時代』的英雄主義理
想。要描寫英雄，首先就要描寫戰爭，所以這一整部《荷馬史詩》，其
實也就是一部希臘人戰爭的歷史。」講到此處，荷馬老師突然停了下
來，提出了本堂課的第一個問題。

「在座的各位有誰讀過《荷馬史詩》？讀過的請直接回答。不要舉
手哦，別忘了我看不到。」荷馬老師絲毫不以自己的眼盲自卑，還故意
開了個玩笑。

荷馬老師等了很久，可是在座的同學都沉默不語，於是他又接著問
道：「好吧，不一定非要讀過全文，有沒有哪位同學能給我介紹一下《荷
馬史詩》的梗概？」這一次終於有了回應，開口的是學識淵博的小文。

「《荷馬史詩》包括《伊利亞德》和《奧德賽》兩部分。《伊利亞
德》又被譯為《伊利昂紀》，原意是『伊利昂紀的故事』，因為古希臘人
稱特洛伊為『伊利昂』，故由此得名，講述的是希臘聯軍圍攻小亞細亞的

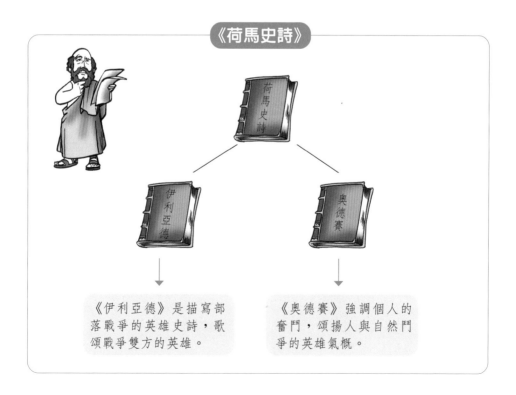

《荷馬史詩》

《伊利亞德》是描寫部落戰爭的英雄史詩，歌頌戰爭雙方的英雄。

《奧德賽》強調個人的奮鬥，頌揚人與自然鬥爭的英雄氣概。

城市特洛伊的故事。《奧德賽》又被譯為《奧德修紀》，意為『奧德修斯的戰爭』，講述的是伊塔卡王奧德修斯在攻陷特洛伊後，在歸國途中十年漂泊的故事。這兩部作品我都沒有讀過，不過我曾看過一位著名文學家的評論，他說《伊利亞德》陽剛，是寫給男性看的，相當於中國的《三國演義》和《水滸傳》；《奧德賽》陰柔，是寫給女性看的，溫和、有人情味。我也不知這個說法是否準確，但我個人卻覺得十分生動。」

聽了小文的回答，荷馬老師嚴肅的臉上綻開了笑容。「小夥子，你回答得相當不錯。《伊利亞德》和《奧德賽》這兩部史詩表現的都是古希臘『英雄時代』的英雄主義理想，但不同之處在於，《伊利亞德》側重於戰爭的描寫，其基本主題是歌頌戰爭雙方的英雄。而《奧德賽》強調的是個人的奮鬥，頌揚的是人與自然鬥爭的英雄氣概。」

《伊利亞德》的故事

「聽了這麼多籠統抽象的概念介紹，有的同學已經開始厭煩了吧？不用撒謊，別以為我看不見就想騙我，剛才我都聽見有人在打哈欠了。」荷馬老師幽默地說道。

「不過沒關係，接下來我的內容保證符合你們的口味。」荷馬老師故弄玄虛，停了下來，慢悠悠地喝起了水。同學們的好奇心被激發出來，都急切地等待著。最性急的小新實在是忍不住了，跳起來追問詳情。荷馬老師見同學們的聽課興致又高漲了許多，很是得意，於是又不急不徐地講了起來。

「《伊利亞德》敘述的是特洛伊戰爭的故事。相傳佩琉斯與忒提斯結婚時，大宴眾神，卻唯獨沒有邀請糾紛女神厄里斯。厄里斯大怒，想出一條毒計予以報復。她來到席間，扔下一顆金蘋果，金蘋果上刻著『獻給最美麗的人』，爭端由此而發。赫拉、雅典娜和阿芙蘿黛蒂都認為自己最美，三位女神爭執不下。宙斯說，女人之美，當由男人評判。於是請來當時最美的男子，特洛伊王子帕里斯評判。三位女神前往接受評價，還各自許帕里斯以最大的好處。赫拉許他成為最偉大的君主，雅

典娜許他成為最勇敢的戰士，阿芙蘿黛蒂許他一位美麗的情人。王子最想要情人，於是判定阿芙蘿黛蒂最美，故阿芙蘿黛蒂得到金蘋果，而赫拉與雅典娜便由此記恨。」

「阿芙蘿黛蒂為了兌現諾言，便帶王子去斯巴達國做客。國王梅涅勞斯不知來意，熱情款待。豈料，席間王子竟與王后海倫一見鍾情，二人私奔，同歸特洛伊。梅涅勞斯得知後大怒，與其兄阿伽門農徵集希臘各邦軍隊，聯合攻打特洛伊。戰爭由此而發，眾神各助一方。赫拉與雅典娜記恨王子，遂幫希臘；戰神阿瑞斯助特洛伊，宙斯、阿波羅中立。戰爭持續9年。9年後，起了內訌，史詩自此開始。」

魏鵬舉老師知識補充站

海倫是宙斯和麗妲所生的女兒，被稱為古希臘第一美女。正如人家常說的「紅顏禍水」，後世很多人都認為，她的美貌是引發特洛伊戰爭的重要原因之一。

荷馬老師一口氣講到此處，同學們也是一股勁聽到此處，大家都已經被帶到了古老的希臘神話之中，忘了身在何處。教室裡一片安靜，荷馬老師清了清嗓子，又繼續講了起來。

「史詩集中描寫了戰爭結束前幾十天發生的事，矛盾主要圍繞希臘聯軍統帥阿伽門農和勇將阿基里斯展開。希臘聯軍圍攻特洛伊城，攻城期間阿伽門農專橫地奪取了阿基里斯的女俘，阿基里斯一氣之下退出戰爭。阿基里斯是希臘軍中最勇猛的將領，他的退出直接導致希臘人敗績連連。統帥阿伽門農悔悟，親自賠禮謝罪，卻被無情拒絕。危急關頭，阿基里斯好友借其甲冑上陣迎敵，卻不幸被特洛伊英雄赫克托爾殺死。得知好友陣亡，阿基里斯悲痛欲絕，狂怒而起，親自披甲上陣，殺死赫克托爾，為友報仇。為洩心頭恨，阿基里斯將其屍體拖於戰車之後，特洛伊老王見之不忍，跪求屍體，為其安葬。史詩至此結束。」

眾英雄的史詩

一部恢宏壯麗的《伊利亞德》講完了，所有人都聽得入了迷，意猶

未盡。荷馬老師暫停了講課，給同學們充
分的時間自由討論，各抒己見。一千個讀
者眼中有一千個哈姆雷特，同樣，一個故
事帶給不同人的感受也是不同的。

魏鵬舉老師知識補充站

阿基里斯是海洋女神忒提
斯和凡人英雄佩琉斯所生，是
一位半人半神的英雄，古希臘
神話中勇士的代表。他全身刀
槍不入，唯有腳後跟是他唯一
的致命之處，因此後世有「阿
基里斯的腳踝」一說。

　　熱情激進的小新說：「**我最崇拜阿
基里斯，他驍勇善戰，每次上陣都使敵人
望風披靡**。他愛恨分明，當聯軍首領阿伽
門農侵犯他利益的時候，他毫不掩飾地表
露自己的憤怒，而當聽到友人陣亡的噩耗
時，他又能盡棄前嫌，奮不顧身奔向戰場
為友報仇。這樣的真性情讓阿基里斯形象飽滿，光芒四射。」

　　聽了小新的話，一向溫厚儒雅的小文提出了反對意見。小文認為，
阿基里斯太過個人英雄主義，完全不顧大局利益。他為了一己私利而退
出戰爭，導致希臘軍隊連連敗退，這並非一個優秀將領之所為。相反，

阿基里斯 VS. 赫克托爾

阿基里斯

我代表勇敢，是希臘軍隊中
最勇猛的將領；我視榮耀為生命，
我不屈從強權；我至情至性，
願為朋友奮不顧身。

我成熟穩重，勇敢無畏；
我富於犧牲精神，能在國家危難之時
挺身而出；我生為人傑，死為鬼雄，
是最完美的古希臘英雄典範。

赫克托爾

赫克托爾卻能身先士卒，成熟持重，自覺擔負起保衛家園和部落集體的重任，因此小文覺得，赫克托爾才是完美的古代英雄典範。

雖然小文的話句句在理，但是小新還是更欣賞敢愛敢恨的阿基里斯，於是二人各執一詞，爭執不下，共同請求荷馬老師做個「公斷」。荷馬老師一直在旁邊默默地聽著兩人的討論，嘴角帶笑，神情中流露出讚賞。

「這兩位同學的觀點各有各的道理，也很有思想性，我首先要對他們提出表揚。」荷馬老師緩緩開口，「一整部《伊利亞德》其實就是一部英雄史詩，在這裡，各式各樣的英雄粉墨登場，他們剛強威武、機智勇敢，但又有各自的性格弱點，也正因為如此，他們才更加個性鮮明，形象飽滿。」

魏鵬舉老師知識補充站

赫克托爾是特洛伊國王普里阿摩斯的兒子，特洛伊王子帕里斯的哥哥。他英勇無畏、重情重義，是特洛伊的第一勇士，更被人們譽為「特洛伊的城牆」，是一位甘願為國、為家犧牲自己的完美英雄典範。

「在整部史詩中，阿基里斯和赫克托爾無疑是最耀眼的兩位英雄。阿基里斯代表著勇敢，他是希臘軍隊中最勇猛的將領。阿基里斯的母親曾經預言，他可能有兩種命運，或是過和平生活而長壽，或是在戰爭中早死。他視榮譽高過生命，因此毅然決然地選擇了第二種命運。阿基里斯更是性情中人，為了替摯友報仇，他不顧自身安危，毅然出戰。面對母親的警告，他憤怒地叫道：『如果命運女神不讓我保護我被殺的朋友，我寧願死去！』透過這種種言行，我們都能看到阿基里斯的勇敢。」聽到荷馬老師誇讚自己的偶像，小新表現得異常激動。荷馬老師有所察覺，於是話鋒突轉。

「若論勇武，阿基里斯的確是無可挑剔，不過，阿基里斯畢竟是人而不是神，所以在他的身上也有許多致命的弱點。比如他的憤怒，他的貪婪、任性和殘暴。作為部族的統領，他竟為了一己私怨退出戰爭，置希臘人民於水火而不顧。友人死去之後，沖天的憤怒又讓他變成了嗜殺的惡魔。他不但凶殘地殺害特洛伊人，還殘暴地凌辱赫克托爾的屍體，這種種烈性都充分暴露出了阿基里斯魯莽暴戾的本性。」聽到此處，小新無力辯駁，只得深深地歎了口氣。

「阿基里斯是不完美的，但他卻是眞實的。」荷馬老師繼續說道，「評價這個形象時，我們不能單單以好壞定論，因爲他體現著那一整個時代的精神風尙。在我們那時，人們崇拜英雄，視榮耀、權力、地位高過生命。阿基里斯就曾說：『與其默默無聞而長壽，不如在光榮的冒險中獲得巨大而短促的歡樂。』這些思想與你們現代人的人生觀可能有所衝突，但是在當時的希臘社會，卻代表著一種熱愛生活、積極樂觀的進步思想。總而言之，阿基里斯的個人主義就像一把雙刃劍，既成全了他的英勇無畏，又給他的性格披上了任性殘暴的外衣。」

「荷馬老師，再給我們講講赫克托爾吧。」小文已經迫不及待了。見同學們熱情如此高漲，荷馬老師決定一鼓作氣，於是又接著講了起來。

「在整部史詩中，要找出一位堪與阿基里斯相提並論的人物，那麼無疑要屬赫克托爾了。赫克托爾是特洛伊的首領，是唯一能與阿基里斯對峙的英雄。正如剛才那位同學所說，赫克托爾這個人物堪稱是一位完

《伊利亞德》的藝術特色

規模宏偉，內容豐富，廣泛反映由氏族社會向奴隸社會過渡的希臘社會風貌。

抓住當時社會重大矛盾，透過巨大的藝術力量，用現代主義和浪漫主義結合的手法，深刻表現了童年時期希臘人向異族和自然戰鬥的英雄精神。

人物刻畫鮮明，既有在戰爭和對自然的鬥爭中獲得光榮業績的英雄主義共性，又有個性。

謀篇布局高明，把情節重點放在前後幾天的戰鬥上。

簡潔形象，描繪細緻，語言生動。

美的古希臘英雄典範，比起任性衝動的阿基里斯，他顯得成熟穩重，富有犧牲精神。他預感到國破家亡的悲慘命運，但是卻依然忍著巨大的悲痛，毅然肩負起保家衛國的重任。在敵我力量懸殊的危急關頭，他毫無懼色，出城迎敵，奮勇廝殺，直至戰死沙場亦無怨無悔。」講到此處，荷馬老師的聲音有點兒哽咽，顯然他也被這位具有強烈悲劇色彩的偉大英雄感動了。

「赫克托爾的形象的確很完美，」荷馬老師調整好情緒，繼續講道，「不過這位英雄卻不如阿基里斯真實。因為史詩中只展現了他性格中最好的一個側面，而沒有更飽滿的刻畫，因此他的形象近乎一個神，而非一個鮮活的人。所以說，完美赫克托爾的形象只能是人們對理想君主的一種完美構想，卻永遠不可能成真。」

「好了，講到此處，《伊利亞德》的故事也差不多該收尾了。特洛伊的戰爭打了10年，我感覺我們的故事好像也講了有10年之久了。」荷馬老師幽默地開了個玩笑，接著又繼續說道，「不過，特洛伊戰爭雖然結束了，但是我們的故事卻還沒有結束。兩個部族之間爭端過後，還有關於一個人的漫長戰爭。時間有限，閒話少敘，接下來就讓我們直奔主題，一起領略《奧德賽》的美妙。」

《奧德賽》的故事

「《伊利亞德》只寫到赫克托爾的死，並沒有將整場特洛伊戰爭講完，而《奧德賽》則剛好接著《伊利亞德》的結尾處開始，講述了希臘人奧德修斯用木馬計攻下了特洛伊城之後，漂泊10年，歷盡千難，度過萬險，終於歸家，奪回王位的故事。」

「《奧德賽》共分6部，分兩條線索敘述。奧德修斯用木馬計幫助希臘人攻下特洛伊城後啟程返鄉，可是歸家途中卻遭遇了各種磨難，漂泊10年，仍未抵達。在這期間，許多青年貴族因為覬覦他的財產紛至沓來，向他的妻子求婚，揮霍他的家產。史詩從第十年的奧德修斯家開始：妻子久等，丈夫不歸，求婚者紛至，難以應付，兒子出往尋父。第

二部敘述奧德修斯離開了仙女卡呂普索，到達了海王國。第三部寫奧德修斯在海王國講述從前的冒險故事，以回憶的形式，將過往10年的經歷交代清楚。第四部寫奧德修斯終於回到家鄉，與子重逢。第五部和第六部，敘述奧德修斯假扮乞丐回到家中，試探妻子，最後與子一起殺死求婚者，奪回王位，與妻復合。」

「以上就是《奧德賽》的梗概，這部作品情節曲折，故事動人，尤其是主人翁在海上的一系列離奇遭遇，引人入勝。比如，奧德修斯離開陰間之後的這段故事，尤為淒美。奧德修斯離開陰間，回喀耳刻處，女神告知旅途。與女神別過，踏上旅途。途中遇島，有人在島上歌唱，聽到歌聲的

《奧德賽》的故事梗概

第一部：妻子久等，求婚者紛至。

第二部：離開仙女卡呂普索。

第三部：到達斯克里亞島，講述十年漂泊經歷。

第四部：回到家鄉，父子重逢。

第五部：假扮乞丐，試探妻子。

第六部：殺死求婚者，奪回王位。

人都不再思歸。奧德修斯越過歌島而去，又遇到了一邊有漩渦，另一邊住著海怪斯庫拉的窄谷，奧德修斯左右為難。權衡之下，奧德修斯選擇了挑戰海怪，在與海怪作戰的過程中，6名水手被海怪逮捕，奧德修斯自知無力救回，只得聽任6名水手在身後呼喚其名，而自行逃脫。文中，奧德修斯自陳，此處是所有艱難中最悲傷的，因為見死而不得救。」

荷馬老師一口氣講到此處，中間絲毫沒有停頓，從他慷慨激昂的語調和嚴肅的表情中可以看出他對這部作品寄予的深厚感情。

「同學們，到現在為止，你們應該對《伊利亞德》和《奧德賽》這兩部史詩有了基本的瞭解。下面的時間，就交給你們，我想聽聽你們對這兩部史詩的看法。比如，個人比較偏愛哪一部，偏愛的理由是什麼。無需顧忌，大家可以暢所欲言。」

荷馬老師話音剛落，一向最愛表現的小新搶先開口。「我當然喜歡《伊利亞德》，它規模宏大，氣勢磅礴，一幕幕戰爭場面驚天動地，一個個英雄人物威武異常，讀罷讓人拍案叫絕。」小新的意見好像代表了大多數男生的意見，聽了他的話，連一向愛和他唱反調的小文都不住地點頭。

見男生已經開了頭，女生自然也不甘示弱，不過女孩子比較含蓄，都遲遲不肯開口。緊要關頭，還是平時最沉穩、學識最淵博的芳姐一馬當先，只見她推了推自己的黑框學究眼鏡，清了清嗓子，從容不迫地談了起來。

「兩部史詩各有所長，不過相比之下，我個人還是更偏愛《奧德賽》。首先，史詩對主人翁奧德修斯的塑造非常成功，他英勇、智慧、頑強、機警、克制，既是聰明的領導者，又是勇敢的戰士，既是受人愛戴的奴隸主，又是忠誠的好丈夫，總之，這個人物集合了各種美德和才幹於一身，雖然有些理想化，但卻魅力四射。」芳姐的開場簡潔乾脆，句句在理，同學們都聽得專心致志，教室裡鴉雀無聲。芳姐受到鼓舞，說得更加起勁。

「除了奧德修斯這個人物本身的魅力之外，他在海上的一系列奇遇也同樣驚心動魄，引人入勝。獨眼巨人、風神艾俄洛斯、女神喀耳刻、海怪斯庫拉、仙女卡呂普索，這一系列形象精彩紛呈，讓人應接不暇，讀之猶如漫遊神話世界，讓人流連忘返。」

　　芳姐的演講結束了，荷馬老師帶頭拍起了手，隨後教室裡掌聲一片。熱烈過後，荷馬老師為這堂《荷馬史詩》課做了最後的總結。

　　「剛才兩位同學的發言都非常精彩，看來這堂古希臘史詩課的效果還不錯。前面已經說過的話題我就不再贅述，最後我再從文學層面上為大家進行一下解讀。《荷馬史詩》的風格可以用八個字概括：迅速、直接、明白、壯麗。史詩中運用了現實主義和浪漫主義兩種方法。史詩中描寫的戰爭、人物都是現實的，但由於加入了古代神話的元素，所以又呈現出了浪漫色彩。此外，史詩中還運用了大量的修辭，辭章華麗，妙

《伊利亞德》和《奧德賽》的比較

	《伊利亞德》	《奧德賽》
主要内容	描寫部落戰爭的英雄史詩，以「阿基里斯的憤怒」開篇，講述戰爭第10年最後51天的事情，刻畫阿基里斯、赫克托爾、奧德修斯、阿伽門農等一系列英雄形象。	一部反映氏族社會末期至奴隸社會初期人類對自然和社會鬥爭的史詩，描寫木馬計設計者奧德修斯10年漂泊最後40天內的事情，塑造了一位理想化的奴隸主奧德修斯的形象。
主題思想	把戰爭看成正當、合理、偉大的事業，對英雄主義進行了大力歌頌。但同時又描寫了戰爭的殘酷、給人民帶來的災難、人民的厭戰與反戰情緒，並透過英雄們的淒慘結局，隱約地表達了對戰爭的譴責。	歌頌英雄們在與大自然和社會的鬥爭中，表現出的勇敢機智和堅強樂觀的精神，強調了奮鬥的可貴。
藝術特色	布局精巧，氣勢恢宏，節奏急促，風格悲壯。	驚心動魄，場面瑰麗，具有浪漫主義色彩，總體風格較為平靜。

語迸出，精彩、生動的用詞和比喻俯拾皆是。」

「這兩部史詩的藝術特色各不相同，《伊利亞德》風格悲壯，節奏急促。《奧德賽》雖然也寫了驚心動魄的鬥爭，但場景瑰麗，變化較多，總體調性較為平靜。兩部史詩，一個氣勢恢宏，一個驚心動魄，一個陽剛，一個陰柔，時間和人物上相互承接，思想和風格上相互映襯，剛好珠聯璧合，完美無缺。」

「以上就是本堂課的全部內容，希望我講述的英雄史詩沒有讓大家失望。」荷馬老師講完最後的結尾後未再多言，便徑直離開了。老師走後，其他同學也紛紛離開教室，直到此時，小艾才回過神來，想起自身的處境。還好小悠還沒走，小艾好像抓住最後一根「救命稻草」似的，緊緊抓住小悠的胳膊，一口氣把心中的困惑全都倒了出來。「這裡到底是什麼地方？是現實還是夢境？你們是怎麼來到這間教室的？」

小艾的這一連串問題把小悠問得一頭霧水。小悠告訴她，這裡是一間「高科技教室」，來這裡上課的同學都是各大名校的高材生，他們是經過重重選拔才獲得上課資格的。至於這裡究竟是夢境還是現實，她也搞不清楚，因為每次他們都要坐上一臺新發明的高科技儀器才能來到這裡上課。「難道你不知道這些？那你是怎麼來的？」這次換作小悠滿腦袋疑問了。

小艾正想把自己的離奇經歷告訴小悠，可是還沒等她開口，突然一陣美妙的音樂響起，霎時間時空再次轉換。睜開眼，小艾已被帶回「人間」。這究竟是怎麼回事？那間神祕教室究竟是真實的存在，還是小艾的夢境？小悠有沒有撒謊？若她所言非虛，小艾又怎麼會誤打誤撞來到這間神祕教室？一切答案唯有等待時間來揭曉了。

荷馬老師推薦的參考書

《**神譜**》赫西俄德著。這是一部最早且比較系統地敘述宇宙起源和神的譜系的作品，講述從大地女神蓋亞誕生一直到奧林帕斯諸神統治世界這段時間的歷史，內容大部分是神之間的爭鬥和權力的更替。透過閱讀這部作品，我們可以對古希臘神話中眾神的性格、象徵意義等有一個系統的瞭解。這對以後閱讀其他西方名著有很大幫助。

第三堂課

但丁老師主講「眞善美」

> 唯有信仰和愛才能
> 將我們引向「真善
> 美」的至境。

但丁・阿利格耶里（Dante Alighieri，1265—1321）

　　出生於佛羅倫斯一個沒落的小貴族家庭，義大利中世紀最重要的詩人，現代義大利語的奠基者，歐洲文藝復興時期的指標性人物，被恩格斯譽爲「中世紀的最後一位詩人」和「新時代的最初一位詩人」。但丁一生著作甚豐，早年爲祭奠一生摯愛碧雅翠絲而寫下散文詩集《新生》，開創了「溫柔的新體」詩派。後來捲入政治鬥爭，遭到流放。在流放途中，他寫下了《俗語論》、《饗宴》、《帝制論》等理論著作。1307年，但丁在流放生活最痛苦的時期開始了《神曲》的創作，直到1321年逝世時最終完稿。《神曲》是一部帶有「百科全書」性質的長篇史詩，文中處處閃耀著人文思想的光芒。這是一部曠世巨作，它不但對整個歐洲後世的詩歌創作產生了深遠的影響，同時也讓但丁這個名字永留後世。

　　「亦餘心之所善兮，雖九死其猶未悔。路漫漫其修遠兮，吾將上下而求索。」這是小艾的聲音。一大清早，頭不梳、臉不洗便跑到陽臺去朗誦《離騷》，看來這丫頭的「瘋病」又要發作了。

　　在別人眼中，小艾本來就是個有點兒古怪的人。二十多歲的小姑娘，正值青春年華，卻不愛逛街、不愛熱鬧，偏偏喜歡一個人埋頭於書堆。見女兒成天一副學究的模樣，小艾媽愁得頭髮都白了，可是不管怎麼勸她也沒用，這丫頭的固執勁，簡直十頭強牛都無法拉她回來。

　　遇上這麼一個性情古怪的女兒，小艾媽也只得認命。她自我安慰道：「咱家丫頭就是悶點兒，好歹沒什麼大毛病。」豈料這話才沒說幾天，小艾就真的開始「發病」了。小艾媽發現女兒最近性情大變，時而慷慨激昂，時而黯然神傷，時而挑燈夜讀，時而天還未亮就一個人跑到陽臺上絮絮叨叨。就像今天早晨這樣，行為古怪，瘋言瘋語，把小艾媽嚇得欲哭無淚。

　　其實，小艾哪裡有病，不過是上了幾堂文學課後靈感迸發，所以才沒日沒夜地「吟詩作賦」。可是小艾媽哪懂這些，還以為女兒得了「瘋病」，成天憂心忡忡地在她身後叨念，勸她別再讀書。

　　果不其然，今天小艾本來興致正好，可是老媽又來打擾。無奈之下，小艾只得逃出家去。信步閒逛，不知不覺又到了「兔子洞書屋」。「何不進去？再探一探那個未解的夢遊之謎？」懷著既期待又忐忑的複雜心情，小艾又一次踏上了她的「夢幻之旅」。

☝ 佛羅倫斯的屈原

　　又來到了「兔子洞書屋」的「老地方」，小艾幾經周折，終於在偏僻的角落裡找到了上次讀的那本《古希臘神話》。老舊的黑色牛皮封面，泛黃的厚重紙張，莫名的奇異幽香，小艾第一次仔細看這本書，這才驚訝地發現，原來它本身就散發著一股神祕氣息。小艾小心翼翼地打開書頁，她隱約記得上次好像是看到「特洛伊戰爭」的段落，可奇怪的是，這次卻怎麼找也找不到了。再瞧瞧這本書，裡面的內容好像也和上次看時不太一樣了。

　　「難道拿錯書了？」小艾心裡犯了嘀咕。仔細檢查一遍，她確定自

己沒有拿錯。「可是書中的內容怎麼會不一樣了呢？難道這真的是一本『魔法書』？」小艾心生疑惑，一邊翻著書頁，一邊仔細回想，一個模糊的數字在她腦海中浮現。1,007，小艾嘗試著翻到這頁，上面講述的是中世紀詩人但丁的故事。

「但丁，歐洲文藝復興的先驅，敲響中世紀喪鐘的偉大詩人，『佛羅倫斯的屈原』……」小艾一字一句地讀著書中的故事，時空也一點一點開始轉換，不知不覺中，那間陌生又熟悉的「神祕教室」已驚現眼前。

「大家好，我是但丁。」一位金髮帥哥出現在小艾面前，她完全不敢相信自己的眼睛。詫異的不止小艾一人，在場的所有同學都瞠目結舌。「大家不用懷疑我的身分，我確實是你們所熟悉的中世紀義大利詩人但丁。可能我本人的模樣與你們在平日看見的不太一樣，或許真實的我讓你們有點兒失望？不過這可不能怪我，是後世的雕刻家們太自以為是、隨心所欲了。」

「怎麼會失望？您這是給了我們一個巨大的surprise！從雕像上看，您相貌威嚴，讓人不敢親近，可沒想到本人卻如此隨和。此外，最重要的是，您竟然還這麼帥！」一向視但丁為「偶像」的小悠顯然有點兒過分激動，完全顧不上遣詞用字，便脫口而出。

「Sur——prise？帥？這位同學的話有點兒難懂，多半是你們現代人的新名詞。」但丁老師結結巴巴地模仿著小悠的話，引得哄堂大笑。

「好了，玩笑開過了，下面讓我們進入正題。在今天這堂課裡，我會給大家簡要地介紹一下我的作品，不過在此之前，我還是要為大家做一個詳細的自我介紹，因為我覺得只有多瞭解我的經歷，你們才能更好地理解我的作品。這與中國的思想家孟子所說的『知人論世』應該是同一個意思。」

「1265年5月，我在義大利佛羅倫斯出生。我的曾曾祖父曾是一名貴族，可惜到了我這代，已經家道中落。我5

魏鵬舉老師知識補充站

孟子提出的「知人論世」，原意是指要瞭解一個人就要研究他所處的背景時代。後來被運用到文學批評上，成為了品評作家與作品的一種手法。

歲喪母，18歲喪父，孤苦伶仃，因此便把全部精力都傾注在學業之上。我天生喜歡思考，熱愛知識，在我可愛的老師布魯內托‧拉蒂尼的指導下，我曾對拉丁語、修辭學、邏輯學、詩學、倫理學、哲學、神學、歷史、天文、地理、音樂、繪畫等潛心研習。此外，法國騎士文學和普羅旺斯抒情詩也給過我很多影響。當然，荷馬、維吉爾、荷瑞斯、奧維德這些偉大詩人的詩作更是我的心頭大愛，所有這些都是我靈感的源泉，智慧的養料。」

魏鵬舉老師知識補充站

荷瑞斯是奧古斯都時期最主要的諷刺詩人、抒情詩人和文藝評論家。他的文藝理論著作《詩藝》用詩簡形式寫成，他在其中提出了「寓教於樂」的觀點。

但丁的三部理論著作簡介

作品名稱	作品簡介
《俗語論》	最早一部用拉丁文寫成的關於語言和詩律的專著。在本書中，但丁對義大利語言的發展做了精闢的論述，著重批判中世紀推崇拉丁文的偏見。他把義大利的方言按其特色劃分為十四種，闡述以佛羅倫斯方言為基礎的俗語的優越性，為義大利民族語言和文學語言的發展奠定了理論基礎。
《饗宴》	打破了中世紀學術著作必須使用拉丁文的清規戒律，是義大利第一部用俗語寫成的學術論著。在本書中，但丁說古論今，旁徵博引，闡述科學、文化、藝術和道德問題。他談論詩的內容與形式，即善與美的關係，分析詩所具有的四種意義，強調詩的寓言性或象徵性。詩人藉詮釋自己的詩歌，向讀者介紹古今科學文化知識，提供精神食糧，故名《饗宴》。
《帝制論》	又名《論世界帝國》，是一部政治論著。全書共三卷。第一卷論證建立帝制的必要性。第二卷論證建立帝制的使命為何歸於羅馬人。第三卷指出，世間萬物中唯獨人既具有可消亡的肉體，又具有永恆的靈魂。《帝制論》的重大意義在於，在本書中但丁第一次從理論上闡述了政治和宗教平等，政教分離，反對教會干涉政治等觀點，向「君權神授說」提出了英勇的挑戰。但丁的這一思想，對以後歐洲的宗教改革運動和資產階級革命產生了深遠的影響。

　　「聽了這些，你們一定以為我是一個整天埋頭書本的『書呆子』。其實我又何嘗不想做一個安安分分的學者，那樣就不用飽受之後的顛沛流離之苦。可惜命運就是如此捉弄人，註定了我要被捲入時代的浪潮。」說到此處，痛苦的回憶湧上心頭，但丁老師不禁皺起眉頭，聲調也略顯低沉。

　　「1302年，我因為反對教皇干政而遭到放逐。自此以後，我便開始了長達20年的流亡生活。顛沛流離的日子確實難熬，不過幸好我有強大的精神支柱。在此期間，我寫下了《俗語論》、《饗宴》、《帝制論》等重要著作，它們都是我與強權抗爭的重要武器。」

　　「1307年，是我流亡生涯中最艱難的一年，也正是在這一年，我開始了《神曲》的創作。痛苦永遠是靈感的『助產士』，越是煎熬的時刻，我的筆鋒便會越犀利。多年的流亡生活讓我親眼看到了祖國壯麗的山河，讓我廣泛接觸到了義大利的動亂現實和平民階層困苦的生活。這些豐富的人生體驗都被我寫進了《神曲》之中。我希望這首長篇史詩能夠道盡我的心聲。」但丁老師的聲音有些哽咽，幾朵淚花在他的眼底隱約閃動。教室裡一片寂靜，所有人都被深深打動。

　　「好了，倒完了我的苦水，下面就讓我們正式開課吧。等等，開課之前，我還要問最後一個問題。來到中國之後，我聽到很多人都叫我『佛羅倫斯的屈原』，有沒有人能給我講講其中的緣由？」

　　「屈原放逐，乃賦《離騷》，但丁流亡，始成《神曲》。『佛羅倫斯的屈原』，這個稱謂實在是與您太相配了！」這次搶先發言的是小艾，她最近正在迷《離騷》，所以一聽見「屈原」兩個字便激動難耐。

　　「呃……你們的古文我不太懂，這位同學能不能說得簡單一點兒？」但丁老師一臉謙虛地說。

　　「屈原是戰國末期，也就是西元前300年前後著名的詩人，他忠君愛國卻遭到放逐，在流亡過程中，他用文字抒發內心苦悶，寫成了千古絕唱《離騷》，堪與您的《神曲》媲美。」

　　「中國的這位偉大詩人的確與我的經歷十分相似，現在我終於明白了，原來『佛羅倫斯的屈原』是對我的讚美。」但丁老師靦腆一笑，接著又言歸正傳。

從《新生》到《神曲》

「我知道對於各位同學而言，在我所有的作品中，最熟悉的一定莫過於《神曲》了。當然我不否認，它的確是我的嘔心瀝血之作。不過就我個人而言，若讓我談論自己的作品，我更願意從《新生》說起，因為這一整部詩集記述的就是我一生的愛情故事。」聽到愛情的話題，同學們都異常興奮，催促著但丁老師趕緊講下去。

「那年我9歲，她8歲。在一個春光明媚的上午，阿爾諾河的舊橋之上，我們不期而遇。那天碧雅翠絲手持鮮花，簡直美得不像凡人。我對她一見鍾情，愛慕終生。《新生》裡的每字每句都是為她而寫，她便是我心中『真善美』的化身。」

魏鵬舉老師知識補充站

「溫柔的新體」是義大利中世紀時期發展起來的一種抒情詩派，內容主要歌頌女性和愛情，風格柔美清新，故又稱「清新詩派」。

「我對碧雅翠絲的愛是純真的、理想的、帶有神祕色彩的，我想表達的感情也是真切的、細緻的、具有哲思的。我在《神曲》中曾說過，我寫詩的原則是：『當我愛情激動的時候，我根據它在內心發出的指示寫下來。』我希望創造一種樸實、明晰的詩體，用流暢柔美的語言和富於想像力的構思來探索人物的內心世界，來展示愛情在心靈深處激起的波瀾。**後人說我的詩風自然、清新，屬於『溫柔的新體』詩派，對此我不發表看法。**我唯一想說的是，這部《新生》我寫得情深意切，沒有絲毫矯揉造作之感。這些詩句寄託的是我對碧雅翠絲的哀思，這是我對她『美麗的祭奠』。」

聽了但丁老師淒美的愛情故事，在座的男同學面色凝重，女同學淚眼婆娑。片刻沉默之後，課程繼續。

「別以為詩人只會傷春悲秋，感傷愛情，其實碧雅翠絲之於我，不僅僅是完美的愛人，她更是崇高道德力量的化身，是把我導向智慧、真理和光明的天使。所以，後來在《神曲》裡，我把她描繪成集真善美於一身的女神，引導迷途的我走向天堂。」

「愛情催生了《新生》，而《新生》又爲我晚年創作的《神曲》作了情感和素材的準備。所以說，《新生》這部詩集之於我意義重大，這也是我要以它開篇的原因。」

「眞善美」的永恆主題

「好了，在鋪墊了這麼多內容之後，我們終於要開啓《神曲》的篇章了。在開講之前，我想問一下，在座的同學有誰讀過《神曲》？」全班只有小艾一人沒有舉手，此刻她眞恨不得找個地洞鑽進去。「很好。眞沒想到有這麼多同學喜歡我的作品，眞讓我喜出望外。第三排穿著最奇怪的男同學，就請你給大家簡單介紹一下《神曲》的梗概吧。」但丁老師說的是小倫，他染了一頭金髮，穿了一身牛仔裝，還帶了許多配飾，這身新潮的裝扮估計讓生活在千年前的但丁老師看花了眼。

「既然但丁老師給我這個機會，那我就不謙虛了。」小倫從容不迫地站起來，開始爲大家講述神曲。

「《神曲》，義大利文原意是《神聖的喜劇》。這部作品的原名本爲《喜劇》，後人爲了表示崇敬，爲之加上『神聖』的修飾，因此傳入我國，便被譯爲《神曲》。《神曲》是

魏鵬舉老師知識補充站

維吉爾是古羅馬最偉大的詩人，他的長篇史詩《埃涅阿斯紀》是歐洲文學史上第一部「人文史詩」。

一部萬言長詩，全詩共分《地獄》、《煉獄》、《天堂》三部，每部33篇。詩句三行一段，連鎖押韻，象徵聖父、聖子、聖靈三位一體。詩集前有序詩1篇，合計共100篇，表示『完全中的完全』。」

「《神曲》採用了中世紀文學特有的幻遊形式，但丁老師以自己爲主人翁，假想他作爲一名活人對冥府——死人的王國進行了一次遊歷。詩中講述的故事大致如下：在『人生旅程的中途』，詩人在一片黑暗森林中迷失。他竭力走出迷津，卻在光明的出口處遇到三隻象徵淫欲、強暴和貪婪的母豹、雄獅和母狼。三隻猛獸迎面撲來，詩人命懸一線。就

詩人的幻遊

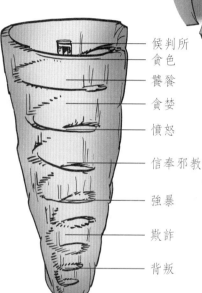

人生中途

候判所
貪色
饕餮
貪婪
憤怒
信奉邪教
強暴
欺詐
背叛

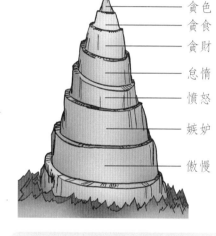

貪色
貪食
貪財
怠惰
憤怒
嫉妒
傲慢

地獄的中心在耶路撒冷，共9層，從上到下逐漸縮小，越向下所控制的靈魂罪惡越深重。

煉獄位於地獄對面的另一面海上，在這裡靈魂得到懺悔滌罪，山分7層象徵著七大罪，每上升一層就會消除一種罪過，直到山頂就可以升入天堂。

這是地獄和煉獄。

維吉爾

（續下圖）

（接上圖）

水晶天
恆星天
土星天
木星天
火星天
太陽天
金星天
水星天
月球天

這是天堂。

碧雅翠絲

天堂分為9層，越往上的靈魂越高尚，直到越過九重天，才是真正的天堂，聖母和所有得救的靈魂所在，經聖母允許，就能一窺三位一體的上帝。

在這危急關頭，古羅馬大詩人維吉爾突然出現，將詩人救出險境。維吉爾告訴詩人，他是受碧雅翠絲之託前來助詩人走出迷途的。接著，在維吉爾的帶領下，詩人開始遊歷地獄和煉獄。」

「詩人首先來到地獄，地獄形似上寬下窄的漏斗，共9層。第一層是候判所，審判的是那些未能接受洗禮的古代異教徒。其餘8層按貪色、饕餮、貪婪、憤怒、信奉邪教、強暴、欺詐、背叛等罪孽分類，罪人的靈魂按生前所犯的罪孽分別在相應的地方接受不同的嚴酷刑罰。」

「遊過地獄之後又到煉獄，即淨界，7層加上淨界山和地上樂園，共9層。煉獄的7層分別對應人類的七大罪過：傲慢、嫉妒、憤怒、怠惰、貪財、貪食和貪色，生前犯有罪過，但程度較輕、已經悔悟的靈魂，按自己所犯罪過分別在此修煉，待罪孽洗清後，方可升入天堂。」

「地獄和煉獄都遊歷過之後，維吉爾隱退，碧雅翠絲出現。在碧雅翠絲的幫助下，詩人懺悔罪孽，獲得新生，並隨同碧雅翠絲遊歷天堂。

天堂亦分9層，即月球天、水星天、金星天、太陽天、火星天、木星天、土星天、恆星天和水晶天。這裡是幸福靈魂的歸宿，到處充滿仁愛和歡樂。詩人欲窺『三位一體』的真諦，然而只見金光一閃，幻象便開始消失，而全詩也在極樂的氣氛中戛然而止。」小倫一口氣將《神曲》的故事講完，在場同學的專注表情，已經充分證明了他的成功。

「這位同學講得非常精彩，看來中國那句古話說得還真對，怎麼說來著，哦，叫『人不可貌相』對不對？」但丁老師再次展現他的幽默感，教室裡笑聲一片。

「剛才那位同學已經把《神曲》的情節講述得很全面了，我就不再贅述。接下來我將重點從思想層面上為大家進行分析。《神曲》採用了中世紀特有的幻遊文學的形式，詩中處處充滿隱喻和象徵。如詩開篇的『黑森林』象徵人生迷途，攔住詩人去路的獅、豹、狼分別代表野心、淫邪和貪欲，它們是人類走向光明途中的障礙，而詩人遊歷地獄、煉獄，最後走出迷津升入天堂的過程，則代表人類對至善至美的苦苦追尋。」

「《神曲》不僅充滿隱喻性、象徵性，同時又洋溢著鮮明的現實性和立場。要知道，我是一位『有強烈立場的詩人』，我一生都在關心政治、關注民生。我不忍心看見同胞在戰亂和災禍中飽受苦難，我希望我的作品能對萬惡的社會有所裨益。」

「可是，人類如何才能走出迷津，擺脫困境？我在《神曲》中一面探索，一面給出答案。我詳盡地描寫地獄之凶險、煉獄之艱難、天堂之完美，其用意正是懲惡勸善，力圖告訴人們：只有苦苦修煉，放棄世俗行為上和思想意識上的罪惡，才能臻於至善至美。那麼，又該如何自我修行呢？這個問題我在詩中同樣給出了答案。」

「維吉爾象徵理性和哲學，他引導我遊歷地獄和煉獄，這代表人類在哲學的指導下，憑藉理性認識罪惡，從而悔過自新的過程。碧雅翠絲象徵信仰和神學，她接替維吉爾做嚮導，引導我遊歷天國，這標誌著人類透過信仰和愛，認識最高真理和達到至善的過程。」

「但丁老師，您所說的『信仰和愛』到底指的是什麼？」聽到此處，愛思考的小文忍不住發問。

「這位同學的問題問得很好，這正是我接下來要重點闡述的內容。我所說的『信仰』是指對基督教的信仰，是對『上帝之愛』的崇敬。而我所說的『愛』是指世俗之愛，即美好的人間情愛。你們可能覺得這兩者相互矛盾，但在我看來，這兩者的結合才正是幫助人類通往至善的途徑。我崇尚基督教，但我卻從來不主張苦修和禁欲，我希望上帝之愛能與人世間的悲歡苦樂相融，這樣人們才能窺透生命的真諦，找到最終的幸福。」

🎵 一首《神曲》驚天下

「好了，該講的我已經講得差不多了，剩下的時間還是留給你們『發揮』吧。」愛偷懶的但丁老師又想出了新花招，他讓同學們以「接龍」的形式（就是一個同學發言之後再指定另一個同學發言，如此依次傳下去），分別談談自己對《神曲》的看法。

第一個發言的又是小新，這種時刻他從來都是當仁不讓。「《神曲》我一共讀過三次，每一次都為其新穎的構思和夢幻的筆法所震撼。詩人把地獄、煉獄、天堂各分為9層，結構嚴密、層次清晰，同時還具有深刻的道德含義。在描繪不同境界時，詩人採用了不同的色彩。地獄是懲戒罪孽的境界，它淒幽、陰森；煉獄是悔過和希望的境界，色彩較為恬淡、寧靜。而天堂是至善至美之境，所以它燦爛、輝煌。這些多層次、多色調的形象描繪既能使得詩人精妙抽象的哲學、神學觀點得到更好的表達，同時又使得這些境界更具真實性，奇而不詭，精微細緻，讓人身臨其境。」

小新對《神曲》的精彩解析得到了但丁老師的認可，這讓他愈發志得意滿。在坐回座位之前，他特意指定小文接著發言，這一舉動充滿了挑釁意味，此時所有人的目光都落在了小文身上。接到挑戰的小文神情泰然自若，看來他也早已胸有成竹。小文緩緩起身，仍舊用那種不疾不徐的語氣，開始演講。

「剛才小新談到了《神曲》的構思和筆法，那麼接下來我就談談《神

曲》中的人物。不得不說，但丁老師真是出色的『畫家』，他筆下的人物多姿多彩，形象鮮活，這一部《神曲》簡直堪稱一部人物畫廊。史詩的主人翁，即但丁老師本人，無疑是全詩之中刻畫得最為細微、飽滿的人物形象。他苦苦求索的品格和豐富複雜的精神世界在詩人的筆下得到了充分展示，讓人印象深刻。此外，詩中另兩位主要人物維吉爾和碧雅翠絲的形象也同樣鮮活生動。以導師形象出現的維吉爾和藹慈祥，以戀人兼『精神偶像』形象出現的碧雅翠絲溫柔、莊重，十分符合人物的性格特徵。」

但丁老師的話

別人後退，我不退；別人前進，我更進。要攀登這座山的人，起初在山的下半部是艱難的，越上升越沒有痛苦，最後就和坐著順流而下的小船一樣。

小文的分析也同樣精準，博得了全體同學的一陣喝彩。小新不甘示弱，還想發言，可惜小文沒有給他機會，而是指定了身旁的小艾做最後的發言。

當眾人把目光投向小艾時，小艾一臉尷尬。因為她是這間教室裡唯一一位沒讀過《神曲》的人，而且她也完全沒有想到會有人指定她發言。不過既然已經箭在弦上，那就不得不發。小艾可不是臨場退縮的性格，就算是「趕鴨子上架」，她也會硬著頭皮死撐到底。小艾慢吞吞地站起身來，憑藉著記憶中對《神曲》的瞭解以及「穿越之旅」前在那本《古希臘神話》上看到的內容，開始了她的演講。

「說實話，其實我並沒有讀過但丁老師的《神曲》。」小艾真是「先聲奪人」，僅僅一句開場白便在同學中引起了一陣騷動。「但是，既然得到了這個難能可貴的機會，我還是想談談我個人對《神曲》的一些看法。」小艾不顧眾人的竊竊私語，繼續按照自己的想法說了下去。

「我是個愛詩之人，沒讀過但丁老師的《神曲》，但我讀過屈原的《離騷》。透過閱讀一些文學資料，我知道這兩位愛國詩人，雖然身處不同的時空，但卻有著一樣的深情。同樣是因為思想超前於時代，同樣是懷著滿腔的愛國熱情，同樣是被現實困厄不能發洩，同樣是借詩歌來抒發內心深處無法排遣的抑鬱和難以實現的理想抱負。」

《神曲》的藝術特色

夢幻與寫實交融

《神曲》以夢幻文學的形式描寫了但丁的靈魂在理性和愛的指引下幻遊三界達到至善境界的經歷，具有濃厚的宗教幻想色彩，作品同時也反映了當時尖銳複雜的黨派之爭，以及教皇和統治者對人民的殘酷剝削和壓迫。夢幻與現實的交融，反映了作者對基督教文化和世俗文化的積極態度，體現了新文化的發展趨勢。

工整與協調的結構

《神曲》分為三部，每部33首歌，加「序曲」，共100首。各部篇幅基本相等。長詩採用連鎖押韻式銜接，每部詩的末尾均以「群星」一詞作結。作品在整體上工整而協調。

象徵與寓意的寫作手法

從頭到尾充滿象徵和寓意。森林、獅、豹、狼被稱為《神曲》的四大象徵，分別代表混亂的政治環境、強暴、淫欲和貪婪。維吉爾代表知識和理性，碧雅翠絲是愛和信仰的化身，他們象徵著人的生活要有知識和愛的指引；三界之行是「人類精神」由罪惡到淨化直至幸福的必然過程，地獄象徵黑暗社會，天堂為理想境界，煉獄是人類由黑暗走向光明必經的痛苦歷程。作品的結構也是象徵的，「3」的含義（3部、33篇、3韻句）就意味著神學上的「三位一體」。

以義大利民族語言寫成，並採用義大利民歌形式

但丁的神學世界觀與人文主義世界觀的矛盾在作品中得到反映，說明但丁還沒有完全脫離宗教的桎梏。

　　「兩位詩人都曾在黑暗的現實之中迷失，他們都借助浪漫主義的詩歌形式來探尋出路，上到天堂，下到地獄，前路漫長而坎坷，但是他們始終沒有停下探索的腳步，一直在探索，一直在抗爭。我想，一部作品真正的偉大之處並不在於其外在的形式，而在於其中閃爍著的詩人偉大的人文關懷和智慧光芒。」

　　小艾的話音剛落，但丁老師帶頭鼓起掌來，隨後教室裡掌聲響成一片。但丁老師說：「這位女同學的發言雖然不如前兩位男同學專業，然而卻感情真摯，句句入我心哪！總而言之，這三位同學對《神曲》的理解都非常到位，分析得也都相當精彩，看到我的作品在千年之後仍能找到知音，這已經是對我最大的安慰。好啦，今天的課就上到這裡，希望還能有機會與你們再見。」說罷，但丁老師步履從容地離開了教室。

　　下課鈴聲隨之響起，短暫的美好又結束了。小艾知道她已被一股莫名的力量推回現實，她不願睜開眼，她想在自己築的美夢裡多睡一會兒。有些事可能註定要逸出常軌，有些人可能註定無法符合大眾預期。聽過一部《神曲》，小艾彷彿在無望中看到了微光，雖然仍身在迷途，但是她的心卻已不再迷茫。

但丁老師推薦的參考書

　　《埃涅阿斯紀》維吉爾著。這是第一部「人文史詩」，也是羅馬文學的頂峰之作。全詩12卷，約1萬餘行，講述的是被打敗的特洛伊王子埃涅阿斯歷盡千辛萬苦終於成為羅馬開國之君的故事。全詩情節生動，故事性強，語言凝鍊，是歐洲文學史上第一個個人創作的史詩，自問世以來，一直受到很高的評價。

第四堂課

薄伽丘老師主講「人欲」

人欲是合理的，愛情是崇高的，我們的幸福不應該被宗教禁錮。

喬萬尼·薄伽丘（Giovanni Boccaccio，1313—1375）

　　義大利文藝復興運動的傑出代表，人文主義作家。生於商人之家，早年在那不勒斯經商，曾接觸到宮廷和貴族生活，受到人文主義思想啟發。後來，他來到佛羅倫斯，經歷政治鬥爭，此時表現出了擁護共和、反對封建貴族勢力的傾向。薄伽丘熱衷古典文學，對古希臘、古羅馬文化都研究頗深，是義大利第一個通曉希臘文的人文主義者。薄伽丘一生的創作類型多種多樣，有短篇小說、傳奇小說、敘事詩、牧歌、十四行詩和豐厚的學術著作。他早年的作品多以愛情為主題，傳奇小說《菲洛柯洛》是他的第一部作品，也是歐洲較早出現的長篇小說。短篇小說集《十日談》是薄伽丘最重要的作品，是義大利文學史上第一部現實主義巨著，人文主義的先鋒之作，也是世界文學史上具有巨大社會價值的文學作品。

又是不陰不晴的天氣。厚厚的霧霾遮住了陽光，昏暗了世界，連呼吸都無法順暢，要人如何開懷？今天是星期三，一週中最難熬的日子，看不到頭，也盼不到尾，真讓人抓狂。小艾坐在辦公桌前，對著電腦螢幕上的Excel表格垂頭喪氣。她真心不喜歡這份會計工作，這些數字簡直扼殺了她身上所有的浪漫細胞。「我為什麼要困在這裡？」小艾不禁自問。「還不就是為了糊這張口。」雯的聲音從對面傳來，她不是在回答小艾，而是在回應李姐的抱怨。

「是啊，我們都在為了生計奔波，有幾人真正活得瀟灑？仔細聽聽，辦公室裡每隔幾分鐘就會有歎息聲傳來。這整間辦公室裡，有幾人真正快樂？我們為什麼非要這麼活著？工作、掙錢、買房、買車、結婚、生子，然後下一代再周而復始？」小艾的「瘋病」又發作了，她無法控制自己的胡思亂想。

「難道我們非要這麼活著嗎？屈從於現實，壓抑自己的天性？媽媽總說人不能由著自己的性子活，難道追求自由、追求快樂不對嗎？」各種疑問在打架，小艾的腦袋已經炸開了鍋。她知道自己已無心工作，當下最重要的是要為這些問題找出答案。於是她穿上外套，請了假，徑直來到「兔子洞書屋」，找到那本具有「魔法」效力的《古希臘神話》第1,007頁，「穿越之旅」再次起航。

📖 義大利文藝復興先驅

又來到了「神祕教室」，又看到了這些熟悉的面孔，小艾感到一種發自肺腑的喜悅，看來這裡才是她心靈的真正歸宿。課已開始，和前幾堂課一樣，這次講臺上的老師又換了人。「我是喬萬尼·薄伽丘，來自義大利。在這裡我就不做自我介紹了，因為昨天我翻閱資料的時候發現，你們後人瞭解的竟然比我自己記得的還詳細。」說到這裡，薄伽丘老師爽朗地大笑一聲，「我看過很多關於後人對我的評價，發現你們都會說這麼一句：『他是一位人文主義作家，義大利文藝復興先驅』，對於這裡面提到的『人文主義』和『文藝復興』，我實在有點兒不太理解，不知有沒有哪位同學能幫我解釋一下？」

　　按照慣例，搶風頭的肯定是小新，可是出乎意料，這次率先發言的竟然是一向低調的芳姐。「文藝復興指13世紀末在義大利各城市興起，以後擴展到西歐各國，於16世紀在歐洲盛行的一場思想文化運動。這個時期，隨著城市經濟的繁榮，資本主義開始萌芽，因此，當時封建社會的精神支柱基督教教義開始受到人們的質疑，許多資產階級先進分子開始重新重視古希臘、古羅馬文化，以此來宣傳更先進的人文主義精神。」

　　芳姐自信滿滿地回答完了第一個問題，沒有再繼續，她給小文使了個眼色，示意他接著說下去。小文心領神會，於是趕緊站起來接著發言。「中世紀的西歐是異常黑暗的時代，封建統治階級用宗教壓制人性，用迷信思想蒙蔽人心，人們的合理欲望被壓抑，不能得到快樂。因此，一些思想先進的知識分子開始覺醒，他們反對神的權威，主張以人為本，肯定人的價值和尊嚴，宣導個性解放，認為人是現實生活的創造者和主人，鼓勵人們追求現實生活中的幸福。」

　　「這兩位同學解釋得非常不錯，如果按照你們的說法，我的確是不折不扣的人文主義倡導者，不過『義大利文藝復興先驅』這個稱號我可愧不敢當。要知道，在我之前義大利還有兩位偉大的詩人——但丁和佩脫拉克，他們的偉大思想和優秀作品曾照亮了整個義大利，甚至整個歐洲，他們才是真正的文藝復興先驅。」

　　「關於但丁我就不多做介紹了，我聽說他才剛剛給你們上了一堂關於『真善美』的文學課，想必你們一定受益匪淺。但丁老師在我心中的地位可謂是舉足輕重，他的《神曲》曾帶給我巨大的震撼和影響。好了，下面我重點給大家介紹一下另一位義大利人文主義的代表作家弗朗切斯科·佩脫拉克，他的名聲可能不如但丁老師響亮，但他可是人們公認的『人文主義之父』。」

　　「佩脫拉克是一位優秀的義大利詩人，他不僅是人文主義的奠基者，而且也是近代詩歌的創始人。十四行體抒情詩集《歌集》是他的代表作，在此他表達了早期人文主義者嚮往新生活、憎恨教會的先進思想。此外，他還大膽提出以『人的思想』代替『神的思想』，因此被人們尊稱為『人文主義之父』。」

義大利「文學三傑」

新世紀第一位
詩人但丁

人文主義之父
佩脫拉克

義大利文藝復興
先驅薄伽丘

《神曲》是我的代表作。它採用夢幻與現實交融的文學形式，工整與協調的結構，象徵、寓意、夢幻的手法，敲響了中世紀文學的「喪鐘」。

《歌集》是我的代表作。這部詩集繼承了「溫柔的新體」詩派傳統，以細膩的筆觸歌頌愛情，表達了我蔑視中世紀道德，熱愛生活的世界觀。

《十日談》是我的代表作。我運用框架結構把100個故事編織起來，第一次運用現實手法廣泛反映了14世紀義大利的現實，反對禁欲主義、宣揚現世幸福，處處流露著先進的人文主義思想。

傳奇和敍事詩

「但丁、佩脫拉克、薄伽丘，並稱為歐洲文藝復興時期義大利『文學三傑』。其他兩位都介紹過了，下面您也該給我們介紹介紹您自己了吧。」見薄伽丘老師如此謙虛，小新忍不住嘀咕起來。

「哈哈，我很欣賞這位同學的直率。我也不算愛故弄玄虛的人，接下來就讓我談談我的生平和作品。我從小出生於商人世家，早年曾隨父親學習經商，雖然學無所成，但這段生活讓我親身經歷了市民和商人的生活以及思想情感，這些體驗也讓我對俗世生活有了一定的瞭解，這對我日後的寫作也起到了很大的作用。」

　　「後來我有幸活動於宮廷，曾在那裡結識了許多思想先進的詩人、學者、神學家、法學家，也接觸到了貴族騎士的生活。這些豐富的經歷擴大了我的文化視野，同時也讓我對古典文化和文學產生了濃厚的興趣。我曾潛心研究古希臘、古羅馬的經典名著，翻譯過荷馬的作品，研究過但丁的《神曲》。這些作品中洋溢著的人文主義思想的光輝都曾給我帶來巨大的影響。」

　　「我早年的創作是一些以愛情為主題的傳奇和敘事詩。傳奇小說《菲洛柯洛》是我的第一部作品，以西班牙宮廷為背景，取材於中世紀傳說，講述了一個信仰基督教的少婦和一個青年異教徒的愛情故事。在這部作品裡，我的人文主義思想已經初見端倪。後來在我的《十日談》中還有兩則故事取材於這部作品。」

　　「之後創作的兩部敘事長詩《愛的摧殘》和《苔塞伊達》，分別取材於《特洛伊傳奇》和《埃涅阿斯紀》，主題是讚頌純潔的愛情和高尚的友誼，讚頌世間生活的美好和歡樂，人文氣息濃厚，開八行體詩的先河。」

　　「剛才我說過，但丁老師是我的偶像，這話可不是空口無憑，我接下來的這兩部作品就是在他的影響之下創作而成的。牧歌式傳奇《亞梅托的女神》在形式上效仿但丁的《新生》，是用散文連綴而成的三韻句詩歌。**長篇隱喻詩《愛情的幻影》受到但丁《神曲》的影響，用三韻句寫成。**」

　　「除此之外，《菲洛美塔的哀歌》也是值得一提的作品，這部傳奇小說講述了被戀人拋棄的女子菲洛美塔的遭遇，細緻地刻畫了主人翁內心的愛恨糾葛，據說是歐洲最早的心理小說。」

　　「講到這裡，細心的同學可能會發現，在我的作品中有許多共同特點。它們都是以愛情為主題，多取材於古希臘、古羅馬神話和詩歌，充滿了對人世生活和幸福的追求。其實後來那部我一生中最重要的作品

魏鵬舉老師知識補充站

　　三韻句是由民間詩歌發展而成的一種詩體，是指每節三行中，第一、三行同韻，第二行是新韻腳，而這個新韻腳在第二節中又作第一、三行的韻腳，即aba，bcb，cdc，ded……的押韻形式。

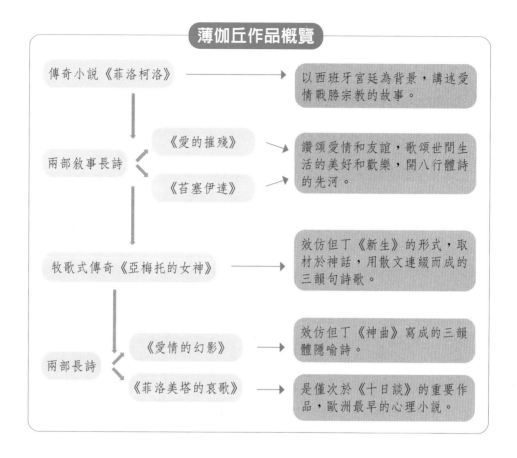

薄伽丘作品概覽

傳奇小說《菲洛柯洛》 → 以西班牙宮廷為背景，講述愛情戰勝宗教的故事。

兩部敘事長詩
《愛的摧殘》 → 讚頌愛情和友誼，歌頌世間生活的美好和歡樂，開八行體詩的先河。
《苔塞伊達》

牧歌式傳奇《亞梅托的女神》 → 效仿但丁《新生》的形式，取材於神話，用散文連綴而成的三韻句詩歌。

兩部長詩
《愛情的幻影》 → 效仿但丁《神曲》寫成的三韻體隱喻詩。
《菲洛美塔的哀歌》 → 是僅次於《十日談》的重要作品，歐洲最早的心理小說。

《十日談》正是在這些作品積累的基礎之上完成的，它們都反映了我的人文主義思想。」

「好了，一下子嘮叨了這麼多，你們都聽得打瞌睡了吧？什麼，還沒打瞌睡？我的嘴巴都講乾了。」講完了正題，薄伽丘老師又恢復了他的幽默個性。

「老師，我們正聽得起勁呢！您別偷懶啊！再講點兒。」愛耍嘴皮子的小倫見薄伽丘老師如此平易近人，竟然跟他開起了玩笑。

「我可不說了，說話可比寫字累多了。下面換你們說吧，暢所欲言，不過還是要和咱們的課沾點兒邊，像你們現代人最愛討論的什麼手機、電腦、QQ、微博的話題就算了。」薄伽丘老師一面說一面做出可愛的表情，把同學們逗得前俯後仰。

現實主義巨著──《十日談》

「既然薄伽丘老師不想自誇，那麼就讓我來代勞吧。」站起來說話的是小新，他終於忍不住開口了。「薄伽丘老師一生著作豐富，除了剛才他自己提到的作品之外，還有許多學術著作，都是世界文學史和文化史上重要的作品。如敘述神和英雄起源的《異教諸神譜系》富含豐富史料，而另一部《但丁傳》則是義大利研究但丁最早的學術著作之一。」

「當然，剛才提到的這些都不過是拋磚引玉，眾所周知，薄伽丘老師震撼世界文壇的巨著無疑是堪與但丁老師《神曲》並稱為『人曲』的《十日談》，這部作品是義大利文學史上第一部現實主義巨著，對整個歐洲文學發展都有重要的影響。薄伽丘老師，您來給我們談談這部作品吧。」

聽了小新的話，薄伽丘老師哈哈大笑。「小夥子，還是你來講吧，我覺得你會講得比我更好。」薄伽丘老師語氣真誠，幽默謙遜，絲毫沒有諷意。

小新一副直來直往的秉性，聽到薄伽丘老師這樣說，自然當仁不讓，於是便真的開口講了起來。

「薄伽丘老師的代表作《十日談》是一部短篇小說集。1348年，佛羅倫斯爆發了一場災難性的瘟疫，居民死亡過半，城中十室九空。這一場慘絕人寰的災難深深觸痛了薄伽丘老師的心，同時也激發了他的創作靈感。因此瘟疫結束後，他便著手寫作《十日談》。」

「《十日談》以當時的現實為背景。1348年，義大利一城市瘟疫流行，10名男女在鄉村一所別墅裡避難。他們終日遊玩歡宴，每人每天講1個故事，10天共講了100個故事，故名《十日談》。《十日談》中的小故事看似荒誕無稽，但其實每一篇都是有理有據的。薄伽丘老師把自己先進的人文主義思想注入這些故事之中，提倡追求現世生活的享樂，讚美愛情是才華和高尚情操的泉源，譴責禁欲主義，大膽地批判和揭露了封建帝王的殘暴、基督教會的罪惡、教士修女的虛偽。」

　　小新的演講結束了，薄伽丘老師的臉上露出了滿意的微笑。「這位同學果然沒讓我失望，他對我的《十日談》分析得鞭辟入裡，完全道出了這本書的精髓。沒錯，我的《十日談》雖然看上去是在寫一群年輕人的放縱狂歡，但其主旨是歌頌愛情，鼓勵大家熱愛生活，追求現世幸福。而其中的100篇小故事則是以幽默荒誕的形式給予了當時的義大利社會尖酸犀利的諷刺。」

　　「在這部作品裡，我刻畫了社會各個階層的形象，展現了義大利廣闊的社會生活畫面，同時著重揭露了教會的腐敗和教士的虛偽。首先，我把劍鋒直指壓抑人性的天主教會和宗教神學，透過對僧侶們的惡跡劣性、奢侈逸樂、敲詐聚斂、買賣聖職、鎮壓異端等種種黑暗勾當的描寫，揭開教會神聖的面紗，讓人們看清教會在冠冕堂皇背後的腐敗與墮落。」

　　「其次，我還抨擊了僧侶的虛偽和奸詐。這些道貌岸然的偽君子，打著宗教的旗號，要求別人禁欲，可是自己卻暗中勾結良家婦女。神父們譴責高利貸者，說他們重利益盤剝，恐嚇他們死後必將被打入地獄，可是其真實目的卻是希望他們用不義之財填滿自己的錢袋。」

《十日談》的藝術特徵

採用故事會的形式，以框架結構把這些故事有機地組成一個嚴謹、和諧的敘述系統。大瘟疫是一個引子，點明社會現狀，為作品提供時代底色，100個故事在命題下展開，故事中的人物也常講故事，這樣大框架中套小框架，故事中套故事，鮮明表達出作者的情感、觀念，又具有引人入勝的藝術魅力，複雜有序。

以古典名著為典範，吸收了民間口語特點，語言精鍊、流暢，又俏皮、生動，將世間人物描寫得微妙盡致，靈動多姿。

對時代進行了全景式的描繪，並刻畫了形形色色的人物形象，囊括了社會各個階層的人物，概括生活現象，描摹自然，敘寫細節，刻畫心理。

以人文主義的理性精神對教士的醜行進行嘲諷，具有狂歡化的喜劇特色。

🖊 幸福在人間

　　「聽了這麼多不美好的事情，同學們都要對生活失去信心了吧。」講完了嚴肅話題，薄伽丘老師又恢復了一貫的幽默。「接下來咱們談點兒你們都感興趣的話題吧，說說愛情。」薄伽丘老師話音剛落，同學們的眼睛都發了光，看來愛情還真的是人類永恆不變的話題。

　　「透過前面的介紹你們應該知道，愛情一直是我作品中不變的主題。當然，《十日談》中也不例外。眾所周知，我是一個熱愛現實生活，反對禁欲主義的人，所以在這部作品中，我不但揭露了教會的虛偽、貴族生活的腐朽，同時還大量描寫了男女之間的愛情故事。我知道後世對《十日談》的愛情描寫多有詬病，他們認為我在鼓勵人們縱欲，是危險的、不道德的。可是我自己卻並不這樣認為，我一直堅信在所有的自然力量中，愛情的力量是最不受約束和阻攔的。人生苦短，縹緲虛無的天國幸福太過荒誕。追求愛情、追求快樂是人與生俱來的天性，應該受到鼓勵，而不應該被壓制，作為一個有血有肉的人，我們是有權利享受愛情和現實幸福的。」

　　「那麼，當愛情和現實產生衝突時該怎麼辦呢？我們是要不顧一切追求自己的真心，還是要為了現實克制自己的欲望呢？」薄伽丘老師的這個問題剛好問到了每個人的心坎上，大家都豎起耳朵，認真聆聽。

　　「要知道，我是一個主張『愛情至上』的人。我認為，愛情可以戰勝一切。我筆下的主人翁在爭取愛情和幸福的道路上，無不遭遇各種阻礙，諸如封建等階級觀念、金錢、權勢或其他天災人禍，但是他們最終都能化險為夷，渡過難關，過上幸福生活。透過這些描寫，我正是想告訴大家，愛情是人世間最偉大、最崇高的情感之一，它能激發靈感，蕩滌心靈，所以我們應該積極追求，不要輕易向現實妥協。要知道，建立在經濟關係上的婚姻是不會幸福的。」

　　薄伽丘老師的話引起了大家的共鳴，同學們都情緒激動，掌聲熱烈。在眾人情緒正高漲之時，一個不和諧的聲音在教室裡響起，出乎意料，這次持反對意見的竟然不是小新，而是小文。

　　「關於薄伽丘老師『人欲是天然合理的』觀點我只能部分認同。追求

愛情、追求現世的歡樂固然沒錯，但是薄伽丘老師似乎過分強調了其合理性的一面，而沒看到其負面影響。要知道，人的欲望是無止境的，所以有時候也需要道德的束縛，如果把兩性之愛的現實視為人生最大的幸福與快樂，那麼未免有些矯枉過正，流於享樂主義。總之，我不贊成為了追求個人的幸福而不擇手段、傷害別人，我認為我們對愛情和自由的追求還是應有一個合理的限制，畢竟大愛、博愛才是人文主義的核心。」

小文的話讓薄伽丘老師沉默良久才開口說話。「這位同學的發言很有見地，他補充了我作品中的不足。在這裡我必須補充說明，我的作品創作於中世紀，在當時主要是為了反對禁欲主義思想，所以思想可能有過激之處。這是我個人和時代的局限性，我必須承認。所以我希望，你們在閱讀《十日談》的時候能夠抱著批判吸收的態度，取其精華，去其糟粕，認識到天國的虛妄和現世幸福的可貴，認識到人欲合理性的一面，同時也要看到放縱欲望帶來的惡果。用你們現代人的說法就是，希望你們能從這部《十日談》中吸收到『正能量』。」說完這段話後，薄伽丘老師禮貌地與大家道別，略帶不捨地離開了教室，看得出來，他也很享受這堂課的時光。

同學們依依不捨地目送薄伽丘老師離開。他的幽默、謙虛和才華已徹底擄獲了大家的心。下課鈴聲響了，其他人都離開了，空蕩蕩的房間只剩下小艾一人。她已分不清自己身在何處，是在現實還是夢境。此刻的她只聽得到一個聲音，「我要自由！我要快樂！」這聲音響亮而清晰，熱切而堅定，是她內心深處最深沉的呼喚。「是的，薄伽丘老師說得對，幸福在人間，幸福在當下。我不要再為別人而活，我要做我自己。」此刻的小艾目光炙熱，熱血沸騰，所有困惑都已迎刃而解。她知道，一場翻天覆地的巨變已經開始。

薄伽丘老師推薦的參考書

《歌集》佩脫拉克著。這是詩人於1327年見到美麗少女蘿拉後陸續寫下的300多首十四行詩，以及1347年蘿拉死後為表達哀思而寫的一些抒情詩的結集，用義大利語寫成，主要是愛情詩。詩人繼承了「溫柔的新體」詩派傳統，以豐富多彩的色調及其細膩入微的筆觸，大膽歌頌愛情，表達對幸福的渴望，反映出人文主義者蔑視中世紀道德，熱愛生活的世界觀。

賽萬提斯老師主講
「崇高的理想」

笑聲中升騰出眼淚，理想主義雖然不能「救世」，卻感人至深。

米格爾‧德‧賽萬提斯‧薩維德拉（Miguel de Cervantes Saavedra，1547—1616）

　　西班牙文學史上最偉大的作家，文藝復興時期的先驅人物。他的長篇小說《唐吉訶德》是文學史上第一部現代小說，對整個世界文壇產生了巨大的影響。他被狄更斯、福樓拜、托爾斯泰等作家譽為「現代小說之父」。

聽完了薄伽丘老師的課，小艾第二天便辭了職。這好像是她平生做出最勇敢的決定，當離開公司的那一刻，她覺得自己的腳下好像踩著雲彩，整個人都要飄起來了，前所未有的輕鬆。放鬆了，終於放鬆了，卸下了所有的負擔，心放空了，然而也落空了。逞一時之快是要付出代價的，接下來不管是福是禍，小艾都要自食其果。

第一個發難的當然是小艾媽，當她聽說女兒連招呼都不打就放棄了自己的「鐵飯碗」時，她的第一反應竟然是翻看日曆，看看今天是不是愚人節。可是沒辦法，不管現實多麼殘酷，它已擺在眼前。小艾還以為媽媽會像往常一樣洶湧澎湃地咆哮一番，或者大打出手，可是不曾料想過，這一次她竟然格外的平靜。平靜永遠比暴怒更可怕，這裡面積蓄著更多傷痛。小艾媽這一次是徹底失望了，她只留給小艾「好自為之」四個字，就不再開口了。

自己選的路，只有自己走。小艾已下定決心要做一名詩人，所以接下來的日子裡，她四處奔走，向各個出版社投遞自己的詩稿，希望能夠出版。結果可想而知，一個黃毛丫頭寫的小情小調誰會看上眼？小艾自然是四處碰壁，碰得頭破血流。

痛嗎？真的痛。抱怨嗎？無話可說。後悔嗎？一點兒都不。可是，問題究竟出在哪裡？勇敢地追求夢想難道不對嗎？人難道非要為了活而活嗎？小艾再次陷入迷惘。小時候，每當遇到這種情況，都是媽媽為自己指點迷津，可是現在自己已經不是小孩子了，要學會長大。

大哭一場，恢復理智之後，小艾又來到了「兔子洞書屋」。開啟「夢幻之旅」的方法已經駕輕就熟，只要勇敢地踏出一步，自會有人帶領你走出迷途。

🖋 賽萬提斯的坎坷人生

「大家好，我是賽萬提斯。」一位高高瘦瘦的外國老師步履從容地走上講臺，極其簡短地做了自我介紹。儘管賽萬提斯老師已經表現得盡量低調，但是他的出場還是在同學間引起了一陣騷動。

「真的是賽萬提斯？西班牙的賽萬提斯？寫《唐吉訶德》的賽萬提斯？」雖然之前已經親眼見過荷馬、但丁這樣的大人物，但是看見活

生生的賽萬提斯站在自己眼前，小艾還是沒能控制住內心的狂喜。要知道，賽萬提斯可是小艾的偶像啊！以前，多少個夜晚，她都是抱著《唐吉訶德》入眠的，在小艾心中，賽萬提斯老師簡直就是她的隔代知音，他的每字每句都能敲在她的心上。

「呃，我的確是賽萬提斯，西班牙的賽萬提斯，寫《唐吉訶德》的賽萬提斯。」賽萬提斯老師很認真地回答了小艾的問題，並且用最真誠的微笑回報了小艾的熱情。

「賽萬提斯？唐吉訶德？這位同學的話提醒了我。為什麼人們總是把我和這個傢伙相提並論？我可是有血有肉的大活人，那傢伙不過是我書中的一個虛擬人物，憑什麼他的名氣比我還大？」賽萬提斯老師情緒激動，一臉嚴肅地提出了這個問題。可他越是認真，大家就越是忍不住笑出聲來。

「不要笑，同學們不要笑，我是認真的，這個問題真的讓我困惑了很久。」賽萬提斯老師果然是個怪人，弄得所有人都摸不著頭緒。

「算了，求人不如求己。其實我已經有了主意。聽說你們這個年代流行自我推銷，為了不讓唐吉訶德這傢伙搶了我的風頭，我決定先下手為強，先來給你們講講我的經歷，保證不比那個傢伙遜色。」賽萬提斯老師的冷幽默讓人猝不及防，忍俊不禁。在所有人的笑聲都停止之後，賽萬提斯老師的「自我推銷」正式開始了。

「我出生於西班牙中部一個沒落貴族之家，父親是跑江湖的外科醫生，我從小便跟著他四處奔波，我的童年就這樣在顛沛流離中度過。23歲那年，我去了義大利，給紅衣主教胡利奧當過一年家臣，由於不安現狀，後來又參加了西班牙駐義軍隊。在著名的勒班陀大海戰中，我負了重傷，左手殘廢，從此便有了『勒班陀的獨臂人』的稱號。」

「經過了4年出生入死的軍旅生涯後，我們終於踏上了歸途。可是誰曾想，就在歸國的途中，我們竟然遭遇了土耳其海盜船。接下來又是一段艱苦歲月，我們被擄到阿爾及利亞服了5年苦役，飽受苦難。在服役期間，我曾多次計劃逃跑，可惜卻沒有一次能夠成功。終於，在1580年，親友們把我贖回。本以為大難之後必有後福，可是前方等待我的，卻依舊是窮困潦倒。不得不說，命運真的是殘酷無情啊！」

「塞翁失馬，焉知非福。賽萬提斯老師，不要灰心啊！」聽到賽萬提斯老師的坎坷經歷，小艾再次忘情，這丫頭的眼圈都紅了。賽萬提斯老師溫柔地看了小艾一眼，又接著講了下去。

「沒錯，上帝在關上一扇門的時候，總會為你打開一扇窗。如果當年腓力普國王給了我待遇豐厚的職位，如果我不曾幹過軍需官、稅吏，我就不會接觸到農村生活，如果我不曾遭受過無妄的牢獄之災，就不會體會到底層人民的痛苦，如果沒有這些坎坷，那部不朽的名著《唐吉訶德》也不會問世。想通了這些，我便不再抱怨。」

魏鵬舉老師知識補充站

　　賽萬提斯的遭遇讓我想起了中國的司馬遷，正所謂「發憤著書」，人們的潛能往往是在逆境中被激發的。

「賽萬提斯老師，難怪您能寫出《唐吉訶德》這樣優秀的作品，原來您一生的經歷絲毫不比唐吉訶德遜色。」小文拍著桌子，激動地說道。

「看來我是白費唇舌了，說了這麼半天，你們還是沒忘了唐吉訶德，看來這傢伙的魅力真是比我大啊！算了，既然你們對他這麼感興趣，那麼接下來的時間就讓給他吧。不過你們可別指望我開口，他的那些爛事我早就說煩了。」賽萬提斯老師又恢復了他的幽默感。

「我來說！我來說！我家的那本《唐吉訶德》都快被我翻爛了。」聽到如此激動的聲音，不用猜也知道是小艾了。自從見到賽萬提斯老師，這丫頭就滿腔熱血，也不管有沒有人反對，她便自顧自地講了起來。

🔅 唐吉訶德的冒險故事

「唐吉訶德，全名唐吉訶德·台·拉曼查，時年五十，是一個知識淵博、家境優越的鄉間紳士。唐吉訶德本來可以悠閒地度過他的晚年，可惜他卻如癡如醉地迷戀上了騎士小說，甚至到了發狂的地步，整天滿腦袋都是一些不切實際的遊俠冒險的荒唐念頭。由於終日受騎士小說的荼毒，唐吉訶德越來越相信書中說的那些遊俠騎士的故事都是真實的。

於是，他也決定成為一名遊俠騎士，去周遊天下，行俠仗義，創建千秋偉業。他翻箱倒櫃，從祖先的遺物中找出一件破爛生鏽的盔甲，接著又從馬廄裡牽出一匹瘦馬當坐騎，然後手持長矛，趁人不備，悄悄溜出了村莊，於是，他的第一次遊俠之旅便拉開了序幕。」

「唐吉訶德是瘋了，在所有人眼裡他都是個瘋子。穿著一身破銅爛鐵，手舉一副長矛，騎著一匹瘦馬，嘴裡高喊著救苦濟貧，時常捂著胸口高呼情人的名字，立志要終生為她服務，為她『冒大險、成大業、立奇功』，更有甚者，他竟分不清真與幻，居然把風車認作凶惡的巨人，與其苦苦戰鬥。這一切荒誕無稽的舉動在別人眼中都是那麼不可思議，他們不能理解唐吉訶德，所以他們只能說他瘋了。」

聽到小艾的話有「包庇」唐吉訶德的嫌疑，小新不禁開口：「唐吉訶德本來就是個瘋子，讀騎士小說讀得走火入魔。他何止把風車當巨人，他還把羊群當軍隊，把粗笨的村姑當成公主，把理髮師的銅盆當成曼布利諾頭盔。雖然是出於好心，可是他幹了多少荒唐事啊！騎士小說真是害人不淺。」

「當然，你可以說唐吉訶德瘋了，因為他幹的瘋狂事足足有一籮筐，隨便拾出一件來，都足以證明他是個徹頭徹尾的瘋子。可是你要說他是個完全的瘋子，那又不對，因為只要不涉及騎士小說裡的那些事，你可以跟他談天文，談地理，談治家，談治國，他都能夠對答如流，見解精闢。他在自己的冒險生涯中，儘管捅出了不少簍子，做出了無數荒唐事，但是憑藉著自己的勇敢和智慧，也同

虢鵬舉老師知識補充站

瘋與不瘋只在一念之間，有時候精神病人不過是天才的另一種極端表現。

樣為許多人排了憂，解了難。所以，從這個角度來說，唐吉訶德那看似可笑的『瘋狂』，其實也是可歌可泣的。」這次發言的是小文，他還沒等小艾開口，就搶先反駁了小新的觀點。

聽到同學們熱烈的辯論，賽萬提斯老師心中大喜。可是他還是按照一貫的作風，故作不屑地說道：「好了同學們，唐吉訶德那傢伙到底瘋不瘋跟你們有什麼關係？還是讓剛才那位女同學繼續把他的那些瘋事講

《唐吉訶德》中的形象分析

唐吉訶德：拉曼查的老鄉紳，分不清真與幻的瘋狂騎士，抱著鋤強扶弱的決心屢次出行，一路上鬧出了許多令人啼笑皆非的笑話。

桑丘·潘薩：貧苦的農民，唐吉訶德的得力侍從，由於不安現狀遂加入了唐吉訶德的瘋狂冒險，一心想要成為海盜總督。

桑丘的驢子：桑丘是個利益第一位的人，他把驢子看得和命一樣重要。這隻驢子曾和桑丘一起鬧過許多笑話，是文中僅次於「羅西南提」的第四號主人翁。

羅西南提：一匹瘦小羸弱的老馬，因受到「冊封」而一躍成為高貴騎士的坐騎。它一路陪著瘋狂騎士歷盡艱險卻忠心耿耿，儼然是唐吉訶德的分身。

杜爾西娜雅：本是普通的農村擠牛奶姑娘，皮膚黝黑，身材粗笨，卻被唐吉訶德幻化為舉世無雙的公主，每天掛在嘴邊心頭念念不忘，理想與現實的強烈反差產生了巨大的喜劇效果。

完吧，那傢伙鬧的笑話可不止這些呢。」應賽萬提斯老師之請，小艾又繼續講了起來。

「不管在別人眼中唐吉訶德怎樣，反正他是自得其樂的。不管是眞是幻，在他的邏輯裡，他自己就是一位以除暴安良爲己任的眞騎士。第一次出遊由於遇到意外，半路折返。回去之後，經過一番反省，他覺得自己需要一個助手。於是他雇傭了附近的農民桑丘・潘薩做自己的侍從，兩人一個騎馬，一個騎驢，共同開始了一場讓人啼笑皆非的冒險旅程。」

「他們大鬧客棧，大戰風車，把修士當強盜，把羊群當軍隊，把織布機當魔鬼，強搶理髮師的銅盆當頭盔，後來還莫名其妙地釋放了一群苦刑犯，幫助年輕人解決了感情問題。總之，這對主僕一路上既鬧下了不少讓人哭笑不得的笑話，也留下了許多讓人感動的故事。」

「以上只是唐吉訶德冒險之旅的第一部，在第二部裡，他還進行了第二次漫遊，同樣留下了許多轟轟烈烈的事蹟，在這裡我就不再贅述了。下面就直接給大家講講這部故事的結尾吧。我們這位勇敢執著但卻不合時宜的唐吉訶德騎士在『挨夠了打，走盡背運，遍嘗道途艱辛』之後，終於徹悟：原來他這半生遊俠生活只是『南柯一夢』。於是，他在臨死前對自己前半生的荒唐做了悔悟，他表示『對騎士小說已經深惡痛絕』了，叮囑他的外甥女要『嫁個從未讀過騎士小說的人』。在所有心事都了結了之後，唐吉訶德安詳離世。而我們這部轟轟烈烈的巨著，也就此落下帷幕。」

「瘋狂騎士」的喜與悲

「這位同學果然是唐吉訶德的『忠實粉絲』，他的那點兒破事你眞是瞭若指掌啊！」明明是一句誇讚的話，可是到了賽萬提斯老師嘴裡卻總是要變了味。不過小艾可不介意，她還沉浸在自己的情緒之中呢。

「聽了唐吉訶德的故事，現在我們對他更感興趣了。賽萬提斯老師，既然您和那傢伙那麼熟，您就講講您個人對他的看法唄。」小倫模仿著賽萬提斯老師的說話語氣，調皮地說道。

「好吧，盛情難卻。既然聽了唐吉訶德那麼多『瘋事』之後，你們依然對他興趣不減，那麼我就勉為其難地跟你們聊聊我的這位『老朋友』吧。」千呼萬喚之下，賽萬提斯老師終於「出場」了。

「《唐吉訶德》原名《來自拉曼查的騎士吉訶德大人》，這本來是一部諷刺騎士文學的作品，我寫這本書的目的也是想將騎士文學的地位完全摧毀。很慶幸，既定目標順利完成，因為《唐吉訶德》出版之後，騎士小說真的就此銷聲匿跡。不過據說這部作品在後世還產生了超出預期的影響，這倒是我始料未及的。這也難怪嘛，誰會想到大家竟會對一個『瘋子』如此著迷呢？」說到最後一句的時候，賽萬提斯老師故意提高了嗓門，臉上明顯有得意之色。

「對於一個『瘋子』能在後世掀起軒然大波，流傳千年都經久不衰這件事情，我感到十分費解。於是我開始日夜苦思冥想，終於弄懂了整個來龍去脈。」賽萬提斯老師繼續著他的幽默感。

「儘管唐吉訶德是個『瘋子』，但他卻是個集合了許多矛盾、複雜於一身的『瘋子』。他一方面神志不清，瘋狂而可笑；另一方面又具有崇高理想，英勇無畏。他的每個荒唐行為的背後，都有一個善良的動機。他攻打風車，是自以為要清除萬惡的巨魔；他釋放苦役犯，是為了反對奴役，給人自由；他痛恨專橫殘暴，反對壓迫、嚮往自由；他以維護正義、鋤強扶弱為天職；他見義勇為，從不怯懦，經常為了主持正義而忘我鬥爭。這就是唐吉訶德，一個具備了如此多高貴品質的瘋子，要人們如何評價他呢？是可笑還是可悲？是可恨還是可敬？」講這一段話的時候，賽萬提斯老師特別嚴肅。他情緒激動，熱淚盈眶。可想而知，他對唐吉訶德這個人物寄予了怎樣的深情啊！

「其實唐吉訶德是一個人文主義者的化身，我在他的身上寄予了很多理想。儘管他對騎士制度和騎士道德的追求是可笑的、荒唐的，甚至是愚蠢的，但是他對理想的堅持，對自由的追求，對沒有壓迫、沒有剝削的美好生活的嚮往卻是讓人感動、讓人敬佩的。不過可惜，理想與現實之間的矛盾永遠是不可調和的，歷史不能倒退，試圖用過時的騎士精神拯救現世的理想主義也註定失敗告終。所以，在那一幕幕荒唐可笑的鬧劇背後，隱含的正是唐吉訶德不可改變的悲劇命運。」

❷ 理想主義與現實主義的鮮明對照

「好了，關於唐吉訶德這傢伙已經浪費我太多口舌了，每次一提到他我都會失態。下面我們還是來說說他的好搭檔桑丘‧潘薩吧。這個『活寶』可是我的心頭大愛，每次他一出場，我的心情就特別好。」賽萬提斯老師又恢復了正常的講話方式。

「讀過《唐吉訶德》的同學應該知道，桑丘‧潘薩是小說中的另一個主人翁。他是一個幫工，家裡窮得無以為生，為了脫貧，便聽從了唐吉訶德的『勸誘』，踏上了遊俠之旅。桑丘是農民出身，所以他的身上具有典型的西班牙農民的特點。他貪圖小利、膽小怕事，時時為自己打算。這反映了農民狹隘自私、目光短淺的一面。但與此同時，他又頭腦

唐吉訶德 VS. 桑丘‧潘薩

唐吉訶德

我是理想主義的化身；
我是英勇無畏、除暴安良的正義騎士；
我不是瘋子，我只是有點兒不切實際，不合時宜；
你們盡可以笑我，但我絕不會放棄我心中的崇高理想。
最後附加一句：啊！我的杜爾西娜雅公主，一切都是為了你。

桑丘‧潘薩

我是現實主義的代表；
我是頭腦清醒、踏實聰明的忠實侍從；
我健康樂觀、機智幽默、目標明確、從不做夢；
你們可以嫌棄我貪圖小利、膽小怕事，但是人不自保才是傻子。「性命至上」永遠是我的第一原則。

清醒、踏實務實、健康樂觀、心地善良、機智幽默。他從不做唐吉訶德那樣虛無縹緲的夢。他目標明確，知道自己要什麼，知道爭取自己的權益。」

「和唐吉訶德的崇高理想、鴻鵠壯志比起來，桑丘顯得有些世俗。不過我並不鄙視這種世俗，因為這『世俗』正是唐吉訶德這位理想主義者身上所缺少的，也是導致他悲劇命運的根本原因。唐吉訶德是幻想型，桑丘是現實型，這對主僕的性格剛好形成了鮮明對比。唐吉訶德永遠是理想至上，他可以為了自己的騎士精神隨時獻身。而桑丘則是『性命至上』，當遇到危險時，想方設法保住性命才是他的第一原則。」

「我不喜歡桑丘，他既自私又世俗，每次遇到困難首先想到的都是自己逃命，還愛貪便宜，愛逗口舌，丟盡了唐吉訶德的臉。」聽到此處，一向自命清高的芳姐忍不住開了口。

「我倒是覺得桑丘挺可愛的啊！他幽默風趣，妙語連珠，只要他一出場，準能逗得眾人捧腹大笑。再說，他雖然愛耍滑頭不老實，愛占便宜，但是他也不是毫無原則的。大家應該還記得他在『總督』任上的那一番精彩審案，充分表現了他的智慧與無私。」聽見芳姐貶低桑丘，小艾也提出了不同的見解。

「你們兩位分別說出了桑丘‧潘薩性格中的一面，我不予評價，我只能說，這就是桑丘‧潘薩。」賽萬提斯老師言簡意賅地給出了意見，接著又繼續說道，「唐吉訶德，桑丘‧潘薩；一個幻，一個真；一個愚，一個智；一個代表著不切實際的崇高理想，一個代表著不夠完美的現實世界。這二者之間既矛盾，又不可分割。當唐吉訶德沉浸在自己的夢幻之中犯迷糊時，需要桑丘‧潘薩用現實來把他敲醒；同時，當桑丘‧潘薩貪圖小利、耽於享樂的時候，也需要唐吉訶德用崇高的道德來給予教育和感化。」

「那麼，這兩個人物您更偏愛哪一個呢？」不安分的小倫又大膽地提出了問題。

「我只能說，對這兩個人物我都是持肯定態度的，因為他們的身上都寄予了我的人文主義思想。至於我更偏愛哪一個，這個問題就當作課後思考題留給你們自己去想吧，因為我在書中已經給出了明確的答案。」

《唐吉訶德》的不朽魅力

「不知不覺竟然說了這麼多，好像把一輩子的話都說完了。為了公平起見，接下來的時間該換你們給我講了。哪位同學來談談你們眼中的《唐吉訶德》？怎麼，沒人說話？那好，剛才鼓動我講話的那位同學，你來說說吧。」賽萬提斯老師欽點小倫發言。

「關於《唐吉訶德》這部作品，剛才大家都已經分析得十分深刻了。不過既然賽萬提斯老師讓我發表一下個人看法，那麼我就從文學角度來談談自己的感受吧。」小倫一如既往地從容不迫。

「《唐吉訶德》這部作品，初讀起來只覺荒誕不經，可是細細品味，便能感受到賽萬提斯老師對西班牙現實深刻的理解。賽萬提斯老師採用諷刺誇張的藝術手法，把現實與幻想結合起來，充分表達了他對那個時代的見解。文中，現實主義描寫占了主導地位，賽萬提斯老師用史詩般的宏偉規模，精心繪製出了一幅幅各具特色又相互聯繫的社會畫面。在人物的塑造方面，除了唐吉訶德和桑丘・潘薩這兩位主人翁被刻畫得活靈活現之外，他還採用虛實結合的方法，塑造了近700個不同職業、不同性格的人物形象，他們從不同的角度反映時代、反映現實，讓全書顯得更加生動飽滿。」

「從17世紀問世一直到現在，幾百年的時間裡《唐吉訶德》的魅力經久不衰，原因究竟何在呢？經過一番仔細分析，我覺得原因主要有以下兩點。首先，賽萬提斯老師在《唐吉訶德》裡提出了一個人生中永遠也解決不了的難題：理想和現實之間的矛盾。理想與現實，這是每個時代、每個人都要思考和面對的問題，所以它不分國界、不分時空，永不過時。其次，從藝術角度講，賽萬提斯透過《唐吉訶德》的創作奠定了世界現代小說的基礎，也就是說，現代小說的一些寫作手法，如真實與想像、嚴肅與幽默、準確與誇張、故事中套故事，甚至作者走進小說，對小說指指點點等，都已在《唐吉訶德》時開始運用。總而言之，賽萬提斯老師是現代小說的第一人，而《唐吉訶德》則是文學殿堂中的一部永恆經典，不論是人還是書，都同樣散發著不朽的魅力。」

　　小倫的話音剛落，同學們的掌聲立刻響起。這掌聲既是獻給小倫精彩的發言的，同時也是獻給賽萬提斯老師和他的《唐吉訶德》的。掌聲未落，下課鈴聲也隨之響起，又一堂精彩的文學課落幕了，同學們的目光裡都帶著一絲不捨。賽萬提斯老師也不再繃著臉了，他的嘴角露出了欣慰的笑容。然而還來不及告別，一切美好就在這瞬間消失了。時間到了，夢該醒了，每個人都要回到原位。

　　又剩下小艾一個人了，空蕩蕩的「兔子洞書屋」一如既往地門可羅雀。雖然置身於冷清之中，小艾的熱血卻仍在澎湃，內心的疑慮也全部化解。如今，她認識到自己那「唐吉訶德」式的理想主義註定無法存活於現實的土壤，所以要想「圓夢」，還需腳踏實地，回歸現實。小艾隔著窗子，眺望遠方。她感到自己第一次如此真實地存在於這個世界之上，她的心終於不再飄了。

 賽萬提斯老師推薦的參考書

　　《小癩子》 無名氏著。16世紀西班牙最著名的流浪漢小說。作品以第一人稱的敘述方式描述了一個名叫小拉撒路的窮孩子謀生時的複雜經歷。小說透過小癩子的生活經歷描繪了各階層的人物，揭示了社會生活的各個方面。

　　《羊泉村》 洛佩·德·維加著。這本書取材於1476年富恩提·奧維納村的村民武裝抗暴的歷史，表現了西班牙人民除惡抗暴的集體英雄主義，歌頌了羊泉村全體人民的鬥爭精神。

莎士比亞老師主講
「人性的覺醒」

生存還是毀滅，這是一個值得思考的問題。

威廉・莎士比亞（William Shakespeare，1564—1616）

　　歐洲文藝復興時期最重要的作家，英國文學史上最傑出的戲劇家。莎士比亞流傳下來的作品包括38部戲劇、155首十四行詩、兩首長敘事詩和其他詩歌。其中《哈姆雷特》、《奧賽羅》、《李爾王》、《馬克白》並稱為「四大悲劇」，被公認為莎士比亞藝術成就最高的作品，被後人翻譯成多種語言，廣為流傳。

　　4月30日，晴。身著一身黑色套裝，腳踩著10公分高跟鞋的小艾，自信地走進了一座28層的高級辦公大樓。這是這個月裡的第10次面試，可是9次的失敗根本沒能挫傷小艾的銳氣，以她目前的熱血狀態，就是再接受第20次、第30次的打擊，她仍然可以從容笑對。

　　沒錯，自從「唐吉訶德」式的理想主義幻滅之後，小艾就脫胎換骨，完全變成了另一個人。如今她再也不會去做那些虛無縹緲的「詩人夢」了，她要順應時勢，她要出人頭地，她不要再被老媽數落，她要向世人證明自己的能力。「什麼自由，什麼平等，什麼博愛，讓那些虛偽的崇高去死吧！我只要成功，只要成名，只要那些能夠看得見、摸得著的好處。」這就是現在的小艾每天對著鏡子說的話。

莎士比亞老師的話

　　我們的身體就像一座園圃，我們的意志是這園圃裡的園丁：不論我們插蕁麻、種萵苣、栽下牛膝草、拔起百里香，或者單獨培植一種草木，或者把全園種得萬卉紛披，讓它荒廢不治也好，把它辛勤耕墾也好，那權利都在於我們的意志。

　　看著女兒一夜之間發生了180°大轉變，最開心的當然是小艾媽。她一改之前的冷淡態度，積極主動地幫女兒改變造型，溝通人脈，希望幫女兒重新找一份更好的工作。而小艾更是百分之百地配合，在網路上海投履歷，凡是親戚朋友介紹的門路全都去嘗試一遍，不管是什麼工作，只要是高薪肥缺來者不拒。誰還管什麼興趣、理想，全都見鬼去吧！

　　一番折騰過後，小艾的工作終於有了著落。商務中心裡的高級白領，月薪上萬，光鮮體面的職位，無限的發展前景，比之前在國營企業裡做會計更厲害，這回全家人都得意了。可是開不開心呢？只有小艾自己知道。

　　終日的爾虞我詐，勾心鬥角，人與人之間虛情假意，職業化的笑容時刻準備著，一秒鐘可以變幾個嘴臉。只不過是在這一間辦公室裡，小艾就看盡了人情冷暖，世間百態，原來這就是現實啊！如此醜陋不堪。人若只能這樣活著，倒不如死了的好。從前再灰心的時刻，她都沒有想過「死」這個字眼，看來這次真是「病入膏肓」了。

　　不能再這樣麻木不仁地生活了，小艾已經意識到了自己病情的嚴重性，她必須及時「自救」了。於是在本該加班的週六下午，小艾特意請了假，專程來到了「兔子洞書屋」為自己「治病」。

莎士比亞的創作歷程

「小艾，你總算來了，已經好一陣子沒見到你了，大家都叨念你呢。」小艾一出現在教室門口，小悠就熱情地走過來拉住她的手，噓寒問暖，問東問西。已經在冷漠的環境裡待得太久的小艾對這樣的關心還真有點兒不適應，她只是勉強地尷尬一笑作為回應。性格大大咧咧的小悠並沒有察覺到小艾的變化，她還自顧自地說著話。「小艾，你今天總算是來了。知不知道今天的主講老師是誰？保證你做夢都想不到，這一位絕對是家喻戶曉的『國際巨星』，你猜猜看？」小艾現在這副半死不活的狀態，哪有心思猜？所以她只是敷衍地搖搖頭。可誰知小悠卻纏住小艾不放，非叫她猜，弄得小艾很是無奈。正在這時，我們今天這位「國際巨星」級的主講老師亮相了。

「Good afternoon, everyone. I'm William Shakespeare.」果然是「國際巨星」，竟然以英文出場。

「不好意思，不好意思，我忘了要『入境隨俗』。同學們，下午好。我是來自英國的威廉・莎士比亞。」剛才的那句英文可能讓大部分人都沒反應過來，現在莎士比亞老師的這句中文版自我介紹剛一出口，教室裡就炸開了鍋。就連已經覺得「生無所戀」的小艾都激動了起來，使勁地搖著小悠的胳膊，搞得小悠都快要被她搖散了。

「相見就是緣分，今天能夠來到這裡給大家講課，我非常開心。當然，看見同學們這麼熱情，我的開心又加倍了。」莎士比亞老師禮貌又委婉地對大家的熱情表示感謝。

「我知道很多老師在講課的時候都會習慣先介紹自己的生平經歷，然後再介紹自己的作品。但是我今天想打破一下這個常規。我知道關於我的身世、經歷在後世流傳著很多版本，我也有所耳聞。有些版本荒誕無稽，有些版本評價過高，還有一些版本有誹謗之嫌，不過這些都無所謂，今天我並不想在這裡為自己『平反』，因為作為一名作家，我看重的永遠是我的作品。」莎士比亞老師拋磚引玉，直奔主題。

「影響一個作家創作的因素有很多，比如，大的時代背景；比如，個人的生活閱歷。回顧我一生的創作歷程，我覺得可以按思想和藝術的發展大致分成三個時期。」

「第一時期從1590年至1600年，這段時間正值伊莉莎白女王統治後期。國內，宗教改革、血腥立法、鎮壓農民起義，為資本主義發展開闢了道路。但這時英國基本上還是封建社會，封建勢力還很強大，女王比較成功地運用王權維持了封建勢力同新興資產階級之間的平衡。對外，英國戰勝了西班牙的『無敵艦隊』，增強了資產階級的民族自信。在這種熱情昂揚的大時代背景下，我這個時期的作品基調是樂觀向上的。」

翫鵬舉老師知識補充站

　　莎士比亞的9部歷史劇均以帝王的名字命名，再現王權確立時的社會風貌，揭示了封建制度逐漸崩潰的趨勢，表現了他的人文主義政治理想。

「我在這個時期的創作主要以歷史劇、喜劇和詩歌為主，有9部歷史劇、10部喜劇和2部悲劇。**9部歷史劇分別是《亨利六世》（上、中、下）、《理查三世》、《理查二世》、《亨利四世》（上、下）、《亨利五世》與《約翰王》**。在這9部歷史劇中，除了《約翰王》是寫13世紀初的英國歷史外，其他8部內容上都是相銜接的。我在這些歷史劇中概括了英國歷史上百餘年間的動亂，塑造了一系列正、反面君主形象，對封建專制、封建割據、暴君暴政進行了批判和譴責。我擁護中央集權，希望能夠有一位開明君主對國家進行自上而下的改革，從而建立一種和諧的社會關係。」

「除了上述的9部歷史劇之外，我這個時期的主要作品還有10部喜劇。它們分別是：《錯誤的喜劇》、《馴悍記》、《維洛那二紳士》、《愛的徒勞》、《仲夏夜之夢》、《威尼斯商人》、《溫莎的風流婦人》、《無事生非》、《皆大歡喜》和《第十二夜》。這些作品大都以愛情、友誼、婚姻為主題，提倡個性解放，宣揚愛情可以戰勝一切。」一口氣講完了上面一大段話之後，莎士比亞老師舔了舔已經說乾了的嘴唇，喝了口水，稍作休息後，又接著講了下去。

　　「第二時期的創作是從1601年至1607年，我這個時期的創作主要以悲劇爲主，其中最著名的『四大悲劇』：《哈姆雷特》、《奧賽羅》、《李爾王》和《馬克白》就是這個時期的產物。在這個時期，我的劇作思想深度和現實主義深度都有所增強，更側重於對時代和人生進行深入思考。」

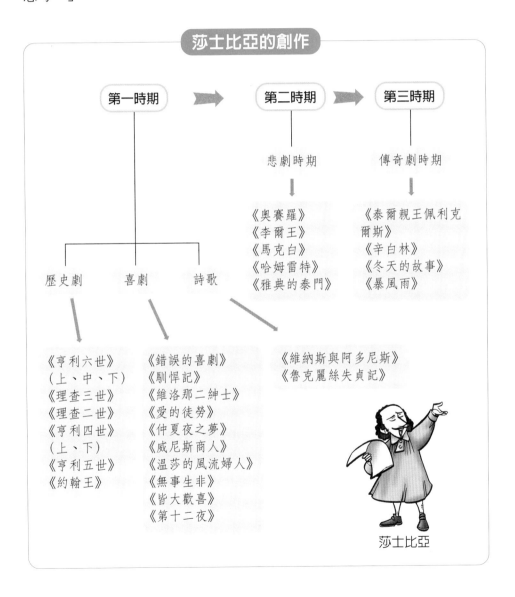

莎士比亞的創作

第一時期　➡　第二時期　➡　第三時期

悲劇時期　　　　　　傳奇劇時期

《奧賽羅》　　　　　《泰爾親王佩利克
《李爾王》　　　　　爾斯》
《馬克白》　　　　　《辛白林》
《哈姆雷特》　　　　《冬天的故事》
《雅典的泰門》　　　《暴風雨》

歷史劇　　喜劇　　詩歌

《亨利六世》　　《錯誤的喜劇》　　《維納斯與阿多尼斯》
（上、中、下）　《馴悍記》　　　　《魯克麗絲失貞記》
《理查三世》　　《維洛那二紳士》
《理查二世》　　《愛的徒勞》
《亨利四世》　　《仲夏夜之夢》
（上、下）　　　《威尼斯商人》
《亨利五世》　　《溫莎的風流婦人》
《約翰王》　　　《無事生非》
　　　　　　　　《皆大歡喜》
　　　　　　　　《第十二夜》

莎士比亞

「從1608年至1613年，這是我創作的最後一個時期。這個時期政治黑暗，現實與理想的落差越來越大。我在苦尋出路而不得的情況下，只得將創作轉向妥協和幻想的神話劇。這一時期的主要作品是4部悲喜劇：《泰爾親王佩利克爾斯》、《辛白林》、《冬天的故事》和《暴風雨》。這些作品雖然帶有空想性質，但卻始終洋溢著一種樂觀精神。因為不管現實多麼黑暗，我對人文主義的堅持卻從未動搖。」

震撼文壇的「四大悲劇」

「莎士比亞老師，您一生寫了這麼多部作品，其中最得意的是哪一部呢？」莎士比亞老師的話音剛落，急性子的小新就趕忙搶先提問。

「每部作品都像我的孩子，都是我用心血熬成的，哪個我不愛呢？不過父母也有偏好，我一生最得意的，自然是我的『四大悲劇』。」

「《哈姆雷特》、《奧賽羅》、《李爾王》和《馬克白》，部部都是經典，部部都是我的心頭大愛。莎士比亞老師，您給我們講講這些作品吧。」小悠帶著懇求的語氣說道。

「好吧，那我就借這個機會給大家簡要介紹一下我的『四大悲劇』。首先說說《奧賽羅》，這部戲劇是根據16世紀後半期義大利一篇短篇小說改編而成的，講述的是勇敢誠實的摩爾人統帥奧賽羅，中了旗官伊阿苟的奸計，誤殺了清白無辜的妻子黛絲德莫娜，後來在真相大白之後又自刎贖罪的故事。《奧賽羅》本是一部愛情悲劇，但是我在這裡賦予了這部作品更多的內涵。」

「奧賽羅是一位坦率、天真、單純、正直的英雄，而他的妻子黛絲德莫娜則溫柔堅貞，純真善良，這兩個人物的身上幾乎集合了所有真善美的美好理想，他們的婚姻是最完美的結合。不過可惜的是，伊阿苟這位利己主義者的化身破壞了所有美好。為了達到個人目的，他不顧一切道德約束，看準奧賽羅的弱點，偽裝誠實，而暗中運用造謠中傷、搬弄是非、無中生有等手段，來陷害無辜，最後終於達到目的，親手製造了奧賽羅一家的悲劇。」

「接下來再講講《李爾王》。」莎士比亞老師講得起了勁，連水都不喝一口，又繼續講了起來。

「《李爾王》講述的是這樣一個故事：古代不列顛王李爾年老，他把國土分給三個女兒。長女康娜里爾和次女蕾耿言過其實地表白對父親的愛，得到國土；三女寇蒂莉亞率直，反而激怒李爾，被剝奪地分，遠嫁給法國國王。長次女及她們丈夫的忘恩負義和冷酷殘忍把李爾王逼瘋。在狂風暴雨之夜，他衝出女兒的宮廷，奔向原野和無情的風雨之中。寇蒂莉亞聞訊，興兵討伐，但她和李爾都被俘虜，寇蒂莉亞被縊死，李爾也在悲痛瘋癲中死去。」

「在《李爾王》這部戲劇中，我想探討的是權威同人文主義者嚮往的真正的愛、真誠、理性和社會正義之間的矛盾。我希望透過李爾王的悲劇讓大家明白，唯有真誠和愛才是通往幸福的唯一途徑。」

「我已講得口乾舌燥了，下一部《馬克白》就找一位同學來代講吧。」莎士比亞老師在滔滔不絕地講了一大段以後終於熬不住了，於是小新自告奮勇，接著講了起來。

「莎士比亞老師的《馬克白》是根據蘇格蘭歷史編寫的一齣悲劇。蘇格蘭大將馬克白和班柯征服叛亂，班師回來，遇見三個女巫，她們預言馬克白本人和班柯的後代將做蘇格蘭國王。女巫的預言、自己的野心和馬克白夫人的慫恿，促使馬克白殺死在他堡壘裡作客的蘇格蘭國王鄧肯，篡奪了王位。為了保證王位鞏固，他殺死班柯，但班柯之子逃逸。班柯鬼魂的出現和貴族們的猜疑使他感到不安。他又去詢問女巫，女巫要他注意貴族麥克德夫，於是他又企圖殺害麥克德夫，但麥克德夫逃走，所以馬克白便殺死了麥克德夫的妻子和孩子。在犯下這一連串的罪行之後，馬克白被內心的恐懼和猜疑攪得不得安寧。最後，馬克白夫人發了瘋，而馬克白也在眾叛親離的情況下，被麥克德夫和鄧肯的兒子消滅。」

「好了，故事我講完了，接下來分析故事的任務就交給小文同學吧。」小新明目張膽地向小文下了「戰書」，這對「冤家」的恩怨真是沒完沒了。

面對如此直截了當的挑釁，同樣爭強好勝的小文自然毫不相讓，只見他帶著一臉自信的微笑，開口講道：「莎士比亞老師的這部《馬克

「四大悲劇」詳解

奧賽羅

《**奧賽羅**》 取材於義大利短篇小說，是一齣人文主義理想被醜惡現實毀滅的悲劇。

李爾王

《**李爾王**》 透過李爾王被女兒拋棄的故事告訴世人，唯有真誠和愛才是通往幸福唯一的途徑。

馬克白夫人

《**馬克白**》 根據蘇格蘭歷史編寫，批判了現實世界野心和腐蝕作用，肯定了仁愛和良知，勸導人們要控制內心貪欲。

哈姆雷特

《**哈姆雷特**》 透過哈姆雷特這個典型的人文主義者形象的思考，對當時顛倒混亂的社會現實發出控訴，呼喚理性秩序和新的道德理想、社會理想。

白》批判了現實世界存在的野心的腐蝕作用，肯定了人文主義者的『仁愛』原則，肯定了『良知』，讓人們看到了野心與仁愛的勢不兩立。仁愛是人的『天性』，殘暴是違反『人性』的。馬克白和他的妻子在野心的驅使之下犯下了一系列惡行，他們罪孽深重，即使逃得過世人的懲罰，也逃不過內心的夢魘，所以儘管他們擁有了權位名利，但卻終日沉浸於絕望和痛苦之中，以致最後以悲劇收場。所以，莎士比亞老師是想透過《馬克白》的故事告訴大家，過度的野心和欲望會讓人走上萬劫不復之路，人要學會控制內心的貪欲。」

　　小文的分析簡潔清晰，鞭辟入裡，得到了莎士比亞老師的讚揚。接下來是「四大悲劇」中的壓軸之作《哈姆雷特》，莎士比亞老師的心頭大愛，所以他決定要親自主講。

🕐 丹麥王子的復仇故事

　　「《哈姆雷特》無疑是我最重要的悲劇作品。在這部作品裡，我對於顛倒混亂的社會現實表現出深深的憂慮，呼喚理性、秩序和新的道德理想、社會理想，表達了對美好人性的追求嚮往和對現實中被欲望和罪惡玷污的人性的深刻批判。」

　　一談到《哈姆雷特》，莎士比亞老師顯得有點兒激動，一上來就直奔作品的主旨，弄得同學們有點兒跟不上思路。莎士比亞老師好像也意識到了這一點，於是他趕緊轉換了自己的切入點。

　　「不好意思，我可能有點兒過於心急了。接下來還是讓我們由淺入深，先找一位口才好的同學來給我們講講這則丹麥王子復仇的故事吧。」

　　莎士比亞老師的話音剛落，許多熟讀《哈姆雷特》的同學都紛紛舉手，爭著要來講這則故事，最後還是熱情度最高的小悠「中了頭獎」。只見小悠興沖沖地站起來，使勁清了清嗓子，接著便用她那甜美的嗓音，繪聲繪影地講了起來。

　　「丹麥王子哈姆雷特在德國人文主義中心維登堡大學讀書，家鄉突然傳來國王猝死的噩耗。哈姆雷特懷著無比悲痛的心情回到祖國。他這時才發現，父王的死不過是這場悲劇的序幕，更大的打擊是：在父王死後不到兩個月，母后葛楚就和國王的弟弟、新國王克勞迪斯結了婚。」

　　「這一連串事情在朝中引起了議論，有些大臣認為葛楚輕率無情，居然嫁給了可憎卑鄙的克勞迪斯。甚至有人懷疑克勞迪斯是為了篡位娶嫂，蓄謀害死了國王。聽著這些流言蜚語，哈姆雷特開始起了疑心。真相到底是怎樣的？雖然克勞迪斯宣稱國王是被一條蛇咬死的，但敏銳的哈姆雷特懷疑克勞迪斯就是那條蛇，而且，他猜測母親葛楚也有可能參

與了謀殺。這些懷疑和猜測困擾著哈姆雷特，直到有一天他聽說鬼魂的事，整個宮廷陰謀才開始顯露出輪廓。」

「哈姆雷特的好朋友赫瑞修告訴他，自己和宮廷警衛馬西勒斯曾在半夜看過一個鬼魂，長得和已故的國王一模一樣。烏黑的鬍子略帶些銀色，穿著一套大家都很熟悉的盔甲，悲哀而且憤怒地走過城堡的高臺。聽到這個消息後，哈姆雷特斷定，這一定是父親的鬼魂。而他之所以陰魂不散，絕對不會是無緣無故，一定是還有什麼冤屈未了。」

「哈姆雷特下定決心要與鬼魂見上一面，於是在一個月冷星稀之夜，他登上高臺。經過漫長的等待，鬼魂終於出現了。眼前的鬼魂真的

《哈姆雷特》中的主要人物形象分析

哈姆雷特

哈姆雷特是一位典型的人文主義者。他的性格中具有雙重矛盾性，一方面單純善良，對人總是抱有美好的想法；另一方面又因父親的死而變得陰鬱、冷漠，開始懷疑一切。他善於哲思，卻又耽於冥想；有報仇的決心卻沒有果決的行動，是一位思想上的「巨人」，行動上的「矮子」。

克勞迪斯是邪惡的化身，是被欲望吞噬了仁慈之心的奸雄，是貪婪的利己主義者和喪失了理性的冒險家。這個形象象徵了文藝復興後期以滿足個人私欲為核心的新信仰、新道德。

克勞迪斯

王后葛楚代表了人性脆弱的一面。當克勞迪斯控制了大局之後，一方面為了自保，一方面出於情欲的誘惑，這雙重的脆弱性催促著她「鑽進了亂倫的衾被」，淪為邪惡勢力的幫兇。

葛楚

波洛涅斯是一位典型的趨炎附勢、見風使舵的奸臣形象。他自恃聰明，在各種勢力之間運籌周旋，自以為機關算盡，可最後卻聰明反被聰明誤，落得身首異處的悲慘下場。

波洛涅斯

是哈姆雷特的王父，他之所以徘徊於人世不肯離去，正是爲了向兒子說出自己死亡的眞相。鬼魂告訴哈姆雷特，自己是被人害死的，而凶手正是他的親弟弟克勞迪斯，目的是爲了篡奪王位、霸占王嫂。」

「哈姆雷特含淚聽完了鬼魂的控訴，答應他一定會殺死卑鄙的克勞迪斯，爲他復仇。在得知這個宮廷陰謀之前，精神上的痛苦就使哈姆雷特的身體虛弱，精神頹唐，鬼魂揭開祕密又在他心靈上增加了極其沉重的負擔。從此以後，王子再也沒有了快樂，他已踏上了那條萬劫不復的復仇之路。」

「復仇開始了。哈姆雷特做的第一件事就是裝瘋。因爲只有假裝發瘋，才能掩飾自己內心的不安，既可以保證自己的安全，又能有機會冷眼窺視克勞狄斯，伺機復仇。一切都很順利，所有人都以爲哈姆雷特是因爲父親的突然死亡和對歐菲莉亞的愛情而發了瘋，甚至連國王和王后都沒有懷疑，報仇的機會近在咫尺。可是，就在這個關鍵時刻，王子卻猶豫了。猶豫不定的性格讓他遲遲不願動手，他甚至開始懷疑，鬼魂是魔鬼所變，並給自己找藉口，說要等到有了眞實根據再動手。」

「於是，哈姆雷特開始尋找眞相。他安排了一場演出，讓演員把克勞迪斯在花園裡毒害老國王的場景重演一遍，並從旁觀察國王和王后的反應。果然，當看到這幕戲時，國王謊稱身體不適，匆匆離開了。克勞迪斯的反應讓哈姆雷特斷定了鬼魂所言非虛，至此，他更加堅定了復仇的信念。」

「然而，哈姆雷特的復仇計畫還未開始，克勞迪斯已經先下手爲強。他派王后去試探王子，同時又派波洛涅斯暗中偷聽，在陰錯陽差之中，王子失手殺死了波洛涅斯 —— 他深愛的情人歐菲莉亞的父親。至此，王子裝瘋的事情敗露，於是克勞迪斯想盡各種毒辣手段要將他置於死地。國王派哈姆雷特和兩個同學齎詔書去英國索討貢賦，想借英王之手除掉哈姆雷特，哈姆雷特發現陰謀，中途矯詔，折回丹麥。這時歐菲莉亞因爲父親被情人殺死，瘋癲自盡。國王乘機挑撥波洛涅斯的兒子雷歐提斯以比劍爲名，設法用毒劍刺死哈姆雷特。在最後一場比劍中，哈姆雷特、國王、王后、雷歐提斯同歸於盡。」

《哈姆雷特》深層解析

哈姆雷特

哈姆雷特的形象特徵

哈姆雷特是文藝復興時期人文主義者的典型形象，他的性格中有兩種特徵。一方面他有美好的理想，品格高尚，且多才多藝，對於世界和人生，對人、對愛情、友誼等，都有一套與傳統的教會觀念不同的新看法。另一方面，他因為遭遇了現實的巨大打擊，開始變得憂鬱、多疑、悲觀，成為一個思想偉大、行動遲疑的人。

哈姆雷特的「典型」意義

作為一個悲劇人物和一個人文主義者的典型，哈姆雷特的意義並不在於他是否成功消滅了罪惡，改變了事實，重整了乾坤，而在於他揭示了理想與現實之間的距離、先進與落後的矛盾，以及縮短這種距離、解決這種矛盾的必要性和迫切性。他對於「人」和世界的看法也加深了人們對於文藝復興時期人文主義理想與精神的瞭解。

哈姆雷特的悲劇根源

一方面因為反動勢力強大，哈姆雷特是封建社會內部出現的少數先進人物的代表，他與宮廷集團的鬥爭，反映了文藝復興時期先進人物為實現美好理想與社會惡勢力所進行的鬥爭。另一方面因為哈姆雷特所代表的人文主義思想本身具有的局限性。人文主義追求個性解放、個性自由，可是卻無法調和理想與現實的矛盾，終日沉浸在自己的痛苦中，善於思考而不善於行動，經常陷入脫離群眾、孤軍奮戰的絕境，所以往往導致理想失敗。

⚹ 「憂鬱王子」哈姆雷特

　　小悠出色地完成了任務，把這齣《哈姆雷特》講得激情澎湃，跌宕起伏，讓在場的同學都有身臨其境之感。莎士比亞老師也對小悠十分滿意，甚至說她的演講比當年的演出還要精彩。得到盛讚的小悠一臉喜悅，心滿意足地落了座。接著同學們又經過了一番打趣起鬨，教室才漸漸安靜下來。

　　「好了，同學們，有趣的故事聽完了，下面也該動動腦子了。有哪位同學願意爲我們分析一下哈姆雷特這個人物形象？」這個問題好像有點兒難度，這一次竟然出乎意料地沒有一個人自告奮勇。見大家都沉默不語，莎士比亞老師也不強人所難，於是便親自講了起來。

　　「哈姆雷特這個人物是我嘔心瀝血塑造而成的。在這個人物身上，我注入了自己的理想、矛盾、掙扎，可以說，這個人物身上集合了一位人文主義者所有的美德、不足與困惑。在經歷父親的死亡打擊之前，哈姆雷特是一位快樂的王子，他高貴、優雅、勇敢、有學識，他擁有地位、名利、愛情和如花似錦的前程。這時的他就彷彿生活於童話之中，心中充滿了愛和希望，對世界和人類抱有許多美好的幻想。然而，這一切的美好都在一次突發的變故中破滅了。被自己視作精神偶像的父親突然死亡，叔父迅速篡位，母親在父親屍骨未寒之際就改嫁，這一系列猝不及防的打擊徹底擊垮了哈姆雷特所有的理想宏圖，『快樂王子』一夜之間變成了『憂鬱王子』。」

　　「當王子脫掉高貴華麗的外衣，他也不過是一個凡夫俗子。老國王的死不過是悲劇的一個開端，眞正讓哈姆雷特灰心絕望的是擺在他面前赤裸不堪的現實。慈母不再貞潔，家庭不再溫暖，朋友不再忠誠，愛人不再完美。從前他所珍視和信仰的一切都在瞬間倒塌，年輕的哈姆雷特陷入了痛苦的沉思中。然而，正當他彷徨迷茫之際，父王的鬼魂爲他指了一條『明路』——復仇。於是，復仇的信念就像哈姆雷特在無助的現實中能夠抓住的唯一一根救命稻草，他又有了活下去的動力：他要爲民除害，重整乾坤。不過可惜的是，哈姆雷特敏感、猶豫的性格讓他空有一腔熱血，卻缺乏果決的行動力。所以，當復仇的機會近在咫尺時，他

莎士比亞戲劇的藝術成就

戲劇情節生動豐富 →

莎士比亞非常善於在緊張尖銳的戲劇衝突中安排劇情，衝突的雙方在鬥爭中的地位或形勢不斷變化，形成波瀾起伏且富有戲劇性的情節。跌宕起伏，曲折複雜，扣人心弦，引人入勝。

人物個性鮮明、形象生動 →

莎士比亞劇作中的人物不是單一的、平面的，而是具有多面性、複雜性。如哈姆雷特既是一個脫離群眾的封建王子，又是一個滿懷抱負的人文主義者。夏洛克一方面是一個兇殘吝嗇的高利貸者，一方面又是一個虔誠的教徒。劇作還寫出了同一人物前後不同時期的性格發展軌跡，如李爾王在位時的剛愎與失位後的痛悔等，這樣就使人物更加內涵豐富，真實可信。

擅長用內心獨白的手法直接揭示人物的內心世界 →

如《哈姆雷特》中哈姆雷特的重要獨白有6次之多，每次都推動劇情發展，為塑造人物性格起到了關鍵作用。

戲劇語言豐富多彩，個性形象 →

莎士比亞的劇本主要用無韻詩體寫成，同時又是詩與散文的巧妙結合。他的人物語言不僅符合人物的身份和性格，而且貼合人物當時所處的特定環境，和人物的戲劇動作相襯相依。此外，他還善於使用恰當的比喻、雙關語、成語和諧語，不僅豐富了表現力，而且有濃郁的生活氣息。

卻遲遲不肯動手。殺死一個克勞迪斯容易，可是一個克勞迪斯死了，世界就清明了嗎？世界就是一所很大的牢獄，而丹麥是其中最壞的一間。面對如此讓人絕望的黑暗現實，哈姆雷特清醒地認識到僅僅憑藉一己之力根本無力回天。爲父復仇容易，重整乾坤卻困難重重，這才是讓哈姆雷特陷入憂鬱痛苦的癥結所在，也是引發他對人生、世界，甚至整個宇宙重新思考的根本原因。」

「生存還是毀滅」的永恆困惑

「生存還是毀滅，這是一個值得考慮的問題，是默然忍受命運暴虐的毒箭，還是挺身反抗人世無涯的苦難，透過鬥爭把它們掃清，這兩種行爲，哪一種更高貴？」小艾突然站起身來，背誦起了《哈姆雷特》中最著名的這句臺詞。

「沒錯，哈姆雷特的確提出了一個人人都曾困惑過的問題。」莎士比亞老師接著小艾的話繼續講下去。

「不論在哪個時代，美好的理想和無情的現實之間總有落差，哈姆雷特是時代的『先知』，他清醒地看到了現實中不公平、不合理的現象，他有美好的理想和善良的願望，渴望改變現狀，可惜又缺乏扭轉乾坤的歷史條件和果斷決絕的行動能力。所有這一切，都註定了他不可逆轉的悲劇命運。」

「好了，這節課要講的內容我已經全部講完了。剩下的時間同學們可以自由提問。怎麼樣？剛才那位如同『哈姆雷特』般憂鬱的女同學，你要不要說點兒什麼？」莎士比亞老師敏銳地感覺到了小艾的滿腹心事，因此特意留下一點兒時間幫她答疑解惑。

小艾今天本來就是帶著滿腦袋疑問而來的，只是一直沒有傾吐的機會。如今莎士比亞老師如此盛情相邀，她自然很樂意與大家分享心事。

「正如莎士比亞老師所說，不論在哪個時代，美好的理想與無情的現實之間總有落差。哈姆雷特深陷牢籠般的丹麥，因爲無法負載拯救乾坤的重任而痛苦。而我呢？我身處如此幸福美好的現代社會，不用爲

衣食憂愁，不用為國事家事煩心，可是我卻仍然不快樂。我不快樂是因為我受不了當今社會人與人之間的冷漠。如今我的眼裡看到的都是人性的虛假和醜惡，我開始懷疑人生，我覺得我想要的那種人與人之間溫情脈脈的美好生活根本就不存在。因此我對整個世界都灰了心，生存還是毀滅？我也想到了同樣的問題。」聽了小艾的話，同學們全都陷入了沉思，可以看出，這個問題並不止小艾一個人困惑過。

「生存還是毀滅？看來這真的是人類永恆的困惑。但是請同學們不要被哈姆雷特的悲劇結尾所誤導，哈姆雷特之所以走向悲劇，是由其當時所處的環境和自身局限性決定的。對於這位同學的問題，我沒法給出行之有效的解決方法。我只想告訴你，不論是生存還是毀滅，不論現實是美好還是不堪，哈姆雷特從來沒有停下過探索的腳步，從來沒有放下過抗爭的寶劍。」

這節難忘的課就這樣在莎士比亞老師慷慨激昂的聲音中落下了帷幕。雖然現實的問題還是沒能解決，可是小艾的心情卻不再似先前那般沉重。因為關於生存還是毀滅的問題，她的心中已經有了答案。

莎士比亞老師推薦的參考書

《第十二夜》莎士比亞著。這部作品是莎士比亞早期喜劇創作的終結。在文中作者以抒情的筆調，以及浪漫喜劇的形式，再次謳歌了人文主義對愛情和友誼的美好理想，表現了生活之美、愛情之美。

《暴風雨》莎士比亞著。該劇是莎士比亞晚年的代表作，被後人稱為莎士比亞「詩的遺囑」。作品講述了仁慈的米蘭公爵憑藉魔法讓惡人受到教育，恢復王位，寬恕弟弟的故事。全劇在大團圓中結束，這反映了作者晚年對矛盾衝突的處理趨於緩和的創作傾向。

第七堂課

莫里哀老師主講「偽善」

真正的宗教信徒是從不會標榜自白的。那些整天把上帝掛在嘴邊的人，不過是偽善的騙子。

莫里哀（Molière，1622—1673）

　　法國古典主義文學最傑出的代表，古典主義喜劇的創建者，在歐洲戲劇史上占有重要地位的戲劇家。莫里哀一生創作豐富，總體來看，喜劇成就超過悲劇。他一生共完成喜劇37部，其中《偽君子》、《唐璜》、《吝嗇鬼》等劇作對貴族、僧侶和資產階級的吝嗇、自私、偽善等醜惡本性做了辛辣的諷刺，無論其思想性還是藝術性，都堪稱世界戲劇界的瑰寶。

　　自從上次經過莎士比亞老師的提點之後，小艾的思想和生活都逐漸回歸正軌。反思之前的所作所為，不顧後果地辭職是發傻，不切實際地想當詩人是發夢，不擇手段地想出人頭地是發昏，總之，在理想與現實的取捨之間，小艾有點兒過於偏激，所以才走了之前那麼多彎路。不過也不用抱怨，因為路都不是白走的，苦也不是白吃的，在經歷過此番波折之後，小艾也成熟了不少。如今的她知道工作的來之不易，所以幹起活來更加拼命；認清了理想與現實之間的差異，所以不再做那些虛無縹緲的夢，而是試著主動去適應現實生活。

　　隨著思想的轉變，小艾的生活也發生了翻天覆地的變化。從前的「宅女」現在一刻都不願待在家裡，同學、同事、書友、茶友、酒友，小艾真是「不交則已，一交驚人」，如今她的社交圈已經像蜘蛛網一樣輻射出去，一發不可收拾。

　　新鮮事物總是有其獨有魅力，就連最討厭社交的小艾也享受到了交朋友的樂趣。認識不同的人，聽不一樣的故事，感受豐富多彩的人生，這真是一件不錯的事。然而，儘管一切都如此美好，但每當盛宴過後，小艾的內心卻總有一種說不出的落寞。所以今天聚會過後，小艾還是又一個人悄悄來到了「兔子洞書屋」。

莫里哀的「從藝之路」

　　「同學們好，今天給你們講課的是尚－巴蒂斯特・波克蘭。」當小艾走進教室時，一位捲髮披肩、面容清秀的外國老師正在講臺上做自我介紹。

　　「尚－巴蒂斯特・波克蘭？這是誰？沒聽過呀！」同學們開始紛紛議論，大家都沒認出今天主講的是哪位文學大師。

　　看見大家心急如焚，這位老師反而愈發賣起了關子。「既然大家猜不到我是誰，那咱們就先留個懸念。接下來我給大家講講我的『從藝之路』，你們邊聽邊想，看看有沒有人能夠猜出我的身分。」接著他便津津有味地講了起來。

　　「我出生在巴黎的一個資產階級家庭，父親是皇家室內陳設商，家境富裕，曾在貴族子弟學校克萊蒙接受過正規教育。中學畢業後，父

親為我買到一張奧爾良大學法學碩士的文憑，希望我能夠在商界有所成就，可惜我自幼便對戲劇情有獨鐘，對經商根本不感興趣。」

「1643年，我決定不顧當時的偏見，從事戲劇創作。憑著一腔熱血，我與貝雅爾兄妹等十來個青年組成了『光耀劇團』，在巴黎演出流行的悲劇。可惜演出失敗，劇團負債累累，我也因此遭到拘押。幾經嘗試後，我仍然沒能在巴黎混出名堂。不過這些困難都不能動搖我從藝的決心，我決定離開巴黎，去更廣闊的世界繼續追求自己的夢想。」

說到此處，主講老師故意稍作停頓，看看大家的表情，可惜，這群木訥的傢伙毫無反應。於是他又繼續講了下去。

「從1645年開始，我在外漂泊12載。正是這12年的艱辛將我磨練成了一個出色的戲劇家。在這期間，憑藉著不懈的努力，我一步一步接近自己的夢想。1652年，我正式成為劇團的負責人，並開始創作劇本。1655年，我的詩體喜劇《冒失鬼》在里昂上演，1656年，詩體喜劇《愛情的埋怨》在貝濟耶上演，這些劇作都受到了廣大觀眾的歡迎。我的劇團的名聲也因此而蒸蒸日上，以至於聞名巴黎。1658年，路易十四下詔讓我的劇團來巴黎演出。演出十分成功，我的劇團也終於在巴黎站穩了腳跟。」

「原來您就是莫里哀！17世紀法國最偉大的戲劇家莫里哀！天哪！一個『尚－巴蒂斯特‧波克蘭』的名字竟然唬住了我們！」

當主講老師提到了他的作品《冒失鬼》和《愛情的埋怨》時，終於有人猜出了他的名字。沒錯，今天的主講老師就是在歐洲文壇上占有重要地位的喜劇大師莫里哀。

「還不錯，雖然你們對我本人瞭解不多，不過看來對我的作品還算比較熟悉，我才提到兩部喜劇，你們就認出了我，算是勉強過關。閒話少敘，下面還是讓我先把這篇精心準備的『自我介紹』說完吧。」

「定居巴黎標誌著我開始正式進入戲劇創作時期。1658年至1664年是我創作的第一個時期。在這段時間裡，獨幕劇《可笑的女才子》、社會問題喜劇《丈夫學堂》和《太太學堂》先後問世，都取得了不錯的反響。」

　　「1664年至1666年是我創作的全盛時期，標誌著我的藝術走上另一個新階段。我嘗試著將風俗喜劇和性格喜劇結合，創作出了《逼婚》、《偽君子》、《唐璜》和《憤世者》等一系列思想性和藝術性都較高的作品。」

　　「1666年至1673年是我創作生涯的最後階段，主要劇作有《屈打成醫》、《喬治・當丹》、《吝嗇鬼》、《浦爾叟雅克先生》、《貴人迷》和《司卡班的詭計》等。」

　　「以上就是我一生創作經歷的簡要概括，很平凡的歷程，沒有什麼驚心動魄的事情發生。不過還好，並無遺憾，因為我把那些波瀾都留給了我的作品。」莫里哀老師用一句意味深長的結束語給自己的「自我介紹」畫上了完美句點。教室裡在片刻的沉默過後，爆發了熱烈的掌聲，文學大師的魅力果然勢不可擋。

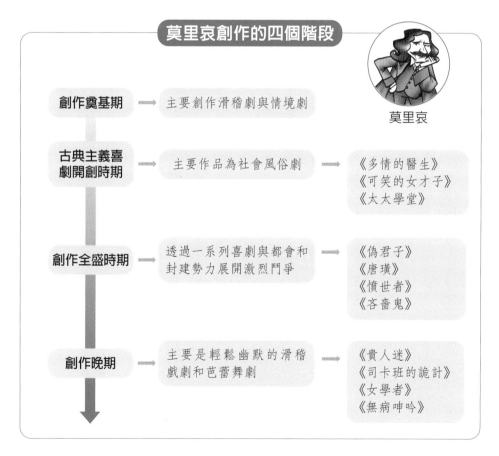

莫里哀創作的四個階段

莫里哀

創作奠基期	→	主要創作滑稽劇與情境劇		
古典主義喜劇開創時期	→	主要作品為社會風俗劇	→	《多情的醫生》《可笑的女才子》《太太學堂》
創作全盛時期	→	透過一系列喜劇與都會和封建勢力展開激烈鬥爭	→	《偽君子》《唐璜》《憤世者》《吝嗇鬼》
創作晚期	→	主要是輕鬆幽默的滑稽戲劇和芭蕾舞劇	→	《貴人迷》《司卡班的詭計》《女學者》《無病呻吟》

從《可笑的女才子》到《唐璜》

「我知道，在我所有作品中，《偽君子》的流傳度和知名度都是最高的。當然，就我個人而言，它也是我最得意的作品。不過中國不是有個成語叫作『拋磚引玉』嘛，所以大家先不要心急，在『重頭戲』上場之前，咱們還是先來賞析一下其他作品吧。同學們，除了《偽君子》之外，你們還對我的哪些喜劇感興趣？」

「莫里哀老師，您給我們講講《可笑的女才子》吧，那畢竟是您回巴黎後的第一部劇本，而且據說這部戲一上演就在巴黎上層社會掀起了軒然大波，由此可見這部喜劇犀利的諷刺意味。」小新搶先說出了自己的意見。

「我還是更想聽《太太學堂》，文學史上記載，這是一部標誌著莫里哀老師的創作進入新階段的里程碑之作，因為其內容宣揚了先進的思想一度遭到禁演，後來您還專門為此寫了兩篇短劇與封建保守勢力論戰，這部作品一定十分好看。」小新的「冤家」小文再次發表了不同的看法。

「我要聽《唐璜》，這位漂亮、文雅、風流、放蕩、不信宗教、不信神靈的花花公子，他既是玩世不恭、玩弄愛情的無恥之徒，又是敢於蔑視封建禮法的時代先驅，在他身上表現出的人類的兩面性讓他千百年來一直魅力不減。就連我自己也對這部作品情有獨鍾，讀了又讀，欲罷不能。」這次發言的是芳姐，她幾乎道出了在場所有女生的心聲。

魏鵬舉老師知識補充站

「四大吝嗇鬼」中的另外三位分別是：莎士比亞筆下的夏洛克、巴爾札克筆下的歐也妮·葛朗台，以及果戈理筆下的普留希金。

「你們都沒說到點上，要我說，《吝嗇鬼》才是最不容錯過的作品，阿爾巴貢這一經典形象被後世公認為是『四大吝嗇鬼』之一。」小倫永遠能在最合適的時機插上一句最合適的話。

　　「好了，我已經基本瞭解了大家的意圖，下面就一一滿足你們吧。」莫里哀老師清了清嗓子，緩緩地講了起來。

　　「正如剛才那位同學所說，《可笑的女才子》是我回巴黎之後創作的第一部劇本。在這部喜劇裡，我嘲笑了法國封建社會生活和貴族沙龍的所謂『典雅』的文學流派，揭露了該流派歪曲自然、違背理性的實質，對自命風雅的貴族男女給予了辛辣的諷刺。」

　　「《丈夫學堂》和《太太學堂》標誌著我的創作進入了一個新階段。從這兩部劇開始，我的創作從情節喜劇轉向風俗喜劇。在這兩部劇裡，我從人文主義的觀點出發，對愛情、婚姻、教育以及其他社會問題進行了討論。當然，其中自然也少不了對上流社會的冷嘲熱諷和犀利討伐，所以該劇一出，再次引起軒然大波。沙龍人物攻擊我，說我的劇本輕佻、下流、淫穢、褻瀆宗教，為了駁斥他們，我連續寫了《太太學堂的批評》和《凡爾賽宮即興》兩篇『戰鬥檄文』。我是要告訴大家，我的喜劇主要是為廣大觀眾服務，而不是為那些坐在舞臺下面指手畫腳的貴族看客服務的。我絕不贊成把文學體裁分等級。喜劇的地位並不比悲劇低，讓人笑比讓人哭更困難。同樣，我也不贊成用清規戒律束縛詩

莫里哀的創作原則

原則一：
喜劇是為廣大觀眾服務的，而不是為貴族看客服務的。

原則二：
文學體裁不分等級，喜劇的地位不比悲劇低。

原則三：
劇本創作不需要清規戒律，最重要的是能感動、教育觀眾。

人、作家的才能。我認爲劇本的好壞不在於是否服從這些規律，而要看是否合乎常識和理性，是否能感動觀眾、教育觀眾。」

「莫里哀老師，您這種敢於挑戰權威、打破規則的勇氣眞讓人敬佩，要知道，一個人逆流而行是多麼困難啊！」聽到莫里哀老師的精彩言論，小艾忍不住發出感歎。

聽到小艾的讚美，莫里哀老師會心一笑，然後又繼續講了起來。

「下面再講講《唐璜》。這是我的第二部巨型諷刺喜劇，取材於一個在17世紀的法國非常流行的西班牙故事。唐璜是個具有兩面性的『惡棍大貴人』。一方面，他是封建社會產生的最典型、最無恥而又最偽善的掠奪者；另一方面，他漂亮、聰明、勇敢、文雅。這個形象是對那些『金玉其外、敗絮其中』的貴族階級的有力諷刺。」

「那不用說，您的《唐璜》肯定又被禁演嘍！」小倫突然插嘴道。

「是的，當年《唐璜》只演了15場就遭到了禁演。其實這完全在我的意料之中，因爲無論是形式還是內容，我的這部戲都沒有符合他們的要求。當時的古典主義戲劇都要遵循『三一律』的規則創作，即同一時間、同一地點、同一事件，可是《唐璜》卻一條都沒有遵守，這怎麼能不讓那些死板的『學院派』惱怒呢？不管怎樣，我個人對這次顛覆性的大膽創新是非常滿意的。」說到此處，莫里哀老師的臉上露出了驕傲的笑容。

揭穿「僞君子」的眞實嘴臉

「時間有限，《吝嗇鬼》我就不講了，感興趣的同學可以回去自行閱讀。接下來我們就直接開啓《僞君子》的篇章，有沒有哪位同學願意給大家講講這個故事？」聽到莫里哀老師的問話，小文第一時間站了起來，這一次他沒把機會留給小新。

魏鵬舉老師知識補充站

「僞君子」這三個字的意思是指表面正派高尙，實際上卑鄙無恥的人。中國武俠小說大師金庸筆下的岳不群正是一個「僞君子」的典型形象。

「《僞君子》講述的是僞裝聖潔的教會騙子塔圖夫混進商人歐岡家，圖謀勾引其妻子並奪取其家財，最後眞相敗露，鋃鐺入獄的故事。居住在巴黎的富商歐岡，是一個虔誠的天主教徒，他曾輔佐過國王，因此受到了人們的尊敬。當歐岡每次到教堂的時候，總會發現有一個信士，雙膝跪地，專心致志，禱告上帝，這個人格外虔誠，因此引起了歐岡的注意。後來歐岡得知他叫塔圖夫，原本是一個富有產業的貴人，因信奉上帝，不留心家產才落得家境貧寒。得知此事後，歐岡想出錢幫助塔圖夫，可塔圖夫卻執意不收，還當場把錢分給別人，這一舉動令歐岡十分感動，二人的關係也從此日益親密。」

「隨著兩人關係日篤，歐岡把塔圖夫邀至家中，給他優越的待遇，把他當成聖人、導師、最親密的朋友。不止是歐岡一人，歐岡的母親柏奈爾太太更是對塔圖夫著了迷，把他當成世上最好的人。面對歐岡一家人的熱情款待，塔圖夫表面上裝出一副感激涕零的模樣，對人對事都表現得十分虔誠，即使自己的行爲中出現一點兒小錯也要當成罪過來譴責。當然，他的這種假仁假義更是讓歐岡和柏奈爾太太對他好感倍增。」

「然而，是狐狸總要露出尾巴的，日久自會見人心。當塔圖夫見到歐岡年輕漂亮的續妻愛米爾時，他的醜惡嘴臉完全暴露了出來。他一面恬不知恥地追求愛米爾；一面又想透過與歐岡的女兒瑪麗安結婚來繼承財產。其他人都看出了塔圖夫的醜惡嘴臉，唯有歐岡一人蒙在鼓裡。歐岡的兒子達米斯試圖在父親面前揭發塔圖夫的無恥行徑，結果卻反遭父親驅逐。見自己的罪行即將敗露，塔圖夫假稱自己將不久於人世，還說已決意要離開歐岡的家。被塔圖夫迷得團團轉的歐岡覺得自己對不起塔圖夫，竟然提出要將財產全部贈送給他。」

「塔圖夫暗自高興，以爲自己終於達成了目的，於是開始得意忘形，又去糾纏愛米爾。爲了讓歐岡看清塔圖夫的眞面目，愛米爾假裝同意與塔圖夫幽會。二人幽會期間，歐岡一直從旁觀看，當他看見塔圖夫對愛米爾動手動腳，聽見塔圖夫說『歐岡只不

魏鵬舉老師知識補充站

讓國王來作爲所有矛盾的終結者，說明他仍對君主制度抱有希望，這暴露了莫里哀思想中的時代局限性。

過是一個我牽著鼻子走路的人』時，終於醒悟，於是怒不可遏地大罵塔圖夫，並把他趕出家門。」

「塔圖夫離開了歐岡的家，本以為一切是非都已了結，可誰知第二天一早，政府官員竟然來到歐岡家，讓他搬出『塔圖夫先生的房子』。這時歐岡才想起，原來之前他已經將財產全都過繼到塔圖夫名下。眼看**奸人計謀將要得逞，就在危難之際，國王明察秋毫，識破了塔圖夫的面目，下令財產仍歸歐岡所有。至此，本劇以大團圓結局收尾。」**小文口若懸河地講完了整篇故事，所有人都聽得入了迷，忘了身在何處。

✒ 塔圖夫的現實意義

「透過這位同學的講解，相信大家已經對《偽君子》這齣戲的梗概有了基本的瞭解，那麼接下來我就結合劇情來給大家分析一下這部戲的文學內涵。首先，我要為大家介紹一下我們那個年代的社會背景。」

「在我所處的時代，法國專制政體越來越反動，宗教偽善幾乎遍及整個上層社會。這些偽教士披著慈善事業的外衣，幹警察特務工作，暗中監視居民，陷害傾向信仰自由的人，而我筆下的塔圖夫正是這些偽善信士的典型代表。貪婪、狡猾、凶狠、口蜜腹劍，塔圖夫身上表現出的這些人性的醜惡，正是現實中這些偽教士的真正嘴臉。」

「塔圖夫這個形象固然是對現實中那些披著宗教的神聖外衣，內心卻惡毒、無惡不作的偽教士的大膽揭露和辛辣諷刺，但是若從人性的角度去挖掘，其實還有另一層深刻含義。」講到此處，莫里哀老師下意識地環顧一下四周，見所有人都聽得專心致志，情緒更加飽滿。

「塔圖夫的確是個偽君子，他一面表現得無欲無求，願為宗教奉獻一切；另一面又控制不住內心對錢財和女色的渴望。其實避苦趨樂、追求愛情、追求幸福生活是人類的天性，在塔圖夫身上表現出來的欲望也是人人都不可避免的。而塔圖夫之所以會發展為一位虛偽可憎、恬不知恥的偽君子，其根本原因正在於當時那個自以為可以淨化人心、洗滌罪惡的宗教。人性的欲望固然需要克制，可是過分的禁欲、壓抑卻反而會

適得其反，導致人性的異化扭曲。塔圖夫其實是這種極端禁欲主義下的犧牲品，所以說，他所表現出來的罪惡是被世俗化、官僚化以後的宗教的罪惡。」

「常言道：『金無足赤，人無完人。』其實每個人身上都是有弱點的，這並不可恥，敢於正視自身的缺點才能夠改正缺點。那些總是宣揚自身『完美主義』的人才更可怕，他們不願正視自身的弱點，反而更容易墮入罪惡的深淵。」聽完莫里哀老師的講述，小倫有感而發。

「這位同學說得非常不錯，他能把塔圖夫這個人物與現實結合，從而挖掘出人性中更深層次的東西，這種分析問題的方法值得提倡。好了，我這節課的內容已經講得差不多了，非常高興今天能夠與你們分享我的作品，透過與你們這些有思想的年輕人交流，我也收穫頗豐。希望下次還有機會再見。」言畢，莫里哀老師大步走出了教室。

又一堂課結束了，小艾戀戀不捨地走出「兔子洞書屋」，她發現，不管外面的花花世界多麼新鮮熱鬧，她還是對這裡情有獨鍾。回想起在聚會上交的那些朋友，個個儀表堂堂，談吐優雅，之前小艾被一時的熱情沖昏了頭腦，對他們崇拜得五體投地，可是如今想來，這些人中其實有大部分都是塔圖夫式的「偽君子」。小艾暗自慶幸，還好自己沒有錯過莫里哀老師的這堂課，否則毫無心機的自己極有可能成為下一個「被牽著鼻子走的歐岡」了。

莫里哀老師推薦的參考書

《熙德》皮耶·高乃依著。這是法國第一部古典主義典範作品和奠基之作。該劇取材於西班牙史，透過男女主人翁在愛情與榮譽、義務的衝突中所持的態度和採取的行動，表現了理性戰勝感情、國家利益高於一切的思想。

《寓言詩》尚·德·拉封丹著。這是一部寓言詩歌集，一共收錄了239篇寓言故事。詩人用詩的語言來講述一個個簡短而生動的故事，並寄寓一定的道理、教訓，語言精鍊而理智，有韻味而又富於哲理，且耐人尋味。

第八堂課

盧梭老師主講「自然之愛」

在「自然之愛」與
「道德之愛」之間，
究竟該如何取捨呢？

── 尚－雅克·盧梭（Jean-Jacques Rousseau，1712—1778）──

　　18世紀法國最傑出的啟蒙思想家、哲學家、教育學家、文學家。他出身於平民階層，其社會政治思想體現了啟蒙運動激進民主派的傾向，其文學創作則是浪漫主義文學的先聲。他的主要著作有《論人類不平等的起源和基礎》、《社會契約論》、《愛彌兒》、《懺悔錄》、《新愛洛伊絲》和《植物學通信》等。

平平淡淡，無波無瀾，這就是小艾最近的生活狀態。每天按時上下班，按時回家，不再四處參加聚會、瘋狂交友。小艾發現，那些呼朋喚友的生活不太適合自己，她還是最愛一個人看書、吃飯、旅行，安安靜靜。當然，除此之外，還有一件事情也是必不可少的，那就是每週按時去「兔子洞書屋」聽課。

以前小艾去「兔子洞書屋」聽課，都是誤打誤撞，什麼時候想去就什麼時候去，因此經常遲到。不過還好，熱心的小悠上次主動給小艾抄了一張課程表，所以後來她就再也不用因為遲到而擔心了。週末的授課時間是晚上八點半，小艾閒著沒事，因此特意早到了半個小時。她本以為自己肯定是最早到的，卻沒想到，小文已經坐在教室裡看起書來了。

小艾笑盈盈地走進教室，小文友好地打了個招呼，於是兩人閒談起來。小艾向小文詢問今天的主講老師是哪位，小文說他自己也不知道，因為學校為了保證每堂課都能給學生驚喜，所以特意要求對主講老師的身分嚴格保密。接著兩人又自我介紹了一番，言談之間，小艾發現，原來小文和小悠一樣，都是透過特製的機器來到這裡的，而他們都不知道小艾是做著「夢」來的。小艾很想把自己的離奇經歷告訴小文，可是話才到嘴邊，就見一群同學蜂擁而至，上課鈴聲隨之響起，一堂「神祕課程」又要開始了。

🖊 孤獨的漫步者

「大家好，我是尚－雅克·盧梭，一個孤獨的漫步者。」同學們剛剛就座，只見一位頭髮捲捲、面容白淨的外國老師匆匆走上講臺，簡潔地做了自我介紹。

「您就是那位一人獨獲了思想家、哲學家、教育學家、政治理論家、文學家眾多頭銜的尚－雅克·盧梭？」小文略帶激動地發問。

「這位同學有點兒過譽了，我不過是寫過幾部關於哲學、政治方面的作品罷了。」盧梭老師生性靦腆，聽到小文的讚美，白皙的臉龐不禁泛起了紅暈。

「盧梭老師，聽說您是從一個小學徒一步一步自學成才的，是嗎？您的人生真是太勵志了，能不能給我們講講？」小倫一如既往地直截了當，根本不管自己的表達是否得體。

不過盧梭老師倒是毫不在意，仍舊一副和顏悅色的表情，並且表示十分樂意與大家分享自己的個人經歷，接著便侃侃而談起來。

「我出生於日內瓦一個加爾文教派的小資產階級家庭。父親是一名默默無聞的鐘錶匠。雖然他只是一個平凡的小人物，但卻給我帶來了十分深遠的影響。鐘錶匠父親酷愛小說，我記得當我還只有6歲的時候，他就讓我和他一起讀17世紀法國愛情小說以及普魯塔克的《希臘羅馬名人傳》。我

魏鵬舉老師知識補充站

好的習慣都是從小養成的，正如我們平日常說：「父母是孩子的第一任老師。」看來啟蒙教育真的不容小覷。

們經常一起閱讀到深夜，甚至凌晨，正是因為受著這種薰陶，才讓我從小就養成了讀書的好習慣。」

「快樂的童年很快就結束了，從13歲開始，我就過起了寄人籬下的學徒生活。先是當律師書記，後來又跟著一位雕刻匠當學徒，可是這些工作都不能讓我快活，所以16歲時，我便離城出走，希望能夠在外面的大千世界追求到更自由的生活。機緣巧合之下，我有幸結識了華倫夫人。這位偉大高尚的夫人在我的人生中起到了至關重要的作用，讀過我《懺悔錄》的同學應該知道，她可謂是我的命中貴人。」

「是的，您在《懺悔錄》中曾提到，華倫夫人在您最無助的時候收留了您，她陶冶您的音樂情操，送您去神學院學習，還鼓勵您外出旅行，感受大自然的壯美，這些都幫助您形成了健康的人生觀，由此可見，這位夫人對您的影響真的是十分深遠的。」這次插嘴的是小新，他曾讀過盧梭老師的《懺悔錄》，所以雖然明知有點兒不合時宜，但還是忍不住要賣弄一下。

「關於華倫夫人的事情我們在這裡就不多談論了，接下來還是讓我繼續講完自己的人生經歷吧。」聽見別人提起華倫夫人，盧梭老師多少顯得有點兒不太自然，不過他仍舊面帶笑容，努力克制自己的情緒。

「享受過幾年安穩生活之後，我再一次獨自一人踏上旅程。爲了謀生，我當過學徒、僕人、家庭教師，受盡富人的白眼和凌辱。1741年，我來到巴黎，在這裡結識了狄德羅、格里姆等人，啓蒙思想逐漸形成。

魏鵬舉老師知識補充站

盧梭因其教育論著《愛彌兒》一書而遭到法國當局的通緝，所以他人生中的後二十年過得十分悲慘痛苦，最後死於窮困潦倒。

1749年，我在雜誌上讀到題爲『科學藝術發展是否有助於改善風俗』的徵文啓事，於是我寫下了題爲『論科學和藝術』的論文應徵。1755年，我又發表了第二篇論文《論人類不平等的起源和基礎》。這兩篇論文讓我聲名鵲起，轟動一時。」

「然而瞭解我的朋友都知道，聲名顯赫並不是我想要的，繁華奢靡的巴黎生活並不能讓我開心，唯有神奇壯美的大自然才是我心靈永恆的歸宿。於是1756年，我毅然放棄在巴黎所擁有的聲名，歸隱山林。正是在這裡，我完成了一生中三部重要的作品：《新愛洛伊絲》、《社會契約論》和《愛彌兒》。」

「好了，故事講到這裡也差不多該收尾了。這就是我還算勵志的前半生，接下來的歲月就是苦多樂少了，不提也罷。」盧梭老師皺緊眉頭，長歎一聲，剛才的一臉喜悅瞬間換作滿面愁容。同學們想給他一點安慰，但卻不知該如何開口。

淒婉動人的愛情故事

「好了，過往不提。今天能與大家相聚在此實屬不易，不能再讓往日的悲傷破壞了歡樂的氣氛。今天咱們不提政治，不提教育，也不提哲學，就只談談最純粹的文學。」沉思片刻之後，盧梭老師那張英俊白皙的臉上又重新綻放了笑容，性格還眞是多愁善感，心情可以在一分鐘內變化數次。

「盧梭老師，那麼今天就給我們講講您的《新愛洛伊絲》吧。據說這本書當年曾在巴黎上層社會風靡一時，在文壇也是反響巨大，其中朱莉和聖普樂的愛情更是感人肺腑、發人深省。」一提到《新愛洛伊絲》，小艾就控制不住地擺出一副花癡的模樣。這也難怪，哪個女生不對愛情抱著既崇高又浪漫的幻想啊！更何況像小艾這種天生愛做夢的女生，對《新愛洛伊絲》裡面的「完美愛情」，根本毫無抵抗能力。

「聽這位同學的口氣，好像對《新愛洛伊絲》很瞭解的樣子，那不如就由你來給大家講講《新愛洛伊絲》的故事吧。」小艾本就躍躍欲試，盧梭老師這是正中下懷，於是她滿心歡喜地講了起來。

「《新愛洛伊絲》是一部書信體小說，講述的是貴族姑娘朱莉和她的青年家庭教師聖普樂相愛的故事。盧梭老師之所以把他的小說取名為《新愛洛伊絲》，是因為小說借用了12世紀法國青年女子愛洛伊絲與家庭教師阿貝拉爾的故事框架。」

「在阿爾卑斯山腳下的一座小城裡，貴族小姐朱莉與她的家庭教師——三等公民聖普樂相愛了。但是由於門第懸殊，這段愛情遭到了朱莉父母的堅決反對。已經接受過思想啟蒙的朱莉也曾想為了愛情奮起反抗，可是從小便接受的『道德』教育又讓她不得不為了維繫自然血親的孝道而屈從於父親的意願。最後，父親趕走了聖普樂，並把朱莉許配給了門當戶對的俄國貴族沃爾瑪。在父親的苦苦哀求之下，朱莉與沃爾瑪結了婚。雖然她的心中對聖普樂仍然未能忘情，但是出於對家庭的責任感，她仍然成了一名賢妻良母。」

「難道朱莉和聖普樂的美好愛情就這樣結束了嗎？」多情的小悠紅著眼圈發問。

「當然沒有，傾心相愛的戀人怎麼會那麼輕易分開？就算人不能在一起，心也是在一起的。」大發感慨之後，小艾接著講下去。

「時隔6年，聖普樂與朱莉這對昔日的戀人再度重逢。此時朱莉已經把自己與聖普樂的關係坦白地告訴了丈夫，而丈夫沃爾瑪在聽了他們當年那轟轟烈烈、感人肺腑的愛情故事後，也表示願意成全二人。聖普樂告訴朱莉，為了忘記她，他曾周遊了世界，可是誰知道，分離並沒有斷

《新愛洛伊絲》故事梗概

貴族小姐朱莉與她的家庭教師聖普樂墜入愛河。

朱莉和聖普樂的愛情違背了封建社會的倫常，因此遭到父親嚴厲反對，二人被迫分開。

朱莉在父親的懇求下嫁給了門當戶對的貴族沃爾瑪，成為賢妻良母。

在沃爾瑪的幫助下，朱莉與聖普樂這對舊日戀人在分開6年之後終於再度重逢。

了情思，卻讓他的愛更加深沉。朱莉如今雖然已爲人妻，但卻沒有因此而隱瞞自己的情感，她也同樣言辭熾烈地向聖普樂傾吐了自己的愛情。經歷了種種阻礙卻依舊傾心相愛的戀人，等待他們的是什麼？聖普樂想重溫舊夢，然而恪守著家庭美好婚姻職責的朱莉卻努力克制自己的情欲，沒有跨越雷池一步。就這樣，二人在情感與道德之間飽受煎熬，最後朱莉因跳入湖中救落水的兒子，染病離世。《新愛洛伊絲》這則淒婉動人的愛情故事就此落下帷幕。」

《新愛洛伊絲》的全新解讀

「非常感謝小艾同學的精彩演講，她把我的《新愛洛伊絲》講得纏綿悱惻，連我自己在聽了之後都不覺陶醉其中了。」盧梭老師帶著滿眼笑意，給了小艾最真誠的讚美。

「我沒讀過盧梭老師的《新愛洛伊絲》，可是聽小艾講完，我怎麼覺得這劇情如此熟悉呢？對了，和我們現在最流行的那些言情小說、韓劇、偶像劇差不多呀！不是王子愛上了灰姑娘，就是『青蛙』愛上了公主。」小倫就是一副直腸子，不管面對著誰，永遠口無遮攔。

小倫這番「驚世駭俗」的言論一出，眾人都替他捏一把冷汗。把盧梭老師的文壇巨作《新愛洛伊絲》與那些爛俗的言情小說、偶像劇相提並論，這簡直是侮辱經典、「褻瀆神靈」啊！

眾人拭目以待，都等著看盧梭老師如何「懲治」小倫。可是出乎意料的是，盧梭老師不但沒有大動肝火，反而帶著憨厚的笑容說：「來到你們現代社會之後，剛才那位同學說的電視劇我也有幸看過幾集，雖然很多新潮的臺詞都聽不太懂，但是情節好像還真的和我的《新愛洛伊絲》差不多。當年我怎麼也想不到，自己竟然成了你們後世『偶像劇』的鼻祖，哈哈……你看，才這麼一會兒，我又多了一個頭銜。」

盧梭老師自嘲式的幽默逗得同學們哈哈大笑，當然，笑過之後，每一個人也都爲這位文壇巨匠的非凡氣度所折服。這才是大師的風度。

《新愛洛伊絲》與以往愛情小說的不同之處

具有反封建意義

《新愛洛伊絲》抒寫的是一曲爭取不到愛情自由、被封建門第觀念葬送的愛情理想的悲歌。在小說中盧梭對愛情進行了大膽、熱烈的謳歌，這是以往的小說中不曾有過的。

提出了全新的愛情觀

盧梭認為愛情和道德不是對立的，而是可以調和、可以相容的。正如小說中的男女主角，他們的愛情雖然是違背傳統道德觀念的，但卻是崇高的，具有美德的。因為他們的愛並不是出於肉體的欲望，而是源於自然人性。小說中的兩位主角從始至終都自尊、自愛，既相愛又愛他人。

謳歌了大自然

對自然的讚頌是《新愛洛伊絲》的又一個重大特點，在這部小說中，盧梭寫出了大自然對人們心靈產生的影響，他認為只有回歸自然才能找到心靈的寧靜。

既具文學性又富有哲理

《新愛洛伊絲》的文學魅力十足，書信體的獨特形式，多層次、多側面的刻畫以及細緻入微的心理描寫都是以往愛情小說不能比擬的。此外，它不僅僅是一部愛情小說，更是一部哲理小說，盧梭在小說中對教育、文藝、宗教、農村經濟等許多問題都發表了獨特的看法，具有很強的思想性。

　　雖然盧梭老師不予以反駁，可是他那些「忠實粉絲」（80%是女生）可不樂意了，眾姐妹紛紛站起來駁斥小倫膚淺的觀點。首先出馬的是性子最急的小艾，由於情緒激動，她有點兒語無倫次。

　　「一部作品的好壞怎麼能單看劇情呢？盧梭老師的《新愛洛伊絲》架構巧妙，語言優美，人物生動，思想深刻，絕對是大家手筆，那些粗製濫造的言情小說怎麼能與它相提並論呢？再說，在盧梭老師所處的時

代，封建禮教的壓迫和門第的歧視更為嚴重，貴族與平民的愛情根本是天理難容的，當時根本沒有人敢觸碰這樣的題材，而盧梭老師可謂是始祖，僅從這一點來看，《新愛洛伊絲》這部作品就與如今那些滿大街的偶像劇有本質的不同。」

「小艾說得有一定道理，可是未免流於片面了。」這次站起來說話的是芳姐，她永遠是表情嚴肅、口吻專業地出場。

「我個人覺得盧梭老師的《新愛洛伊絲》之所以能成為文壇上的經典，最主要的原因是文中塑造了朱莉這麼一個集合各種矛盾於一身的女主角形象。這個人物生動飽滿，既有人性中的至善，也有其人物自身的弱點，絕不同於偶像劇中那些被美化的如神一般的女主角。」

「這位同學的觀點挺有意思，你不妨再深入闡述一下。」

在盧梭老師的鼓勵下，芳姐信心倍增，說得更加起勁。

朱莉性格的雙重性

勇敢 VS. 軟弱

敢於突破門第觀念與家庭教師相戀。

屈從於父母之命與聖普樂分手，嫁給沃爾瑪。

向丈夫沃爾瑪坦白自己曾有的愛情。

只能在心中默默忍受煎熬，不敢主動追求幸福。

與聖普樂重逢後，敢於衝破禮法，與其再度相戀。

背負家庭的責任，不敢逾越雷池，最後含恨而終。

　　「女主角朱莉是一位貴族小姐，從小接受傳統的倫理教育，但是她又與那些嚴守封建禮教的貴族小姐不同，在她的性格中有勇於反抗的一面。她敢於拋棄門第之見與家庭教師相愛，當父親棒打鴛鴦，要拆散他倆的愛情時，她並沒有立刻妥協，而是對封建家長發出了憤慨的控訴：『我的父親把我出賣了，他把自己的女兒當作商品和奴隸，野蠻的父親，喪失人性的父親啊！』然而，這種勇敢也只是她性格中的一個面相，由於從小受舊道德的影響，她捨不下根深蒂固的家庭觀念，所以當父親『抱著女兒的雙膝』苦苦懇求時，她性格中的軟弱成分又占了上風，於是便委曲求全地同意了父親的請求，決定犧牲自己以盡人子的『天職』。」

　　「縱觀全文，我們便能發現，朱莉有著既勇敢又軟弱的雙重性格。她因為有不甘於被封建禮法壓迫的勇氣，所以才敢於與聖普樂相戀，又因為性格中的軟弱成分，不得不屈從於父母之命。同樣，對愛情的執著讓她敢於不顧自己已婚的身分仍對聖普樂傾訴真心，可是出於對家庭的責任，又讓她不敢跨越雷池一步，只能默默地在內心忍受煎熬。總之，朱莉的悲劇由其自身的雙重性格決定，而盧梭老師的成功之處就在於，他始終能夠把握住這一宗旨。」芳姐不愧是芳姐，每次都是精心準備，華麗出場。她這洋洋灑灑的一大篇，語言嚴密、自信從容，當真讓人歎服。

自然之愛與道德之愛

　　「這位同學的觀點很新穎，也把朱莉的性格剖析得很深刻，非常不錯。」盧梭老師再次對芳姐提出表揚。「還有沒有哪位同學想發表一下自己的看法？」

　　看來芳姐的發言已經震撼全場，教室裡一片安靜，再沒人主動發言。

　　「好吧，既然沒有人想說，那麼接下來就讓我這個當事人親自來說說吧。」盧梭老師清了清嗓子，然後輕聲細語地講了起來。

　　「《新愛洛伊絲》是一篇以愛情爲主題的小說，它的主要情節是圍繞朱莉與聖普樂的情感糾葛展開的。但是，這部作品與一般的愛情小說又是不同的，因爲我在這裡想要探討的絕不僅僅是愛情，還有由愛情引起的更深層次的思考。我歌頌愛情，但是我強調的是人與人之間那種自然而然的、純粹的愛情，僅僅出於天然的兩性吸引，這裡面甚至不摻雜任何情欲的邪念。就如同我對小說中朱莉與聖普樂的愛情描寫，他們是完全發自肺腑的『自然之愛』，不論是婚前還是婚後，他們始終用純潔的情感制約著內心的情欲。」

　　「『自然之愛』是美好的，與『自然之愛』相對的是『道德之愛』，也就是符合當時人們道德觀念的『愛情』，即聽從父母之命、媒妁之言的『愛情』。當『自然之愛』與『道德之愛』相衝突的時候我們要怎麼辦呢？在我之前的小說家們都主張『自然之愛』要讓位給『道德之愛』，但是我卻不這樣認爲。我認爲這二者是可以調和的。就如同朱莉和聖普樂，他們雖然因爲門第之見不能夠在一起，但是他們可以在道德允許的範圍之內，讓彼此心中的那份『自然之愛』永久保存，儘管他們也曾掙扎在情欲的邊緣，但是他們始終不曾丟棄內心的那份純潔。」

　　盧梭老師的這番「自然之愛」與「道德之愛」的論述引發了眾人的深思。在沉寂許久之後，小文站起來發表了自己的看法。

　　「我覺得盧梭老師關於兩種『愛情觀』的觀點對我們現代人來說也同樣意義深刻。在盧梭老師所處的時代，『自然之愛』要受到封建禮教的制約，所以最大的阻礙往往源自於外界的壓力。而在我們現代社會，按理說『自然之愛』與『道德之愛』已經可以融合，然而可悲的是，當『自然之愛』不再被禁錮，過度的自由又導致了道德的喪失，這便讓更多的年輕人墮入情欲的漩渦，反而忘了珍惜『自然之愛』的美好。由此看來，無論是在哪個時代，這種簡單純粹，完全發自內心，沒有任何雜念的『自然之愛』都是同樣的難能可貴啊！」

　　小文「借古論今」的精彩發言博得了眾人的一致認同，教室裡掌聲雷動。雷鳴般的掌聲過後，眾人才發現，盧梭老師已經不聲不響地離開了教室。時間過得真快啊！不知不覺中，又一堂精彩的文學課落下了帷幕，可大家都還意猶未盡。

　　小艾也不想離開，此刻她才驚覺，她已經愛上了這間「神祕教室」；這裡有隨時會帶來驚喜的神祕老師，這裡有睿智可愛的同學，還有這裡那種人與人之間簡單純粹的相處模式 —— 彼此都是生命中的過客，不問過去，不問將來，只要珍惜現在就好。這樣想著，小艾決定不再向小文坦白自己的「來歷」，因為不管自己來自何方，不管自己如何來到這裡，都無礙於他們此刻肝膽相照的友情。

　　胡思亂想著的小艾已不知不覺地回到現實。「兔子洞書屋」依舊冰冷空蕩，不過這一次她卻沒有以往的失落感，因為心中已有所冀盼，因為知道明天還會相聚，所以此刻她選擇笑著離開。

盧梭老師推薦的參考書

　　《愛彌兒》盧梭著。這是一部討論有關教育問題的哲理小說。在此書中，盧梭透過對他所假設的對象愛彌兒的教育，來反對封建教育制度，闡述他的資產階級教育思想。

　　《懺悔錄》盧梭著。這是盧梭晚年寫作的一部自傳體小說，是文學史上難得的一部既具真實性又具文學性的優秀自傳。在此書中，盧梭毫不掩飾地揭露了自己性格中的瑕疵，徹底地在公眾面前暴露自己的靈魂，為我們展示了一個鮮活真實的平民知識分子形象。

歌德老師主講
「永不滿足地追求」

人生要不斷追求，
永不滿足地追求，
這才是生命的意義。

約翰・沃夫岡・馮・歌德（**Johann Wolfgang Von Goethe**，1749—1832）

　　德國最偉大的詩人、劇作家、思想家，他的創作把德國文學推向了歐洲第一流的位置，同時對整個歐洲文學的發展都作出了巨大貢獻。歌德的作品充滿了「狂飆突進」運動的反叛精神。他在詩歌、戲劇、散文、自然科學、博物學等方面都有較高的成就。他的主要作品有書信體小說《少年維特的煩惱》、長詩《普羅米修斯》、詩劇《浮士德》，以及許多抒情詩和評論文章。

平靜地度過了一個星期，什麼事都沒有發生。最近小艾一直埋頭於書堆，閱讀了許多中外名著，也對人生有了更深入的思考。人究竟爲何活著？有一天這個問題突然闖入小艾的腦海，從此便久久困擾著她。爲了名利？爲了父母？爲了愛情？爲了工作？爲了造福人類？這些答案好像沒有一個是她想要的。小艾終日苦思，卻百思不得其解。她憋得難受，想打電話找人傾訴，可是翻爛了電話本，卻沒有一個人是她想打的，這眞是讓人抓狂。

小艾躺在床上翻來覆去睡不著，終於忍不住了，於是便抱著試試看的心理來到了「兔子洞書屋」，想碰碰運氣。今天是星期四，小悠給的課程表上沒有顯示今天有課程安排，可是當小艾來到「神祕教室」的時候，教室裡已經坐滿了人。講臺上一位體魄健壯、精神飽滿的中年男子正在慷慨激昂地侃侃而談，臺下的同學們個個神采飛揚，全神貫注，可惜卻沒有一張熟悉的面孔。

「原來還有另外一群人在這裡上課，他們多半和小悠、小文一樣，也是來自各大高校的高材生。」小艾在心中暗自揣測。「也不知道他講的是什麼內容，不妨進去聽一聽，說不定能解答我心中的困惑。」抱著這種心態，小艾悄悄地溜進教室，在最後一排揀了一個空位坐下，開始聽講。

🕐 「狂飆突進」時期

「剛剛給大家簡要敘述了我幸福的童年生活，接下來我再給大家談談我在萊比錫的學習時光。正是在這裡，我開始發現了自己對文學藝術和自然科學的興趣，這裡帶給我的影響是十分深遠的。」臺上的老師認眞地講述著自身的經歷。

「萊比錫？文學藝術？自然科學？這位老師到底是誰？」小艾因爲錯過了主講老師的開場白，所以不得不費力猜測，可是僅憑這幾個簡單的關鍵字，她還完全搞不清楚狀況。

「**在萊比錫學習的期間，我聽了作家蓋勒特的詩藝講座，並參加了他的寫作風格練習班，這些啓發了我對文學的興趣。**之後，我有幸品嘗了一次甜美的愛情，它激發了我內心澎湃的激情。當文學與愛情相遇時，我便成了一位詩人。在這個時期，我的詩句歡樂、輕快，具有洛可

可風格的傳統，處處都洋溢著愛情的喜悅。」主講老師一邊追憶著甜蜜的似水年華，一邊柔聲細語地講述著他的「詩歌之路」。

「美好的愛情猶如煙花般短暫，轉瞬即逝。在經歷過漫長的痛苦療傷之後，我重振精神，開始對人生進行全新的探索。1770年，我來到史特拉斯堡繼續學業。在這裡，我接受了盧梭的思想和斯賓諾莎哲學思想的影響，並且結識了『狂飆突進』運動的精神領袖赫爾德和一批文學青年。

魏鵬舉老師知識補充站

蓋勒特是德國啟蒙運動作家，他的作品主要是宣傳理性，勸人戒惡從善。

在他們的影響下，我開始閱讀荷馬和莎士比亞的作品，並研究了民間文學，這些有益的學習讓我逐漸擺脫早期那種宮廷文學和古典主義的束縛，也給我的詩歌創作帶來了很大的幫助。在這個時期，我寫下了《五月之歌》、《野玫瑰》等詩歌，它們大多感情真摯，旋律優美，民歌特色濃郁，得到了世人的好評。他們說我是德國近代抒情詩的創始者，這個頭銜我實在不敢當，我只能說，我是用心在寫詩歌。」

主講老師又滔滔不絕地講了許多，同學們都聽得津津有味、樂在其中，唯獨小艾一人仍在痛苦中掙扎，當然此時讓她痛苦的早已不再是先前反覆思考的哲學問題，她早已把那件事拋諸腦後，如今她最想搞清楚的就是，眼前這位風流倜儻、談吐優雅的主講老師到底是何方神聖。「都怪我才疏學淺，人家都透露了這麼多『個人資訊』，我卻仍然毫無頭緒。」小艾抱怨著，懊惱不已。

「『狂飆突進』的思想對我影響很大，它不僅體現在我的詩歌上，還滲透到其他各種類型的作品中，是我這個時期創作的主要方向。歷史劇《鐵手騎士葛茲・馮・伯利欣根》就是一部體現著我『狂飆突進』精神的著作，這部作品取材於16世紀德國宗教改革和農民戰爭的歷史，主人翁是德國16世紀一個沒落騎士。他一度參加農民起義，但最後背叛了農民。在這裡，我把葛茲塑造成一位對諸侯作戰、反封建、爭自由的英雄，從而表達我不滿封建暴政和渴望國家統一、要求自由平等的思想。」

　　「我在寫作這部作品時，借鑑了莎士比亞的創作，有意識地突破了古典主義『三一律』的束縛。這部作品中人物眾多，情節複雜，場景不斷變化，問世之後，在當時頗爲轟動。維蘭德在看過該劇作之後，還稱讚我是『美麗的怪物』，這個評價眞是讓我哭笑不得。」說到此處，主講老師哈哈大笑起來，他聲音洪亮，毫不克制，從這爽朗的笑聲中就能感受到他熱情奔放的性格。

歌德主要作品簡介

抒情詩

近代德國抒情詩的開端，詩歌讚頌大自然，歌頌愛情和友誼，充滿了積極、樂觀、健康的精神。

歷史夢劇《鐵手騎士葛茲‧馮‧貝利欣根》

一部體現「狂飆突進」精神的著作，透過一位農民起義領袖的悲劇故事表達了作者對當時社會的不滿。

書信體小說《少年維特的煩惱》

這是德國第一部具有世界意義的作品。作者成功塑造了一個精神高度覺醒，卻缺乏行動能力的叛逆者形象，並且透過維特的悲劇反映了時代的悲劇。

哲理詩劇《浮士德》

這是由一幕序曲，兩個賭徒，以及浮士德的終身追求構成的五幕悲劇。詩劇透過浮士德一生的追求，探討了生命的真諦。

✨ 震驚世界的「春雷」

「『狂飆突進』運動仍在繼續，我的思想仍舊在『狂飆突進』精神的影響下翻滾，在這段時期，我的內心陷入了迷茫、痛苦和掙扎。一次愛情的失敗對我打擊沉重，之後又得知了一位朋友自殺的消息，這兩件事都帶給我很大的震撼，也直接激發了我的創作靈感。就這樣，在一系列機緣巧合下，我寫下了《少年維特的煩惱》，當時真沒想到，這本書會帶給我如此豐厚的名譽和財富，甚至因它而聞名世界。我只能說，幸運女神真的對我格外垂青！」

「原來臺上的主講老師就是德國最偉大的詩人歌德！天哪！我真是笨得夠可以了，竟然才聽出端倪。」當歌德老師提到《少年維特的煩惱》一書時，小艾終於恍然大悟。「歌德老師可是我的偶像啊！當年讀《少年維特的煩惱》的時候，我簡直被書中的維特迷得神魂顛倒呢！」小艾又發揮起了她胡思亂想的特長，開始各種神遊。不過還沒等思路飄出窗子，小艾就被一陣低沉迷人的聲音拖回了現實。

「歌德老師，您就不要自謙了。您的《少年維特的煩惱》一書一經出版就在整個德國乃至歐洲掀起了一股『維特熱』，使年輕一代如癡如醉，有的與維特遭遇相仿的人甚至輕生而死，由此可見其影響之大。」說話的是一位高高瘦瘦的男生，這個人渾身散發著一股與生俱來的憂鬱氣質，再加上那低沉迷人的嗓音，活活一個現代版的「維特」。

「是的，《少年維特的煩惱》這本書的確在當時引起了一陣空前的轟動。不過我個人認為，這部作品之所以會產生如此大的影響，原因是多方面的。首先，我可以毫不謙虛地對這部作品的文學價值給予肯定，不過，我覺得它能產生如此熱烈的反響，最主要的原因還在於它恰逢其時的緣故。之前我就有過這樣的比喻：『就像爆炸一個地雷只需一點導火線那樣，《少年維特的煩惱》在讀者中引起的爆炸也是這樣。』」歌德老師說話時一臉嚴肅，絲毫沒有得意之色和自誇之嫌。

「《少年維特的煩惱》這本書就好像被施了魔法一樣，影響的何止是一代年輕人？至今我們讀來仍為之沉迷。當年我讀這本書的時候，還

魏鵬舉老師知識補充站

　　據說當年有一些青年在看了《少年維特的煩惱》以後，竟然模仿維特做出輕生舉動，由此可見一部文學作品對世人的影響之大啊！

　　青澀懵懂，初嘗愛情的滋味，我覺得自己簡直就是維特的分身。他的喜悅、痛苦、迷茫、困惑，都引起了我在情感上強烈的共鳴。」說話的仍然是剛才那位瘦高男生，他那飽經滄桑的語氣和年齡極不相稱，讓人不禁猜想他一定是經歷過什麼不為人知的事情。

　　「看來這位同學對我的《少年維特的煩惱》感情頗深嘛，那麼你不妨趁此機會跟大家分享一下你的心得體會。」歌德老師笑著發出邀請。

　　「維特出生於一個較富裕的中產階級家庭，受過良好的教育。他能詩善畫，熱愛自然，思維敏捷，情感豐富細膩。他接受過盧梭思想的影響，追求自由平等，痛恨階級制度和貴族特權。一年初春，為了排遣內心的煩惱，他告別了家人與好友，來到一個風景宜人、民風淳樸的小鎮。在這裡，維特認識了一位叫作綠蒂的可愛少女。二人一見傾心，彼此愛慕，可惜卻不能在一起，因為綠蒂已與維特的好友定下婚約，她不能違背。一面是友情，一面是愛情，還有一面是殘忍無情的現實，維特從此陷入尷尬之中，不能自拔。後來經過一番痛苦抉擇，維特選擇了離開。他來到全新的環境，試圖透過事業來尋求情感上的解脫，然而鄙陋的環境、污濁的人際關係、壓抑個性且窒息自由的現存秩序，都使他無法忍受，最後他終於又重返綠蒂身邊。可是此時他卻發現，自己心愛的姑娘已經嫁為人婦。殘酷的現實讓維特萬念俱灰，最後他決定以死殉情，於是用一把手槍結束了自己的生命。」瘦高男生一口氣敘述完了整篇故事的梗概，也不稍作休息，便又接著講了下去。

　　「少年的維特到底在煩惱著什麼？是什麼導致了他的人生悲劇？當年我讀這本書的時候一直在思考這個問題。難道僅僅是一次失意的戀愛？當然不是，維特若是如此膚淺，根本就不會引起一代又一代青年人的共鳴。深入地解讀這部作品，我們會發現，愛情上的煩惱不過是一個導火線，其實維特的痛苦源於他自身的不合時宜。他有著超前於當時社會的先進思想，他無法容忍當時落後的制度、陋習、偏見等壓抑人性的

《少年維特的煩惱》詳解

創作背景

對夏洛特．布芙的愛。小說在極大程度上是自傳性的，歌德把自己的兩段愛情經歷融入小說，塑造了綠蒂的形象。

耶路撒冷的自殺。小說結尾部分維特自殺的情節安排是受一位年輕的同事耶路撒冷的激發而產生的。歌德將耶路撒冷的許多性格特徵轉移到維特身上，以與熟悉耶路撒冷的人的談話，以及他自己對耶路撒冷的記憶構成了小說的基礎。

作品分析

這部小說採用的書信體形式開創了德國小說史的先河，作品描寫了維特跌宕起伏的感情波瀾，在抒情和議論中真切、詳盡地展示了維特思想感情的變化。

作者將其個人戀愛的不幸放置在廣泛的社會背景中，對封建的階級偏見、小市民的自私與守舊等觀念做了揭露和批評，熱情地宣揚了個性解放和感情自由的觀點。

透過主人翁反抗社會對青年人的壓抑，表現出一種抨擊陋習、摒棄惡俗的叛逆精神，因而更具有進步的時代意義。

觀念，他主張個性解放、感情自由，然而那卻只能是一個口號，他根本無力改變。所以說，維特的煩惱其實是每一代思想進步的青年都會遇到的煩惱，我們都是反抗者，我們都渴望打破舊有的陋習，建立更好的制度，可是，我們都缺乏積極的行動能力，所以才會陷入痛苦，甚至導致人生悲劇。」瘦高男生對這本書的解析實在是深刻透徹，讓人折服。

「這位同學的分析既精彩又全面，實在是無以復加，我就不再畫蛇添足了。」歌德老師對瘦高男生的發言給予了充分肯定，接著看了看手錶，發現時間有點兒緊迫，所以就趕忙進入了下一個話題。

🖊 浮士德的「體驗之旅」

「我們現在來說一說我的下一部作品《浮士德》。」歌德老師的語速都快了起來。

「關於《浮士德》我要從何談起呢？這可是我一生心血的結晶。」談到《浮士德》，歌德老師顯得有點兒激動，畢竟這部作品是他花了60年時間，嘔心瀝血才釀成的佳作啊！可想而知，這部作品對歌德老師來說是多麼的重要。

「歌德老師，我知道《浮士德》是與《伊利亞德》、《神曲》和《哈姆雷特》並稱為歐洲古典四大名著的一部巨作，可惜卻一直沒能有幸拜讀，不知道您能不能在評講之前為我們介紹一下劇情梗概。」一位文文靜靜的女生坦白而又直接地提出要求。

「我正發愁不知從何講起，多謝這位同學幫我理清思路。那麼接下來我就先給大家講講《浮士德》的故事。」歌德老師整了整衣襟，清了清嗓子嚴肅認真地講了起來。

「在廣闊的天庭，上帝向魔鬼梅菲斯特詢問浮士德的情況。梅菲斯特說無窮的欲望讓浮士德處於絕望和痛苦之中。魔鬼梅菲斯特認為，人類無法滿足的追求終必導致其自身的墮落，可是上帝卻不同意這一觀點，他認為儘管人類在追求中難免會犯錯誤，但最終能夠達到真理。二人觀點不一，於是立下賭約，由魔鬼下凡去誘惑浮士德，看他能否讓浮士德墮入邪路。」

「與上帝打過賭之後，梅菲斯特興沖沖地從天宮下到凡塵，一心想要把浮士德引向墮落。此時已年過半百的浮士德正在一個中世紀的書齋裡坐臥不安。他想到大半輩子自己埋頭在故紙堆中，與世隔絕，到頭來卻一事無成，深感生命的可悲。心灰意冷之下，他欲飲鴆自盡，可是教堂響起的復活節鐘聲卻勾起了他對人生的眷戀。」

「就在這生死一線之時，梅菲斯特出現了。他提出讓浮士德簽訂靈魂契約的建議。梅菲斯特表示，自己甘願做他的僕人，為他解愁除悶，尋歡作樂，獲得一切需要。但若是浮士德在某一刻表示已經滿足，那麼他的靈魂將歸自己所有。浮士德根本不相信『來生』，便毫不猶豫地與魔鬼簽下契約。」

　　「自此以後，好戲才真正開始。有沒有哪位同學願意替我把下面的故事講完？我一個人都說得口乾舌燥了。」歌德老師故意擺出一副委屈的神色。

　　「既然歌德老師講得累了，那就由我來代勞吧。」一位陽光帥氣的男生從座位上跳起來，主動請纓。歌德老師帶著笑容默默點頭表示同意，於是男生便接著講了下去。

　　「與梅菲斯特簽訂契約後，浮士德便開始了他的『體驗之旅』。魔鬼帶他來到萊比錫的地下酒店，讓他體驗充滿『快樂』的世俗生活，酒店裡一群大學生在飲酒作樂，浮士德對此嗤之以鼻。接著魔鬼又讓浮士德喝下魔女的藥湯，讓他恢復青春，去體驗愛情的甜蜜。浮士德愛上了美麗的馬格麗特，並且在魔鬼的幫助下享受到了愛情的歡樂。然而好夢易醒，兩人才剛剛嘗到愛情的甜蜜，就不得不面對一連串的殘酷打擊。首先是馬格麗特誤殺母親，之後浮士德又誤殺了馬格麗特的哥哥，馬格麗特在一連串的打擊之下精神錯亂，兩人的愛情最終以悲劇收尾。」

　　「凡塵的愛情不能使浮士德感到滿足，梅菲斯特又帶領他來到金鑾寶殿，讓他幫助皇帝排憂解難。浮士德懷著滿腔熱情想要大展身手，可是政治也不能使他滿足。後來浮士德有幸見到希臘美人海倫，對其一見鍾情。接著在梅菲斯特的幫助下，浮士德將海倫救出地獄，與其結成夫妻並生下一子歐福里翁。後來歐福里翁不幸死亡，海倫也在萬分悲痛之下幻化而去，浮士德的美夢再次破碎。」

　　「最後，浮士德降落在山頂上，他俯視大海，一個龐大的計畫湧上心頭：他要移山填海，造福人類。最後在魔鬼的幫助下浮士德完成了心願，當看到自己的偉業實現時，浮士德終於喊出：『你真美呀，請停留一下！』隨聲倒地死去。浮士德終於滿足了，魔鬼正欲收走他的靈魂，可是眾天使搶先一步，奪回了浮士德的靈魂，帶他飛入天堂。」

🕐 永不滿足地追求

　　《浮士德》的故事講完了，在「陽光帥哥」繪聲繪影的講述中，眾人如癡如醉，彷彿與浮士德一起上天入地了一番。還沒等大家回過神

來，歌德老師已經迫不及待地開口了。

「我們都是一樣的人，我想我們每個人來到世間後都會遇到一個同樣的問題：我們為何而活？」當歌德老師說到這一句時，小艾激動得差點兒喊出聲來。歌德老師提出的問題正是幾天來苦苦纏繞她的難題，她做夢也沒想到，連歌德老師這樣「功力深厚」的大文豪也會和自己遇到同樣的困惑。

「《浮士德》這部詩劇探討的正是這個主題。」歌德老師接著講下去，「我們為何而活？這其實是每個人終其一生都在探索的問題。作為與你們一樣的人，我也有著同樣的困惑。我用一生的時間在探尋，從書本到現實，從感官上的享樂到精神上的滿足，從個人價值的追求到成就全人類的幸福，我的一生從未停歇，我把我的體驗全都寫進了《浮士德》中，我得出的結論就是：人生要一直追求，永不滿足地追求，這才是生命的意義。」

歌德老師的一席話說完之後，教室裡鴉雀無聲。所有人都陷入沉思，這個話題實在有點兒深奧難解。

「歌德老師，您說的『永不滿足地追求』是什麼意思呢？恕學生愚鈍，還望您指點一二。」一位穿著長袍大褂的老先生文縐縐地發問，看他的模樣，活像是「中國版」的浮士德。

「今天上課的人還真是奇怪，什麼樣的人都有。這位老先生不會是從古代『穿越』來的吧？」小艾又禁不住胡思亂想了一番。

「剛才我可能說得有點兒抽象，下面還是讓我透過浮士德的故事來為大家具體講解一下。我在《浮士德》的一開篇，就透過上帝和魔鬼打賭的形式提出了本劇想要探索的基本主題：人是貪圖感官享受的動物，還是具有高尚精神境界的靈長？我們是該滿足於眼前，還是該不斷戰勝自己、超越自身？以上這兩個問題是每一個人都會遇到的困惑，是人性中根本存在的矛盾。只有解決了這一問題，我們才能悟得生命的真諦，才能解答人為何而活的問題。」

「要找到答案，就必須親自實踐。於是，接下來，作為人類代表的浮士德便從此踏上了『體驗之旅』。在書中，我故意為浮士德安排了五段生活，這五段生活都具有不同的象徵意義，也代表著浮士德體驗之

浮士德的五段經歷

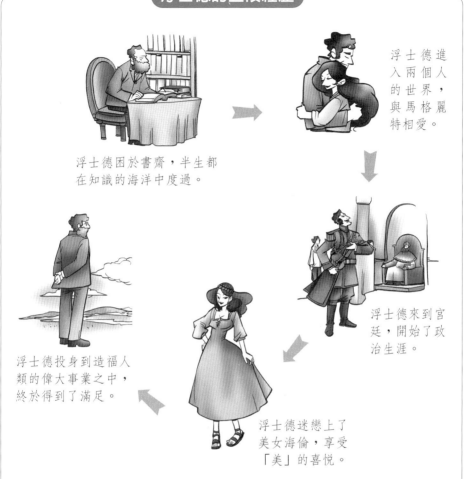

浮士德困於書齋，半生都在知識的海洋中度過。

浮士德進入兩個人的世界，與馬格麗特相愛。

浮士德來到宮廷，開始了政治生涯。

浮士德投身到造福人類的偉大事業之中，終於得到了滿足。

浮士德迷戀上了美女海倫，享受「美」的喜悅。

旅的五個不同階段。第一部分寫浮士德一生困於書齋，年過半百之後終於徹悟，原來這種脫離現實的生活根本毫無意義，於是他決心與魔鬼簽訂契約，去親歷世間繁華，找尋生命的意義。走出書齋後，浮士德進入了兩個人的世界，即愛情的世界。魔鬼梅菲斯特一心想把浮士德引向墮落，希望他能在感官的享樂中得到滿足，浮士德也一度在情欲的支配下做了許多錯事。不過當他看見由於自己的自私給愛人帶來痛苦與不幸時，浮士德幡然悔悟，並且陷入深深的痛苦與絕望之中。」

「在經歷過愛情的甜蜜與痛苦之後，浮士德又來到了官場，希望能在政治上有所建樹。然而宮廷聲色犬馬的生活同樣讓他感到厭倦，接下來他又迷戀上了希臘美女海倫。浮士德對海倫的苦苦追求其實是象徵著人類對古希臘藝術的追求，他以為自己能夠在對美的追尋中得到滿足，可惜結局仍舊是以悲劇收場。」

「在自身價值都已得到實現之後，浮士德決定要從精神世界的浮游轉向對物質世界的改造。最後他終於在造福人類的偉業得以實現之際，獲得了滿足感，不過可惜，這確實是個美麗的誤會，因為他的偉業根本沒能實現。不過這個結局並不意味著浮士德的悲劇，恰恰相反，我是想借此表明自己的觀點：生命不息，探索不止。人類對自身、對世界的探索是永無止境的，人類只會滿足於永不滿足地追求。」

「中國有句古話叫作『天行健，君子以自強不息』，不知您說的『永不滿足地追求』是不是就是這個意思呢？」長袍老先生再次發問。

「沒錯，這位老先生概括得很準確，浮士德一生永不滿足地追求就是自強不息精神的體現，再通俗一點兒說就是，活到老，學到老，探索到老，這樣說大家應該更好理解了吧？」

歌德老師笑了笑，繼續說道：「不好意思，我講得太專心，都沒注意到已經過了上課時間。好了，同學們，今天關於《浮士德》的講評就先進行到這裡，下次有機會咱們再詳細探討。」說罷，歌德老師邁著大步走出教室。這位文學大師的一言一行都能讓人感受到無限的激情。

真是一堂震撼人心的「文學課」，小艾慶幸自己的好運，竟然又一次誤打誤撞地解開了心頭疑難。此時她只覺一身輕鬆，腳步也輕快了起來。「讓生命盡情燃燒吧！」小艾的內心在吶喊。歌德老師的熱情已經點燃了她心中的火種，明天又會是一個全新的開始。

歌德老師推薦的參考書

《陰謀與愛情》席勒著。這是德國18世紀傑出戲劇家席勒的著名劇作，主要講述了平民琴師的女兒露伊絲和宰相的兒子斐迪南的愛情悲劇。該劇劇情衝突曲折而尖銳，情節線索複雜而清晰，尤以在矛盾糾葛中展示人物性格見長，被稱為「德國第一部有政治傾向的戲劇」。

第十堂課

拜倫老師主講
「個人式反抗」

我可以獨自兀立人間，但絕不把我自由的思想換取一座王位。

喬治‧戈登‧拜倫（George Gordon Byron，1788—1824）

　　英國19世紀傑出的浪漫主義詩人。他出身於貴族家庭，生性孤傲、狂熱、浪漫，具有反抗精神，他的詩歌正是他堅持理想，與黑暗現實戰鬥的有力武器。拜倫的主要作品有《普羅米修斯》、《恰爾德‧哈洛爾德遊記》、《唐璜》、《東方敘事詩》等。他在這些詩歌中塑造了一系列「拜倫式英雄」，對後世影響極大。

「小艾，你這個死丫頭，你現在要是不回來就永遠也別回來！」小艾媽的「奪命追魂嗓」幾乎撼動了整條街，可惜卻撼動不了小艾那顆頑石般的心。順著小艾媽的聲音看去，只見小艾一手拎著衣服，一手提著皮鞋，一邊忙不迭地「逃命」，一邊還回頭張望，模樣甚是狼狽。

小艾何以淪落至此？若要追溯根由，往深了說可以牽扯到封建家長制殘留的餘毒，往淺了說就是「女大不中留，留來留去是個愁」，總而言之，就是小艾遇到了所有大齡單身女子都不得不面對的難題：被迫相親。

這個話題如今已經不新鮮了，這樣的場面對小艾來說更是司空見慣。這一年裡，小艾媽充分運用自己的人脈關係，七大姑八大姨三舅姥爺全都派上了用場，只要是門當戶對、條件相當的靠譜、適齡未婚男性，全都成了小艾的相親對象。

為了不傷害老媽那顆多情脆弱的心，小艾每次還都會完成任務似的去走走形式。可是今天實在是不巧啊，相親的時間和「兔子洞書屋」的上課時間撞期了，所以逼得小艾不得不使出三十六計中的上上之計，逃出家門，趕去上課。

都怪老媽太難纏，害得小艾比平時出門晚了半個小時，為了不錯過精彩的開場，她一路小跑著來到「兔子洞書屋」。幾經周折，終於抵達了「神祕教室」，小艾喘著粗氣，抬手看了看手錶，輕聲歎道：「唉——還是晚了十分鐘。」

小艾小心翼翼地推開門，正想以最不起眼的方式溜進教室，可卻意外發現，今天的主講老師也還沒到場。小艾正站在門口暗自慶幸，一個聲音突然從身後傳來。「同學，一起進去吧。遲到太久不太好。」小艾應聲轉過頭去，只見一位身材瘦削、面容憂鬱的年輕男子站在自己面前。二人於是一起走進教室，男子一瘸一拐地走上講臺，這時小艾才反應過來，原來他就是今天的主講老師。

「詩人式」的英雄主義

「實在不好意思，讓大家久等了。我為我的遲到致歉。」年輕男老師客客氣氣地鞠了一躬，態度十分誠懇。道過歉之後，年輕老師沒有急著開口，而是目光深沉地望著窗外，一副若有所思的神情，讓人捉摸不

透。在場的所有人都明顯感覺到今天的主講老師有點兒非比尋常，他渾身上下都散發著一股孤獨、憂鬱的氣質。

「『若我還能再見你，事隔經年。我如何賀你？以眼淚，以沉默。』這是今天的天氣讓我想起的句子。」主講老師突然深情款款地背起詩來，弄得眾人莫名其妙。

「不好意思，請大家原諒我的情緒化。下面言歸正傳，我首先來進行一下自我介紹。我是英國詩人拜倫，非常高興認識大家。」拜倫老師的這句話猶如一顆重磅炸彈，剛一拋出，教室裡便炸開了鍋。

「原來是英國大詩人拜倫！您的好多情詩都是我的最愛。『我看過你哭，一滴明亮的淚湧上你藍色的眼珠。那時候，我心想，這豈不就是一朵紫羅蘭上垂著露。』您的詩句實在是太美了！」最先開口的是小悠，這丫頭果然是拜倫老師的「鐵桿粉絲」，竟然當場背起了他的詩。

「小悠背的是拜倫老師的〈我看過你哭〉，的確是一首優美動人的好詩。不過我還是最喜歡拜倫老師那些慷慨激昂、宣揚自由、追求個性的詩歌，每次讀過之後我都覺得熱血沸騰，心潮澎湃。」這次說話的是小新，他永遠以一副當仁不讓的姿態出場。

「大家先別激動，我們還是讓拜倫老師自己說說吧。」識大體的芳姐主動站起來維持秩序。

「呵呵……看見同學們這麼喜歡我的作品，我十分開心。」拜倫老師眼帶笑意地說道。「不過，往日你們只讀我的詩，卻未曾讀過我的人。今天機會難得，不如我就在這裡向大家訴訴衷腸，跟你們嘮叨嘮叨『我和詩歌的那些事兒』。」在同學們的帶動下，拜倫老師的情緒也逐漸高漲，竟然難得地展示了自己幽默的一面。

「我出生在一個古老沒落的貴族家庭，自幼喪父，從小跟隨母親在英格蘭度過了貧窮而孤寂的童年。10歲的時候我繼承了男爵爵位，我的身分

魏鵬舉老師知識補充站

天才的思想總是超越同代中人，因此才會不被世俗所容。而這種不被理解所帶來的痛苦又往往能夠在其偉大的作品中碰撞出絢爛的火花。

「拜倫式英雄」詳解

「拜倫式英雄」的思想和性格具有矛盾性：一方面，他們熱愛生活，追求幸福，有火熱的激情，強烈的愛情，非凡的性格，敢於蔑視現在制度，與社會惡勢力誓不兩立；另一方面他們又傲世獨立，行蹤詭祕，好走極端，經常犯個人主義和自由主義的毛病。

「拜倫式英雄」一詞最早源自於拜倫的《東方敘事詩》中，用它來描述一批俠骨柔腸的硬漢。他們有海盜、異教徒、被放逐者，這些大都是高傲、孤獨、倔強的叛逆者，他們與罪惡社會勢不兩立，孤軍奮戰與命運抗爭，追求自由，最後總是以失敗告終。

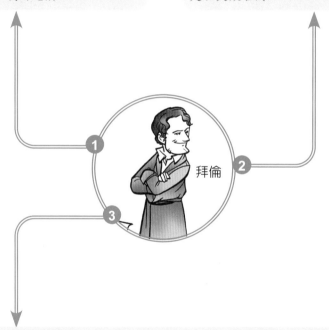

拜倫

拜倫塑造的「拜倫式英雄」形象的代表主要有以下幾位：第一位是《恰爾德‧哈洛爾德遊記》中的貴公子哈洛爾德，他高傲冷漠，放蕩不羈，對上流社會憎惡和鄙視。第二位是《海盜》中的主人公康拉德，他是一個剽悍孤獨的豪爽男子，為某種神祕罪孽苦惱著，卻沒有悔過和恐懼的心情，專以擄掠和殺戮為生，雖然對世界充滿惡意，可是卻對戀人梅多拉一腔深情。第三位是《曼弗雷德》中的主人公曼弗雷德，他從小便是一個落落寡合的人，壯年時獨自居住於阿爾卑斯山的大自然中，但心卻不能寧靜，終日苦悶厭世。

由一個窮小子變成了『拜倫勳爵』，而我的人生也從此發生了巨變。我曾在哈羅中學和劍橋大學讀書，在這裡，啓蒙主義給了我很大影響。畢業之後，我世襲了貴族院議員的席位，可是在這裡我過得並不開心，天性高傲、敏感、反叛的性情讓我不能忍受上流社會的腐敗奢靡，同樣他們也嫌棄我的不合時宜，所以很不幸，我被趕出了我的祖國。」說到這裡，拜倫老師那清澈的雙眸裡閃爍著淚花。

「離開祖國時，我的心情是悲憤的，是痛苦的。不過正如中國那句老話所說：『塞翁失馬，焉知非福。』正是因爲離開了一處風景，我才有機會看到更多的美景。離開英格蘭之後，我先後遊歷了葡萄牙、西班牙、馬爾他、阿爾巴尼亞、希臘、土耳其等眾多國家，這次旅行拓寬了我的視

魏鵬舉老師知識補充站

雪萊和拜倫的友誼是英國文學史上的一段佳話。他們相互勉勵，相互影響，都從這段友誼中受益匪淺。

野，增長了我的見聞，同時也激發了我的創作靈感。《恰爾德‧哈洛爾德遊記》正是我在這次旅途中所作，同樣，後來寫成的《東方敘事詩》的素材和靈感也同樣得益於此。」

「接下來我經歷了結婚、離婚、被流言攻擊、離國出走等一系列不太美好的事情，在這裡就簡略帶過吧。憂傷已經隨風而逝，喜悅才值得永久回味。離開英國後，我曾在瑞士生活過一段時間。在這裡我結識了雪萊，這可謂是我人生中最大的樂事之一，這位偉大的詩人在思想和創作上都對我產生了很大的影響。」

「移居義大利後，我加入了義大利燒炭黨，希望能夠爲世界人民的解放出一份力。在此期間，我的詩歌逐漸由浪漫主義的幻想走向現實，如《塔索的悲哀》、《威尼斯頌》和《但丁的預言》等作品，都閃爍著戰鬥的光輝。」

「拜倫老師，我瞭解過您的生平，品讀過您的作品，我知道儘管您時而會流露出悲觀、傷感的情緒，但您的心卻始終是反叛的，自由與正義永遠是您思想的核心，更準確地說，自由才是您一生的永恆追求。我

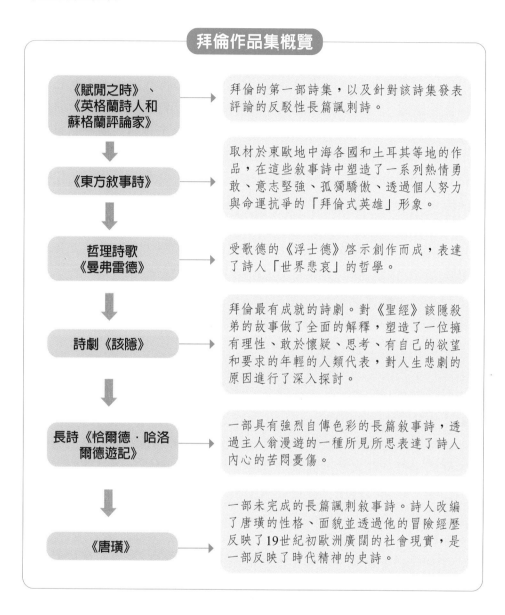

拜倫作品集概覽

《賦閒之時》、《英格蘭詩人和蘇格蘭評論家》 → 拜倫的第一部詩集，以及針對該詩集發表評論的反駁性長篇諷刺詩。

《東方敘事詩》 → 取材於東歐地中海各國和土耳其等地的作品，在這些敘事詩中塑造了一系列熱情勇敢、意志堅強、孤獨驕傲、透過個人努力與命運抗爭的「拜倫式英雄」形象。

哲理詩歌《曼弗雷德》 → 受歌德的《浮士德》啟示創作而成，表達了詩人「世界悲哀」的哲學。

詩劇《該隱》 → 拜倫最有成就的詩劇。對《聖經》該隱殺弟的故事做了全面的解釋，塑造了一位擁有理性、敢於懷疑、思考、有自己的欲望和要求的年輕的人類代表，對人生悲劇的原因進行了深入探討。

長詩《恰爾德·哈洛爾德遊記》 → 一部具有強烈自傳色彩的長篇敘事詩，透過主人翁漫遊的一種所見所思表達了詩人內心的苦悶憂傷。

《唐璜》 → 一部未完成的長篇諷刺敘事詩。詩人改編了唐璜的性格、面貌並透過他的冒險經歷反映了19世紀初歐洲廣闊的社會現實，是一部反映了時代精神的史詩。

記得您曾驕傲地宣稱：『我可以獨自兀立人間，但絕不把我自由的思想換取一座王位。』您是這樣說的，也是這樣做的。您把一生都獻給了追求人類自由的偉大事業，所以您是真正的英雄。」小悠慷慨激昂地說出這番話，可以看出，她對拜倫老師的讚美完全是發自肺腑的。

「哈哈……這位同學過獎了。我不是什麼英雄，我不過是一個一心

想成爲英雄的詩人罷了。我可以驕傲地說，我的一生都在爲世界人民的自由而努力。」一番感慨過後，拜倫老師又回歸正題，接著講述自己的生平。

「離開了義大利後，我又前往戰火紛飛的希臘，自己招募軍隊，親赴戰場作戰，可惜壯志未酬，命數已盡，人生就是這般無奈啊！」拜倫老師長歎一聲，良久不言，看來他又被自己的悲觀情緒包圍了。

「壯志未酬身先死，長使英雄淚滿襟！」不知是哪位同學吟出這兩句古詩，還眞是十分應景。

「這位同學背的是中國的古典詩歌吧？我雖然不是太懂，但是大意還是能夠理解，看來不管是東方人還是西方人，大家的痛苦都是相同的，詩歌果然是沒有國界的啊！好了，話題扯得有點兒遠了，我們還是言歸正傳，繼續探討詩歌的話題。接下來讓我們談談那部讓我一夜成名的《恰爾德·哈洛爾德遊記》吧！」

內涵深刻的「旅行日記」

「《恰爾德·哈洛爾德遊記》是我的成名作，它記錄了我在兩次國外遊歷中的見聞與感想，既是一部生動熱情的旅遊日記，也是一首針砭時弊的政治諷刺長詩。這部遊記的第一、二章是我在旅途中完成的，裡面融入了我這一路遊歷的所聞所感以及對人生的思考，感情眞實而熾熱，所以才能格外打動人心。」

「長詩的主人公恰爾德·哈洛爾德是我的一個分身，我把自己的某些遭遇、感受賦予了他。哈洛爾德是一位年輕的英國貴族，因爲厭倦了上流社會驕奢淫逸的生活，於是便帶著滿腔的孤獨、苦悶離開了祖國，開始了歐洲漫遊之旅。這位『憂愁的流浪者』首先來到了葡萄牙。在這裡，他遊覽了美麗的自然風光和豐富的人文景觀，可同時也聞到了硫磺硝煙的氣味，聽到了槍彈炮火的聲音，看到了葡萄牙人民水深火熱的處境。接著，他又來到了西班牙，親眼目睹了西班牙人民英勇反抗拿破崙軍隊。經歷了以上種種，哈洛爾德的憂傷還是沒能減輕，於是他又去了

哈洛爾德漫遊路線

英國 → 葡萄牙 → 西班牙 → 阿爾巴尼亞 → 希臘

第一次漫遊

英國 → 滑鐵盧 → 日內瓦湖 → 威尼斯 → 羅馬 → 漂泊於大海

第二次漫遊

阿爾巴尼亞，感受了那裡豪爽的民風；之後又到了希臘，遍覽了古蹟遺址，可惜憂鬱的情緒依舊如故。幾年後，哈洛爾德再次出國，這一次他先後遊歷了滑鐵盧、日內瓦湖、威尼斯和羅馬，然而這些風光卻都無法喚起他對生活的激情。最後，他漂行於大海之上，面對著汪洋肆意、廣闊無邊的大海，終於悟得了什麼是力量與永恆。」

「長詩以遊歷主人翁哈洛爾德的遊歷過程為線索，由四章連成一個整體。詩中共有兩位主角，一個是遊歷主角哈洛爾德，一個是抒情主角。哈洛爾德是一位孤獨憂鬱、悲觀高傲的漂泊者，他對現實不滿，有著叛逆的思想，卻沒有積極的行動，所以他不論身在何處都註定了痛苦不堪。而抒情主角卻與哈洛爾德不同，他是一個精力充沛、感情熾烈、有反抗思想的觀察家和批評家。他用犀利的眼神審時度勢，批判暴政，反對民族壓迫，主張追求自由、獨立，熱情地歌頌歐洲各國的解放鬥爭，所以他是一位頭

腦清醒、正視現實、具有反抗精神的民主戰士形象。」

「拜倫老師，為什麼長詩中的遊歷主角與抒情主角所表現出的性格反差如此之大呢？」小悠一臉困惑地問道。

「這位同學問的問題正是我接下來要談到的。對我有一定瞭解的同學可能知道，我這個人是集合了兩種對立思想的矛盾體。我一方面熱愛生活，渴望自由，追求幸福，希望推翻所有不平等的制度；另一方面又傲視獨立，悲觀厭世，不敢正視現實，不能戒掉貴族習氣。在長詩中，我把這兩種相互矛盾的思想分別賦予了抒情主角和遊歷主角，他們分別代表我思想中積極和消極的一面，因此也就造成了這兩個人性格上的反差。總之，《恰爾德‧哈洛爾德遊記》對我來說是一部十分重要的作品，在這篇長詩裡我向人們展示了內心的矛盾，抒發了對民族自由的強烈渴望，同時，還大膽嘗試了許多新鮮的藝術手法，將敘事、抒情、描寫融為一體，相互穿插交織，超越時空界限。」

「據說《恰爾德‧哈洛爾德遊記》的第一、二章發表後，創下了在4個星期內銷售7版的佳績，而您也從此聲名大噪，我曾看過記載，說您當時在日記中這樣寫道：『我在一個美好的早晨醒來，發現自己成名了。』這件事是真的嗎？」提出這個問題的是小新，從他一臉豔羨的神情可以看出，他也十分渴望這種「一夜成名」的美事能夠發生在自己身上。

「呃……應該有吧，事情太久了，我也記不清了。不過這些都是題外話，時間有限，咱們還是繼續講課吧。」拜倫老師對這些名利之事並不願多談，於是話題又回到了討論他的另一部轟動世界的作品——《唐璜》上。

「拜倫版」的唐璜

「《唐璜》是我最大的成就，同時也是我最大的遺憾，因為它最終未能完成。《唐璜》這部作品對我個人而言是一次突破，因為在這裡我塑造了一個全新的主角形象。我不得不承認，從上面講到的《恰爾德‧哈洛爾德遊記》開始，我大部分作品中的主角都統一表現高傲倔強、憂

鬱孤獨、悲觀厭世、我行我素、不滿現實而又無力改變的共同性格特徵。據說，後人還專門送給他們一個稱號，叫什麼『拜倫式英雄』，真是讓我哭笑不得啊。」

「好了，且不管後人如何評價，我們還是回到我的《唐璜》。唐璜這個人物大家應該並不陌生，我知道之前莫里哀老師曾給你們上過課，他一定給你們講過他那齣著名的喜劇《唐璜》吧？」

「沒錯，莫里哀老師提到過這個人物，唐璜本是西班牙傳說中的色鬼、惡棍，可是莫里哀在喜劇中把他寫成了一位具有雙面性格的『惡棍大貴人』，以此來諷刺那些『金玉其外，敗絮其中』的貴族階級。但不知道在您的長詩中，唐璜又會以怎樣的形象登場呢？您又在他身上賦予怎樣的獨特含義呢？」善於思考的小文簡潔回答，嚴謹發問，一副專業模樣。

「這位同學的話中略帶挑釁意味啊？你是想讓我和莫里哀老師PK嗎？」拜倫老師竟然會用「PK」這麼時髦的詞彙，真是讓人意外。

「好啦，開個玩笑，下面我就來讓大家見識一下『拜倫版』的唐璜。我筆下的唐璜是一個天真、熱情、善良的貴族青年，他順從天性，無視清規戒律，絕少虛偽做作，對戀人總是傾心相予，並不朝三暮四。

不同版本的《唐璜》對比

原型	「莫里哀版」	「拜倫版」
《唐璜》的原型是提索·德·莫里納所撰寫的《西維爾騙子與石像客人》。在此書中，唐璜被塑造成一個恬不知恥、玩弄女性的男人，用偽裝成她們的愛慕者、許諾與其結婚的方式誘騙女性。	「莫里哀版」的唐璜是一個充滿誘人魅力，卻厚顏無恥、到處竊玉偷香的西班牙貴族。故事中，情場上數之不盡的勝利與征服麻痺了唐璜，使得他喪失了愛的感覺。最後，唐璜落得身陷地獄的結局，卻至死不悔。	拜倫筆下的唐璜是一個天真、熱情、善良的貴族青年，他順從天性，無視清規戒律，總是無意識地一次又一次墜入情網，卻在壓抑的天主教觀念下成為無辜犧牲者。

他不怯懦，關鍵時刻總能表現出英雄氣概，但是他缺乏堅定信念，意志力薄弱，經不起誘惑，時常隨波逐流、隨遇而安，無法掌握自己的命運。唐璜並不是一個完美的英雄，他身上有許多人類本性固有的弱點，如喜好女色、玩世不恭，他不過是芸芸眾生中的一員，我正是想透過這個人物性格中的二重性來體現現實世界裡生活的多樣性和道德的複雜性。」

「好了，這就是『拜倫版』的唐璜，怎麼樣？你們還滿意嗎？」原來憂鬱的拜倫老師也有「活潑俏皮」的一面，從剛才的「PK」到現在的「拜倫版」，看來拜倫老師對我們的現代用語知道的還挺多嘛！

「『拜倫版』的唐璜跟您本人一樣魅力十足，拜倫老師果然『給力』！」愛犯花癡病的小悠已經開始「失控」了。

「哈哈……這位同學真會說話，那麼接下來不如由你來給大家講完本堂課的最後一個問題──剖析一下長詩《唐璜》的主題。」拜倫老師的突然發問給小悠來了個措手不及，眾人都替她捏把冷汗，不知她能否應對。不過小悠好歹也是從名校精挑細選出來的高材生，雖然平時大大咧咧，口無遮攔，給人傻乎乎的感覺，可是關鍵時刻卻從不露怯。只聽小悠從容不迫地說道：

「《唐璜》這部長詩中最有思想價值的地方便在於它的諷刺性。拜倫老師特意把主角安排在18世紀末到19世紀初，透過他在遊歷過程中的所見所聞向讀者展示了『各國社會的可笑方面』，並由此表達了自己與一切反動勢力為敵的民主自由思想。拜倫老師的『諷刺之筆』是十分犀利的，他筆下的帝國是殘暴的，權貴是跋扈的，政治家都是騙子，文人都利欲薰心，貴族男女也荒淫無恥。他用這支筆刺穿了統治階級冠冕堂皇的外衣，同時也揭露出了那個時代的本質特徵──封建專制的殘暴和社會道德的虛偽。總而言之，《唐璜》是一部具有鮮明時代精神的作品，正像拜倫老師自己所說：『如《伊利亞德》應和荷馬的時代精神一樣，《唐璜》也應和著我們的時代精神。』」

聽完小悠的回答，拜倫老師帶頭鼓起了掌，接著教室裡掌聲雷動。「沒想到你這個小丫頭這麼厲害，句句合我心意，看來你對我的研究真

的很透徹嘛！好了，時間差不多了，本堂課就到此結束吧！能與你們共度一堂課的美好時光，對我來說真是一次十分愉快的體驗。不過中國不是有句古話叫『天下沒有不散的宴席』嘛，就讓咱們暫別吧，有緣自會再相會。」

　　浪漫的英國大詩人用一個浪漫的結尾結束了今天的課程，望著他蹣跚離去的背影，所有人心中都繾綣著一股留戀之情。小悠情緒失控地哭了起來，在她的感染下，一旁的小艾也紅了眼圈。這又是讓人回味無窮的一節課，小艾咀嚼著拜倫老師的一生，思考著「自由」的話題。每個人都是自由的，每個人都需要自由，這個社會不該有壓迫、歧視，當然，也不該有「逼婚」。小艾又想到了自身的處境，此刻，她已決定，誓死都要捍衛自己的戀愛自由，堅決要與「包辦婚姻」鬥爭到底。

 拜倫老師推薦的參考書

　　《**解放了的普羅米修斯**》雪萊著。該詩劇取材於古希臘羅馬神話，表達了雪萊的哲學思想和社會理想，是詩人的代表作。

　　《**西風頌**》雪萊著。這首詩是詩人「三大頌」詩歌中的一首，寫於1819年。在該詩中，詩人那「驕傲、輕捷而不馴的靈魂」的自白，是時代精神的寫照。

第十一堂課

雨果老師主講「仁愛」

法律不過是壓迫窮人的工具，唯有仁愛才能真正救世。

維克多・雨果（Victor Hugo，1802—1885）

　　法國浪漫主義的代表作家，19世紀前期積極浪漫主義文學運動的領袖，人道主義的代表作家。他一生創作了眾多詩歌、小說、劇本、散文、文藝評論及政論文章，在各個文學領域都有重大建樹。

日子過得真快，一晃又到了週末。這個星期天小艾難得閒暇，既不用沒完沒了地加班，又不用應付老媽安排的相親，真是開心死了。小艾懶洋洋地睡到自然醒，正躺在床上美美地盤算著要如何享受這大好時光，此時電話鈴聲突然響起，電子螢幕上顯示著一串陌生的號碼，小艾猶豫片刻，但還是接了。來電的竟然是小悠，這真讓小艾喜出望外，她記得自己曾給過小悠號碼，但沒想到她真的會打給自己。小悠約她一起逛街，吃飯，晚上順便一起上課，小艾本想欣然答應，可是一想到晚上要跟小悠一起上課，那自己的「祕密」豈不就露餡了？所以只好推託有事拒絕了小悠的邀請。

掛上電話之後，小艾心裡很不舒服。她不想騙小悠，也不想騙「神祕教室」裡的任何人，好多次她都想找機會把自己遇到的「離奇經歷」告訴大家，可就是開不了口。她要如何對大家說呢？說自己每次都是「夢遊」過來的？這也太荒唐了，誰會信呢？大家只會覺得她瘋了。善意的謊言難道不好嗎？反正對大家也沒有壞處。可是騙人的感覺怎麼這麼難受啊！小艾本來平靜如水的心再次掀起了波瀾。看來美好的週末又泡湯了，她只能苦苦挨到晚上八點半，期待著讓今晚的這堂文學課來「救贖」自己了。

浪漫主義代表

「大家好，我是維克多・雨果。詩人、戲劇家、小說家……或者還有更多頭銜，但不管加上多少頭銜，我的一生都離不開『浪漫』二字。浪漫啊！你是我一生永恆的主題！」雨果老師一開場就為我們展示了他的浪漫性情，他還真是當之無愧的法國浪漫主義代表。

今天的主講老師竟然是法國的浪漫主義大作家雨果，這有點兒讓小艾喜出望外。小艾一向偏愛現實主義作家，所以對雨果老師的作品很少涉獵。不過這一段時間電影《悲慘世界》正在熱映，公司裡掀起了一場「雨果熱」，小艾也跟風去買了一本《鐘樓怪人》，沒想到讀了之後竟然完全著了迷。更沒想到的是，自己昨天晚上還一邊讀著《鐘樓怪人》，一邊讚歎雨果老師的才華，今天他本人竟然就站在了自己眼前。

就在小艾胡思亂想之際，雨果老師已經正式開講了。他皺著眉頭，

一臉嚴肅，簡直與剛才做自我介紹時判若兩人。

「一生信奉浪漫主義的我，首先是一名詩人。瞭解我的同學應該都知道，我從12歲起就開始了寫詩生涯。15歲時我參加了法蘭西科學院舉辦的詩歌比賽，不但有幸獲得了人生中的第一個鼓勵獎，還得到了當時名重一時的浪漫派先驅夏多布里昂的讚美，這對我來說，眞的是一個巨大的鼓勵。從那一刻起，我就下定決心：要麼成爲夏多布里昂，要麼一事無成。這是我爲自己立下的第一個雄心壯志，也正是憑藉著這份壯志，我才一步一步地走向了文壇的巓峰。」

「說這些不是自誇，是想透過我的親身經歷給在座的同學一點兒激勵。好了，好了，我就不再囉唆自己那點兒破事了，我看那邊都有同學在打哈欠了。」雨果老師半開玩笑地把話題引回正軌。

「《克倫威爾‧序言》無疑是我決心投身浪漫主義的宣言書，在這篇文章裡，我明確提出了自己的浪漫主義美學主張：對照。我個人認爲，醜在美的旁邊，畸形靠近著優美，醜怪藏在崇高背後，美與惡並存，光明與黑暗同在。這條滑稽醜怪與崇高優美的對照原則一直指導著我之後的文學創作。」

魏鵬擧老師知識補充站

1827年，雨果發表韻文劇本《克倫威爾》和《克倫威爾‧序言》。《克倫威爾‧序言》被稱爲法國浪漫主義戲劇運動的宣言，是雨果極爲重要的文藝論著。1830年，他據序言中的理論寫成第一個浪漫主義劇本《艾爾納尼》。它的演出標誌著浪漫主義對古典主義的勝利。

「我知道，一提到『美與醜』的對照你們就會不自覺地想到《巴黎聖母院》，沒錯，在這部小說裡，我的確將對照的美學主張發揮得淋漓盡致。不過關於這部作品可眞是說來話長，所以我們還是稍等一會兒，先來談談我的詩歌吧。」

「既然要講詩歌，雨果老師，您不妨給我們談談您寫情詩的故事吧。」調皮的小倫從不放過任何調侃的機會，即使對著世界級的大文豪，他也依舊本性難改。

雨果老師自然聽出了弦外之音，小倫是在影射自己給愛人茱麗葉寫了一生情詩的事。不過這位文學大師好像並不太想在公共場合多談私

魏鵬舉老師知識補充站

　　《靜觀集》是雨果抒情詩創作的巔峰之作。雨果曾在序言中說：「這是一部『靈魂的回憶錄。』」在這部詩集裡，雨果用時而飽滿時而抑鬱的筆調敘述了經歷人世種種後的複雜感情。靈魂回望過去的時光，詩人以父親、作家和祭司的身分交錯出現，為我們呈現出了靜觀背後複雜的心理張力和靈魂掙扎。

事，所以對於小倫的調侃他只是淡然一笑，便又繼續談起了自己的詩歌。

　　「我的一生一共寫下了26部詩集，這些詩歌的主題大多是表達對自由的嚮往，對民族解放運動的支持，對暴政的揭露與反抗，對貧富分化的現實的關注，對重大歷史事件的嚴正態度，以及對人生、愛情、自然景色的感歎與歌頌。在《東方詩集》裡，我讚美了希臘人民的民族解放鬥爭，在《心聲集》裡，我回憶了家庭生活，描繪了大自然的美景。在流亡期間創作的《靜觀集》是我對自己生涯的回顧和總結，裡面富含哲思，感情真摯。」

　　「除了以上這些政治詩和抒情詩之外，我還寫過一部關於『人的詩歌』──《歷代傳說集》。這是一部人類的詩史，我從《聖經》、神話

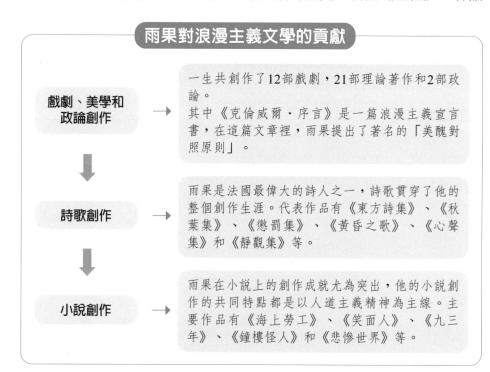

雨果對浪漫主義文學的貢獻

戲劇、美學和政論創作 → 一生共創作了12部戲劇，21部理論著作和2部政論。
其中《克倫威爾‧序言》是一篇浪漫主義宣言書，在這篇文章裡，雨果提出了著名的「美醜對照原則」。

詩歌創作 → 雨果是法國最偉大的詩人之一，詩歌貫穿了他的整個創作生涯。代表作品有《東方詩集》、《秋葉集》、《懲罰集》、《黃昏之歌》、《心聲集》和《靜觀集》等。

小說創作 → 雨果在小說上的創作成就尤為突出，他的小說創作的共同特點都是以人道主義精神為主線。主要作品有《海上勞工》、《笑面人》、《九三年》、《鐘樓怪人》和《悲慘世界》等。

和歷史中擷取素材，充分發揮了自己的想像力，並且將積極樂觀的歷史態度融入其中，因此它絕對不同於一般歷史教科書上的史實，而是一部真正的史詩。」

「好了，我『自賣自誇』了這麼久，也有點兒口乾舌燥了。不知道有沒有哪位好心的同學願意幫個忙，接著幫我分析分析我的詩歌特色呢？」雨果老師擺出一臉誠懇的模樣，讓人忍俊不禁。

「雨果老師的詩開拓了詩歌領域，在他的筆下，無論是抒情、諷刺、寫景、詠史，還是哲理、沉思都能得心應手，大大擴大了詩歌的表現功能。」「一馬當先」的依舊是小新。有時候真的不得不佩服他的勇氣與速度，當然還有智慧，好像每一次他的發言都還不賴。

「雨果老師的詩激情澎湃，風格豪放，洋洋灑灑，猶如滔滔江水，連綿不絕。」這次發言的是小倫，這個鬼機靈剛才「出言不遜」碰了一鼻子灰，現在趕緊趁機來「拍馬屁」。

「雨果老師將對比原則應用於詩歌創作，常常讓人出乎意料，印象深刻。此外，他還善用同位語隱喻，將抽象概念和具體意象相結合，產生新的含義，與象徵手法一脈相通。」芳姐從語法修辭的角度給出了評價。

「雨果老師的詩歌想像力豐富，把那些沒有生命的東西都描寫得生機盎然，讀後讓人心生嚮往。此外，其詩歌的語言更是豐富多彩，韻律自如，靈活多變，對後世影響重大。」最後發言的是小悠，她一副如癡如醉的表情，好像已經完全陶醉其中了。

🜂 美與醜的對照

「夠了，夠了，你們誇得我都不好意思了。詩歌的話題就先告一段落，接下來咱們直接進入『小說專題』。剛才咱們在講對照原則的時候談到過《鐘樓怪人》，那麼就從這部小說講起吧。」講起課來的雨果老師又恢復了一臉嚴肅，讓人望而生畏。

「小說的故事發生在1482年的巴黎聖母院。流浪藝人愛斯梅拉達在巴黎聖母院前的格雷弗廣場表演歌舞，聖母院的副主教克洛德被吉普

賽少女的美和活力打動，當晚，他指使他的養子、聖母院畸形敲鐘人凱西莫多去劫持女郎。機緣巧合之下，愛斯梅拉達被宮廷侍衛長菲比斯所救，女郎隨即愛上了這位英俊的軍官。然而愛斯梅拉達卻不知，菲比斯不過是一個金玉其外的空皮囊，他的本性既自私又輕浮。」

「一次，愛斯梅拉達與菲比斯幽會，克洛德趁機刺傷菲比斯，並將罪行嫁禍於女郎，女郎因此被判絞刑。受過愛斯梅拉達『滴水之恩』的凱西莫多得知消息後，及時從刑場上將女郎救回，並把她藏在聖母院樓頂，日夜守護。後來克洛德又煽動官兵來逮捕少女，乞丐王國的流浪漢們聞訊前來保護，可惜卻遭到官兵圍殺，救援失敗。最後克洛德親手將愛斯梅拉達送上了刑場，無辜的少女不幸喪命。絕望的凱西莫多認清了克洛德的真面目，將他從樓頂上推下摔死，自己則抱著少女的遺體默默死去。」

「好了，故事講完了，接下來就是動腦時間了。不知道有哪位同學願意來分析一下這部作品呢？」雨果老師又露出了可親的笑容，不過這一次卻沒有同學回應。

「看來你們還沒有進入狀態，沒關係，那麼就讓我先來開個頭吧。我就從這部作品中的美醜對照手法講起吧。在這部作品的人物塑造上，我嚴格遵循了這條原則。小說中的四個主要人物分別代表著四個不同的靈魂。克洛德是外表正經內心險惡的偽君子，在他身上體現了內在惡與外在善的對照。菲比斯外表俊美卻內心醜陋，我用他外在的美來反襯其內在的惡。而鐘樓怪人凱西莫多雖然外表奇醜，內心卻極美，他外在的醜與內在的美同樣形成鮮明對照。至於全書唯一的女主角愛斯梅拉達則是美麗純潔、天真善良的『完美女神』，在她的身上體現了內在美與外在美的高度統一。」

「好了，我已經說了這麼多了，下面也該你們表現表現了吧？」雨果老師再次提問。

「那我就來分析一下克洛德這個人

魏鵬舉老師知識補充站

魯迅先生曾說：「因為不得已而過著獨身生活者，無論男女，精神上不免發生變化，有著執拗猜疑陰險性質者居多。歐洲中世紀的教士、日本維新前御殿女中（女內侍）、中國歷代的宦官，那冷酷險狠，都超出常人許多倍。」從克洛德這個人物看來，魯迅先生這句話還真是言之有理。

《鐘樓怪人》中的美醜對照

外表正經、內心險
惡，內在惡與外在
善的對照。

凱西莫多

外表奇醜，內心極
美，外在醜與內在
美的對照。

克洛德

外表美麗，內心
善良，體現了內
在美與外在美的
高度統一。

外表俊美、內心
醜陋，內在惡與
外在美的對照。

菲比斯

愛斯梅拉達

物吧，他是全書矛盾的核心，一切恩怨都因他而起。」這次自告奮勇是
小文，他不輕易發言，一發言則「不可收拾」。

　　「我記得雨果老師曾經在《海上勞工》的序言中提到：『宗教、社
會、自然，這是人類的三大鬥爭。』無疑，《鐘樓怪人》這部作品正是
為了控訴宗教而寫的。美麗純真的少女竟然在宗教邪惡勢力的迫害之下
最終無辜受死，她的悲劇命運不正是對中世紀歐洲社會的黑暗，以及教
會的邪惡勢力最好的抨擊嗎？」

　　「小文同學，你不是說要分析克洛德嗎？怎麼扯到宗教上去了？這
跑題也太嚴重了。」小文正說到慷慨激昂之處，小新卻出來拆臺。

　　「你著什麼急呀，我這不是『拋磚引玉』嘛。克洛德這個人物本身
既是宗教制度的犧牲品，又是宗教邪惡勢力的代表，這個人物身上體現

的雙重矛盾性格正是宗教勢力的產物，要分析他的性格，當然要從分析宗教開始。」小文辯駁得有理有據，讓小新無話可說。

「克洛德是一個非常複雜的人物，他並非天生殘酷險惡之人，他那扭曲的靈魂完全是宗教禁欲制度造成的。作為一個正常人，他也有人類具有的正常欲望，可是為生計所迫他不得不當了牧師，禁錮自己的欲望。正是因為他自己得不到幸福，所以他才開始仇恨世人，仇恨世間一切美好的事物。他愛上了愛斯梅拉達，但卻得不到她，所以他就要毀了她。他的內心是不健全的，人性是扭曲的，這個人物既是可恨的，更是可悲的。」

「仁愛」方能救世

「這位同學的分析非常到位，已經無需我再多做補充。因時間關係，《鐘樓怪人》的話題我們就先進行到這，下面讓我們再來討論一下我的另外一部重要小說 ——《悲慘世界》。」雨果老師看了一眼手錶，匆忙轉換了話題。

「人們常說世界是美好的，可是為何我看到的卻是一幕幕悲慘圖景？千千萬萬的窮人在死亡線上掙扎，壓迫與剝削隨處可見。法律根本不分青紅皂白，善良的人反遭誣害……面對這一幕幕慘相，誰還能說這世界是美好的？這根本是一座人間地獄。這就是我看到的，所以我要寫出來。我要用一部小說讓世人看清他們的處境，我要讓人們知道，法律不過是壓迫窮人的工具，唯有仁愛才能真正救世。於是，我寫下了《悲慘世界》。」

「在《悲慘世界》裡，我提出了當時社會的三個迫切問題 ——『貧窮使男子潦倒，饑餓使婦女墮落，黑暗使兒童羸弱。』淳樸的工人尚萬強為了饑餓的孩子偷了一塊麵包，竟然服了19年苦役；貧苦誠實的女工芳婷被人誘騙後淪落到社會底層，最後在偽善殘忍的資產階級道德和法律的逼迫下不得不出賣自己的肉體，最終因貧病交加而死；5歲的珂賽特在泰納第家裡受盡非人的對待，辱罵、虐待、毆打都是家常便飯，她每天還要打掃房間和院子、洗碗、搬重物，黑夜到森林打水，簡直比童

話中的灰姑娘還要可憐。男人、女人、兒童，這3個人物代表了所有的窮人，代表了整個悲慘世界。透過這些小人物的縮影，我要讓人們看清整個資本主義社會的罪惡。」雨果老師的聲音顫抖了，這位人道主義大師完全動了情。

「既然世界如此不堪，那麼我們要怎樣才能擺脫苦難，走向幸福與美好呢？」小悠提出了自己的困惑。

「這個問題問得好。我之所以要揭露社會的陰暗，並不是想讓大家灰心絕望，而是希望人們能夠積極地改變這種悲慘的現狀。至於如何改變，眾所周知，我是人道主義的信奉者，所以我堅信，仁愛的精神可以感化人心，拯救世人。」

《悲慘世界》人物關係表

主要人物	人物關係
尚萬強	因為偷一塊麵包救濟7個外甥而坐牢19年的囚犯，性格倔強，不畏強權，由於不信任法律，屢屢越獄以致罪刑加重。假釋後他受神父啓發向上，改名當上市長，為人慈悲，幫助女工芳婷撫養女兒珂賽特，救了女兒的情人。最後，在女兒有了好歸宿之後，帶著贖罪的愛離開了人間。
芳婷	尚萬強工廠裡的女工，命途坎坷，在懷了男友的骨肉之後卻被惡意遺棄，後來為了女兒的生活，只好狠下心把她寄養在蒙費梅伊一位酒館老闆的家裡，自己來到巴黎謀生並定時寄錢回去。但由於她有私生女的事被同事揭發，被趕出工廠，只好賣了首飾、長髮，甚至肉體，不幸淪為一名妓女。
珂賽特	芳婷的女兒，在一家酒館度過悲慘的童年，從小被當成女傭一般，成天埋頭做雜活，母親攢下的錢幾乎全用來栽培酒館老闆的親生女兒。不過她苦命的日子比起母親是少了許多，尚萬強把她視如己出，使她能忘卻童年回憶，後來她與青年馬洛斯戀愛，有情人終成眷屬。
賈維	正義的堅持者，他相信慈悲是罪犯的根苗，所以窮其一生誓將尚萬強抓回牢獄。可是當他發現尚萬強的善良本性後，這位抱持著人性本惡論的「頑固正義者」也開始動搖了，最後他選擇在下水道放走背負馬洛斯的尚萬強。可是，由於無法再面對自己持守多年的信念，他選擇用跳河的方式結束自己充滿殉道意味的一生。

魏鵬舉老師知識補充站

《悲慘世界》不僅主題深刻，其藝術成就也是非凡的。這是一部浪漫主義與現實主義完美結合的著作，語言激烈、熱情，經常運用多義詞，富有隱喻性，在敘述上具有史詩的風格。

「在《悲慘世界》裡，我特意塑造了一個仁愛的化身——米里艾主教。他把主教府改成救助窮人的醫院；把自己的俸祿捐助給慈善事業；他對待偷走自己銀燭臺的尚萬強不僅不斥責，反而將另一對燭臺送他。尚萬強正是在他的感悟下醒悟過來，最後又成為了另一個宣揚仁愛的『使徒』。」

「我堅信，愛是可以傳遞的。一個人用仁愛之心對待他人，他人自然也會回報以仁愛。同樣，這位得到愛的人，也會繼續對別人施愛。因此，若是每個人都能擁有一顆仁愛之心，那麼這份美好就會傳遞下去，悲慘世界也就會變成幸福天堂。」談到仁愛精神時，雨果老師滿臉洋溢著幸福。

雨果老師的話引發了眾人的深思。小艾想到的是：既然愛可以傳遞，那麼惡也是可以傳遞的。就像自己今天撒了謊，不管是出於善意還是惡意，以後都要用更大的謊言來填補。而自己若不能以真誠待人，別人自然也不會以真誠待己。這樣惡性循環下去，這個世界就將變成充斥著謊言的虛偽之地，人與人之間也不再會存在信任。這樣的人間，豈不也同樣的悲慘？而我們現代人的悲哀不也正來源於此嗎？

小艾順著雨果老師的「仁愛」話題一路想下去，千頭萬緒，浮想聯翩。她思考得太過專注，根本沒注意到雨果老師何時離場，也忘了自己是何時回到現實的。不過這些都已無關緊要，小艾心中的困惑已經解決。她毫不猶豫地拿起手機，撥通了小悠的電話。這一次她要坦誠相待，讓真相大白。

雨果老師推薦的參考書

《一個世紀兒的懺悔》繆塞著。這是繆塞的一部自傳體小說，講述的是一個悲觀主義、缺乏理想、缺乏行動決心的青年人的悲劇。這部小說塑造了一個「世紀病」患者阿克達夫的形象。透過該形象，表達了作者對復辟王朝壓抑人性的不滿。

巴爾札克老師主講
「金錢的罪惡」

在資本主義社會，金錢是唯一的生存法則。

奧諾雷・德・巴爾札克（Honoré de Balzac，1799—1850）

　　19世紀法國現實主義文學的主要代表，世界公認的傑出小說家。他創作的巨著《人間喜劇》囊括了91部小說，2,400多個人物，是人類文學史上罕見的文學豐碑，堪稱法國社會的「百科全書」。

在當今社會，「嫁人要嫁『高富帥』，娶妻當娶『白富美』」已經不僅僅是一種口號，更是一種「風尚」。對於現代人來說，「有車沒車」、「有房沒房」、「有錢沒錢」這樣現實的問題早就已經取代了「青梅竹馬」、「情投意合」、「兩情相悅」，這些傻氣的字眼成為了新時代的擇偶標準。打開電視，各類熱播相親節目都在潛移默化地「提點」著你，唯有「奧迪」和「迪奧」才是女人最正確的選擇。正是終日受著這種思想的薰陶，小艾媽最近又起了乩，發動各種人脈關係要給自己的女兒找一個「金龜婿」。

今天小艾剛進家門，小艾媽就滿臉堆笑地走過來噓寒問暖，小艾一見這反常舉動，就知道今天準沒好事。果然，沒過一會兒，老媽就拿著一疊照片來給自己看。原來又是相親，這對小艾來說早已是家常便飯，她想也沒想便接過照片，敷衍著翻看起來。不看還好，這一看把小艾氣得差點兒沒動手打人。這次照片上全都是四五十歲的老男人，簡直都可以跟她爸拜把子啦！小艾瞪著那雙快要噴出火的眼睛看著老媽，氣勢洶洶，逼她說出理由。經過一番「嚴刑逼供」，小艾才終於得知，原來這群老男人全都是傳說中的「黃金單身漢」。

瞭解了真相之後，小艾反而氣消了，連脾氣都不想發了，因為心都涼了。怎麼連自己的老媽也變成了這樣呢？這哪是嫁女兒，明明是賣女兒！這個社會是怎麼了？「拜金」難道真的可以成為一種「風尚」？小艾的心再次墮入迷途。

🔸 現實主義作家

不管心裡怎麼難受，日子還得過，課還得上。星期天晚上八點半，小艾準時來到「神祕教室」。她鬱鬱寡歡地坐在角落，沒和任何人打招呼。不一會兒，一位高大魁梧的中年男子昂首闊步地走進教室，他那副氣勢洶洶的模樣，讓人望而生畏。

「大家好，我是法國現實主義作家巴爾札克，今天能來到這裡給大家上課，我感到十分榮幸，希望我們能共度一段難忘時光。」巴爾札克老師雖然長相嚴肅，可是說起話來卻十分客氣。

「這麼多年來都是動筆，很少站在講臺上給人講課，一下子我還不

知道該從何講起了。同學們，要不你們給我提個醒？」巴爾札克老師謙虛地說道。

「不如就從您『法國現實主義作家』的頭銜談起吧。上節課來給我們講課的雨果老師，講了他的浪漫主義，我們很想瞭解一下，您的現實主義與他的浪漫主義有什麼不同之處。」這次小文居然搶在小新前頭發言，這是難得一見的現象。

「哈哈……原來雨果已經搶先我一步來上過課了，那這節課我可一定得好好發揮，不能被他比下去了。」巴爾札克老師幽默地開了個玩笑，之後繼續說道：「這位同學的提議非常不錯，問的問題也很有水準。不過關於現實主義與浪漫主義有什麼不同，這個問題我不會直接告訴你們答案，我想，只要你們認真聽完這堂課，一定能夠自己找到答案。」

「談到我的現實主義創作，自然要從《人間喜劇》談起。雖然之前我也寫過許多部作品，但是都還處在摸索階段，創作並不成熟，直到1829發表的《舒昂黨人》，既揭開了一整部《人間喜劇》的序幕，也標誌著我的創作正式走上軌道。」

魏鵬舉老師知識補充站

巴爾札克的文學之路並不順利，他的家人都反對他寫作。他最開始寫作悲劇，並不成功，還因此遭到奚落。然而他卻鍥而不捨，堅信自己的選擇，終於憑藉著一部部優秀作品，向世人證明了自己的文學才能。

「我不知道我是不是一個擁有文學天賦的人，但是我想說，在文學創作這條路上我可不是個幸運兒。不過儘管屢遭挫折，甚至有人曾對我說：『你無論做什麼事都可以，除了從事文學。』然而這些都不能動搖我投身文學的決心，我曾說過，我要用我的筆完成拿破崙那把長劍所沒能完成的偉業。正因為懷抱著這種雄心壯志，所以要創作一部空前巨著的念頭早已在我的心頭醞釀。我要用小說的形式寫一部被歷史學家遺忘的風俗史，讓人們看清19世紀法國的社會生活，各色人物的真實嘴臉，資產階級的貪婪，拜金主義導致的罪惡。正是在這種原則的指引之下，我用一生的時間寫下了一部《人間喜劇》。」

「巴爾札克老師，我知道您的《人間喜劇》分為『風俗研究』、『哲理研究』和『分析研究』三大類，本來原定書名為《社會研究》，

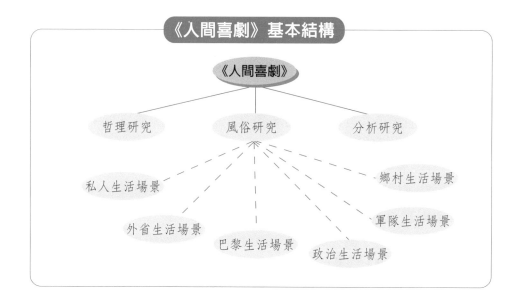

可後來受到但丁老師《神曲》謂之『神的喜劇』的啓發，才改名爲《人間喜劇》。我說得對不對？」小悠一臉天眞地發問。

「這位可愛的女同學，你說得完全正確。不過你要是能夠再介紹得詳細一點兒就更好了。」巴爾札克老師露出一張和藹可親的笑臉。

「第一部《風俗研究》是《人間喜劇》中最主要的部分，它包括『私人生活場景』、『外省生活場景』、『巴黎生活場景』、『政治生活場景』、『軍隊生活場景』和『鄉村生活場景』6個方面，反映了一切社會現象。第二部《哲理研究》探討的是造成上述社會現象的原因。而第三部《分析研究》探討的是『原則』。」小悠進一步闡述了她的回答。

「非常不錯。看來你們對我的作品還是頗有研究嘛。好了，關於《人間喜劇》的話題我們一會兒還要結合作品具體討論，在此之前，還是讓我先來介紹一下我在這些年的創作過程中積累下來的現實主義創作理論吧。」

「首先，我認爲世界是一個多樣性的統一整體，彼此都是相互聯繫的，所以我覺得文學應該反映整個歷史時代。其次，我認爲藝術的任務在於再現自然，文學中的眞實不等於生活中的眞實，需要經過藝術加工、進行選擇，從而增加其眞實性。而要想實現這一目標，小說家就必須要面對現實生活，使自己成爲當代社會的風俗史家。然後，在我看

來，藝術的使命之一就是創造典型，即人物要典型化，典型要個性化，透過典型去反映現實。最後，我認爲小說中的環境描寫十分重要，因爲它既是人物活動的舞臺，又是產生人物思想、行動的基礎，對人物有決定性的作用。此外，我還堅持藝術要爲社會服務的觀點。我一向認爲，藝術家的職責不僅在於描寫罪惡和德行，而且還應該指出其中的教育意義。藝術家必須同時是道德家和政治家。」

「以上就是我一生都在不斷堅持、不斷完善的現實主義創作原則，不知你們聽了之後有何感想，想要瞭解現實主義創作與浪漫主義創作不同之處的同學，不妨結合雨果老師上節課的內容好好對比思考一下，相信你們會從中獲益頗多。」

巴爾札克老師一口氣講完了自己的創作理論，也不喝口水稍作休息，又趕忙繼續講下去。這位把工作看得比命還重要的「工作狂人」果然名不虛傳，難怪他能夠在有生之年寫下數量驚人的作品，看來眞的是一分耕耘，一分收穫！巴爾扎克老師這種孜孜不倦的工作精神眞是令人佩服。

巴爾札克現實主義創作的原則

原則一 →	世界是統一的整體，文學應該反映整個歷史時代。
原則二 →	文學的真實是需要經過藝術加工進行選擇的真實。 小說家必須要面向現實生活，使自己成為當代社會的風俗史家。
原則三 →	藝術的使命是創造典型，只有個性化的人物才能反映現實。
原則四 →	要注意小說中的環境描寫，它對人物有決定性作用。

法國社會的「百科全書」

「前面已經簡單提到了《人間喜劇》這部作品，接下來讓我們繼續這個話題。《人間喜劇》總共由90多部作品組成，塑造了2,000多個人物，描繪了從拿破崙帝國、復辟王朝到七月王朝這一歷史時期法國社會的不同的階級、不同的階層、不同的職業、不同的活動場所，幾乎是一幅法國社會的縮影圖。」

「19世紀的法國，正值封建主義和資本主義的交替時期。在這個時期，金錢逐漸代替了貴族頭銜，資產階級以撈錢為生活目標，為了積累資本不擇手段。我在《人間喜劇》裡對這些形形色色、具有時代特點的資產者進行了重點刻畫，希望透過這些形象能讓人們清楚地看見這部資產階級罪惡的發財史。」

「如《高利貸者》中靠原始的、低級的方法貯藏商品的高利貸者高布賽克是舊式剝削者的代表，他還沒學會『最新』的發財致富之道，寧願把商品貯藏在家裡，而不敢把它當作資本來增殖，他是以囤積商品的方式來貯藏貨幣的守財奴。與高布賽克相比，《歐葉妮・葛朗台》裡的葛朗台老頭的頭腦較為靈活，他是由舊式剝削者向資本主義企業經營過渡的投機商人。他精明能幹、狡猾詭詐，懂得利用企業投資來獲取資本。而《紐辛根銀行》中的紐辛根男爵則是交易所中用暴發戶手段興起的新型資產階級的代表。他的策略是使所有的資本經常處於不斷的『運動』中，利用法律的庇護搞假倒閉，逼得幾千家小存戶陷於破產，自己卻撈到百萬黃金。」

「從高布賽克到葛朗台再到紐辛根，透過這些典型人物，我們可以清楚地看到資本主義的發展歷程，以及在這個發展過程中，人類是如何一步一步墮入金錢的罪惡。高布賽克和葛朗台是小資本家，他們的錢『來之不易』，因此他們愛錢的表現是裝窮、吝嗇、視財如命。而紐辛根是大資本家，有更高明的賺錢手段，因此財大

魏鵬舉老師知識補充站

巴爾札克筆下的人物是「連貫的」，同一個人物會出現在不同的小說裡，並且在每一部小說中他們都會隨著性格的發展，扮演不同的角色，然後又會對一些新人物的性格形成起到一定作用。

氣粗，揮金如土，窮奢極欲，用盡各種手段炫耀自己的財富。在他身上
表現出的享樂主義、拜金主義正是七月王朝時期法國金融資產階級的共
同特點。」

又一番長篇大論之後，巴爾札克老師終於感覺有點兒累了，額頭都
滲出了汗珠。可是這位「工作狂人」絲毫沒有要停下來的意思，他從口
袋裡掏出手帕，擦了擦汗，又繼續講了下去。

「除了剛才提到的這些具有時代特色的資本家外，我還特意在《人
間喜劇》中刻畫了一批資產階級個人野心家的形象。如《驢皮記》中的
拉法埃爾·德·瓦倫丹；《高老頭》中的拉斯蒂涅；《幻滅》中的呂西
安·呂龐潑萊，這些青年人在初入社會時都曾渴望透過『正當的』途徑
尋求成功，可惜後來由於都沾染了上層社會的惡習，墮落為道德淪喪的

《人間喜劇》中三類資產者的典型形象

	典型形象	代表人物	性格特點
第一類	具有資本原始積累時期特點的老一代資產者形象	《高利貸者》中的高布賽克	剝削方式單一，經營手段落後；生活方式陳舊，極端吝嗇，這是資本主義早期剝削者的特點。
第二類	具有過渡時期，即自由競爭時期特點的資產者形象	《歐葉妮·葛朗台》中的老葛朗台	剝削方式具有多樣性，經營手段帶有投機性；生活方式仍帶有早期資產者極度吝嗇的特點。
第三類	具有壟斷時期金融寡頭特徵的新一代資產者形象	《紐辛根銀行》中的紐辛根	剝削方式帶有更大的冒險性和欺騙性，經營手段超越經營範圍，向政權滲透；生活方式現代化，紙醉金迷，窮奢極欲，是新興資產階級的代表。

野心家。不過，這些年輕人的悲劇其實也是這個時代悲劇的一個側面，在資本主義金錢原則的支配下，原本溫情脈脈的家庭也漸漸淪爲相互欺騙、掠奪的場所。如《歐葉妮·葛朗台》中的葛朗台老頭，爲了金錢竟不惜逼死自己的妻子，葬送女兒一生的幸福。《高老頭》裡高老頭的兩個女兒，在耗盡他的財產後，竟然把父親像一隻擠乾了的檸檬一樣丟掉。這就是資本主義社會啊！除了金錢別的都是扯蛋！這就是現實。」

巴爾札克老師一邊回顧著自己的作品，一邊憤怒地斥責著資本主義的罪惡，講到最後，連這位平日最冷靜、最客觀的現實主義大師也不禁情緒失控。

「不好意思，請原諒我的失態。」巴爾札克老師在調整好情緒後又恢復了他那不摻雜任何感情色彩的語氣，同學們一聽便知，他這是又要繼續講課了。

🌀 從《高老頭》看「金錢的罪惡」

「剛才我已經從宏觀的角度爲大家介紹了這部《人間喜劇》，接下來我將從中挑選一部典型作品來進行具體講解，希望你們更能從細微的角度對其進行全面的理解。」

「巴爾札克老師，我猜您接下來要講的一定是您的名著《高老頭》。」大膽的小倫又來插嘴。

「沒錯，看來這位同學對我的作品還頗爲瞭解嘛。我講了這麼久也有點兒累了，不如你來給大家講講這個故事，你看如何？」巴爾札克老師也覺得累，這簡直是太陽打西邊出來啊。

「學生雖然才疏學淺，不過還是恭敬不如從命吧。」小倫故意裝腔作勢地說起了古文，還擺出一副得了便宜還賣乖的神情，逗得全體同學哈哈大笑。一番熱鬧過後，小倫整了整衣襟，清了清嗓子，一本正經地開始講了起來。

「故事發生在1819年末至1820年初的巴黎。偏僻街區的伏蓋公寓裡聚集了各色人物。欽羨上流社會奢華生活、一心想向上爬的窮大學生哈斯提涅，形跡可疑的野心家佛特漢，以及年邁力衰、精神沮喪的高老頭。故

事圍繞這三個人物展開。高老頭溺愛女兒，無條件地滿足她們的欲望，可是最後在錢財被榨乾之後，卻遭到女兒無情的拋棄。佛特漢是一個苦役監逃犯，他的人生原則是成功要不擇手段。他企圖利用泰伊番小姐的婚姻大賺一筆，後來被人揭穿，陰謀敗露，而自己也被捕入獄。」

「大學生哈斯提涅是青年野心家的典型，他本來還懷著天真的願望，希望透過腳踏實地的努力飛黃騰達。可是來到巴黎，先後接受了表姐鮑賽昂子爵夫人、佛特漢的兩堂資產階級自私自利的教育課後，他漸漸接受了資產階級利己主義和金錢至上的原則。然而此時他的內心還是動搖的，還有一絲良知尚存，所以在高老頭淒慘地死於公寓的時候，他還主動為高老頭料理了後事。然而，正是高老頭之死給他進行了最後的社會教育。高老頭兩對女兒女婿的無情無義讓他徹底看清了這個社會寡廉鮮恥的真實面貌，於是他決定拋下自己最後的良知，徹底投身於極端

《高老頭》的藝術成就

典型環境
巴爾札克非常重視詳細而逼真的環境描繪，一方面是為了再現生活，更重要的是為了刻畫人物性格。

人物性格
巴爾札克不僅塑造了高里奧、哈斯提涅、鮑賽昂夫人、佛特漢等典型形象，而且在其他人物形象的塑造中也做到了共性與個性的統一。如雷斯多伯爵夫婦和紐辛根男爵夫婦雖然有貴族的頭銜，實際上都是資產者。他們既有追求個人私利的共同特性，又都是獨具個性的典型。

結構精緻
小說以高老頭和哈斯提涅的故事為兩條主要線索，又穿插了佛特漢、鮑賽昂夫人的故事。幾條線索錯綜交織，頭緒看似紛繁而實際主次分明、脈絡清楚、有條不紊。

對比手法
藝術上的對比手法在《高老頭》中運用得十分廣泛。伏蓋公寓與鮑賽昂府的強烈對比，不僅促使哈斯提涅個人野心的猛烈膨脹，而且表明不管是赫赫聲威的豪門大戶還是窮酸暗淡的陋室客棧，一樣充斥著拜金主義，一樣存在著卑劣無恥。這種鮮明對比的手法，使作品的主題更加鮮明突出。

利己主義的陣營。」

「小倫同學言簡意賅地講出了這個故事的核心內容，非常不錯。」小倫話音剛落，巴爾札克老師就給出了肯定的評價。

「之所以要為大家講解《高老頭》這部作品，是因為在這部作品裡，我透過大大小小各色不同人物，從不同的角度揭示了金錢的統治作用和拜金主義的種種罪惡。在這裡，父女之間的感情只能用金錢來計算，有錢時是『好爸爸』，沒錢時便是『老混蛋』；在這裡，婚姻只是騙取錢財的手段，愛情只為滿足人們的野心和欲望；在這裡，一個人要想成功，就必須把『良心餵狗』，『你越沒心肝，升得越高。你得不留情地打擊人家，叫人家怕你。』、『要掙大錢就要大刀闊斧地幹，要不就完事大吉。』這就是資本主義社會的生存法則，人與人之間沒有溫情，只有金錢。金錢就是一切。」

一番鞭辟入裡的分析過後，巴爾札克老師又接著說道：「關於金錢的罪惡也『控訴』得差不多了，咱們這堂課就上到這裡吧。今天能在這裡與大家探討作品、交流心得，我非常開心，希望還能後會有期吧。」言畢，巴爾札克老師邁著倉促有力的步伐離開了教室，真是「來也匆匆，去也匆匆」，看來這位文學大師還真是一位「效率達人」啊！

小艾默默目送大家離場，自己仍鬱鬱寡歡地坐在角落裡沉思。是啊，金錢的確是罪惡啊！聽了巴爾札克老師這堂課，她漸漸地明白了為什麼老媽會有如此可怕的改變，原來金錢真的可以腐蝕人心。高老頭的兩個女兒都能棄之如敝屣般的拋棄自己的親生父親，自己的老媽不過想給自己找個有錢人，這又有什麼好大驚小怪的呢？想到這裡，小艾只得苦笑。這一次她真的陷入了困境。人類的欲望，金錢的罪惡，何時才能終結？好像連巴爾札克老師都沒能給出一個圓滿的答案。看來唯有背負困惑，繼續前行，繼續探索了。

巴爾札克老師推薦的參考書

《歐葉妮‧葛朗台》巴爾札克著。該作品是巴爾札克《人間喜劇》這部巨作中「最出色的篇幅之一」。小說以暴發戶葛朗台的家庭生活和剝削活動為主線，以女兒歐葉妮的婚事為中心，講述了一個金錢毀滅人性和造成家庭悲劇的故事。

托爾斯泰老師主講「心靈辯證法」

深入人物的內心，
一絲一毫地追求人物
思想感情的變化……

列夫・尼古拉耶維奇・托爾斯泰（Лев Николаевич Толстой，**1828—1910**）

　　19世紀俄國最傑出的現實主義作家，被公認爲世界上最偉大的小説家之一。托爾斯泰的創作生涯長達60年，爲後人留下了眾多的優秀作品，其中《戰爭與和平》、《安娜・卡列尼娜》和《復活》三部巨著，被視爲世界文壇上的永恆經典。托爾斯泰和巴爾札克被後人並稱爲現實主義文學中的兩座最高、最輝煌的峰巒。

　　小艾最近的日子過得很不好，生活和思想都陷入了困境。老媽的問題還沒解決，她依舊在金錢中「瘋狂」。終於，她憑藉著自己那份「不達目的誓不甘休」的頑強決心，成功為小艾選了一位「理想佳婿」——學歷好，家世好，長相好，絕對是限量版「高富帥」，此等良機，誰要是錯過誰就是傻子。

　　小艾倒是真想做個傻子，可惜天不遂人願，無奈，她有個太精明的媽。終於，在老媽的一番威逼利誘、說教洗腦之後，小艾這座無堅不摧的「堡壘」也陷落了，她答應與「高富帥」交往看看。本來在老媽那三寸不爛之舌的美化之下，小艾還對此人抱有一絲幻想，可是見面三次以後，她就得出了一個結論，這位傳說中的「高富帥」才是真正的「傻子」。

　　「高富帥」倒是「名副其實」，這點完全沒有造假。可是此人只要一開口，就是滿嘴的房產、股票、車子、牌子，小艾覺得他根本就是一部「報價機器」。「高富帥」對小艾倒是挺滿意，這並不是因為小艾多討人喜歡，而是「高富帥」覺得她的「硬體」還算不錯——學歷、長相、出身、談吐基本達標，可以進入「下一輪考核」。

　　小艾媽收到「高富帥」的回饋之後，臉都樂開了花，可是小艾一盆冷水直接澆下：就算全世界的男人都死光了，她也不會嫁給「高富帥」。於是，從小艾這句「獨立宣言」開始，小艾家徹底炸開了鍋。母女倆終日上演各種「大戰」，鬧得雞犬不寧。原來「婚姻自由」這一目標，在如此高度文明的現代社會仍然不能徹底實現，真是可悲啊！

「自我救贖」的創作之路

　　終於盼到了週末，小艾迫不及待地趕到「神祕教室」，現在每週一次的文學課已經成了她唯一的精神寄託。

　　「同學們晚上好，很高興能與大家在這裡相會。」講臺上突然有人說起了話，眾人都被嚇了一跳，因為大家根本沒有注意到他是何時進的門。循著聲音望去，只見一位長鬚飄飄的長者穩若泰山地站在講臺中央，他那副和顏悅色的神情，宛若世外仙人。根本不用自我介紹，只看這一張獨一無二的臉便可得知，此人正是享譽世界文壇的俄國大作家列夫・托爾斯泰。

「昨天突然接到邀請，說要來給中國學生上一堂課，這個消息讓我很興奮，因為大家都知道，我曾經讀過孔子、老子的作品，所以對中國的文化很有好感。從昨天開始我就一直在思索，一堂課的短暫時間，要講點兒什麼才算不虛此行。思前想後，我決定要跟大家分享一下我一生的創作經歷，希望你們能從我不斷摸索的過程中得到啟發。」說著，托爾斯泰老師挽了挽衣袖，又接著講了下去。

「我出身於貴族家庭，大學時期受到盧梭、孟德斯鳩等啟蒙思想家的影響，我開始對學校教育產生不滿，於是毅然退學，回到故鄉領地進行改革農奴制的嘗試。可惜改革未能成功。灰心之餘，我在莫斯科上流社會過了一段懶散的生活，這段荒唐的日子讓我更加心煩意亂，此時我開始在焦慮不安中思索著如何保持和完善道德純潔的問題。之後，我又參軍服役，並且經歷了戰爭。這段軍旅生活讓我徹底看清了上流社會的腐化，同時也讓我在內心對這種生活產生了深深的厭惡。帶著對人生的困惑和思索，我開始了寫作。」

魏鵬舉老師知識補充站

中國有句古話叫作「浪子回頭金不換」，這句話用來形容這個時期的托爾斯泰，真是再合適不過了。

「《童年》、《少年》、《青年》三部自傳體小說是我在文學上的初步嘗試，在這些作品裡，我表達了自己對貴族生活的批判態度，開始使用道德探索和心理分析的創作方法。中篇小說《一個地主的早晨》寫的是一個主張自由主義的貴族試圖透過改革來改善農民的處境卻失敗的過程，這部作品表現了我對地主與農民之間問題的思考。」

「經過了一番創作積澱之後，我的三大代表作之一，長篇歷史小說《戰爭與和平》終於問世了，這部作品可以說是我創作過程中的第一個里程碑，相信不少在座的同學都應該讀過吧？」托爾斯泰老師情緒激昂地問道。

「當然讀過。《戰爭與和平》結構宏大，人物眾多，手法壯闊，可謂是一部具有史詩和編年史特色的鴻篇巨製，是中國學生的百部必讀名著之一。」腦子靈嘴巴快的小倫搶先回答。

　　「既然這位同學讀過，那就勞煩你替我為大家簡單介紹一下這本書吧。」托爾斯泰老師笑著說道。

　　「《戰爭與和平》這部小說以保爾康斯基、別祖霍夫、羅斯托夫和庫拉金四個豪族為主線，在戰爭與和平的交替中，展示了當時俄國從城市到鄉村的廣闊社會生活畫面。除此之外，小說還氣勢磅礡地反映了1805年至1820年之間發生的一系列重大歷史事件，歌頌了俄國人民的愛國熱忱和英勇鬥爭精神，探討了俄國的前途和命運，以及貴族的地位和出路問題。」小倫寥寥數語，便言簡意賅地概括了這部巨著。

　　「這位同學總結得相當不錯，完全無需我再贅述。時間緊迫，下面我們直接進入下一部作品《安娜‧卡列尼娜》。這部作品是我創作中的第二座里程碑，同時也是我一生中『最完美』的作品，集中了我世界觀

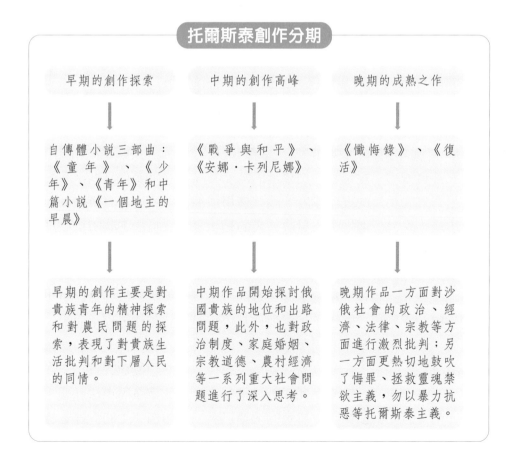

托爾斯泰創作分期

早期的創作探索	中期的創作高峰	晚期的成熟之作
自傳體小說三部曲：《童年》、《少年》、《青年》和中篇小說《一個地主的早晨》	《戰爭與和平》、《安娜‧卡列尼娜》	《懺悔錄》、《復活》
早期的創作主要是對貴族青年的精神探索和對農民問題的探索，表現了對貴族生活批判和對下層人民的同情。	中期作品開始探討俄國貴族的地位和出路問題，此外，也對政治制度、家庭婚姻、宗教道德、農村經濟等一系列重大社會問題進行了深入思考。	晚期作品一方面對沙俄社會的政治、經濟、法律、宗教等方面進行激烈批判；另一方面更熱切地鼓吹了悔罪、拯救靈魂禁欲主義，勿以暴力抗惡等托爾斯泰主義。

中的所有矛盾和創作中的全部精華，透過解讀這部作品，你們可以對我
批判現實主義的創作文風有更全面的瞭解。」

🖊 對愛情和婚姻的探索

　　「小說由兩條平行而又互相聯繫的線索構成。一條寫安娜‧卡列尼
娜和沃倫斯基之間的愛情婚姻糾葛，展現了聖彼得堡上流社會、沙皇政
府官場的生活；另一條寫列文的精神線索以及他與吉媞的家庭生活，展
現了宗法制農村的生活圖畫。」

　　「《安娜‧卡列尼娜》這部小說關注的是家庭題材，同時又透過家
庭的衝突反映了時代的矛盾和個人的困惑。**安娜是一個追求新生活、主
張個性解放的人物，她對生活充滿熱情，對人與人之間的純真關係充滿
嚮往，她厭惡自己那個偽善自私、『官僚機器』般的丈夫，厭惡她身處
的充滿謊言、欺騙的環境，所以在沃倫**
**斯基的愛情激勵下，她勇敢地對現實做
出了反抗，開始義無反顧地追求自己的
幸福。**」

　　「既然安娜已經勇敢地選擇了愛
情，選擇了她想要的生活，那麼為什麼
她最後還是沒能獲得幸福呢？」這一次
發問的是小艾，因為托爾斯泰老師的這
個故事剛好觸及了她的心事。

　　「這位同學的問題問到了重點上，
安娜的悲劇其實並不只是她個人的悲

魏鵬舉老師知識補充站

　　安娜的形象在作家創作過
程中有過極大變化：從一個低
級趣味的失足女人改寫成真
誠、嚴肅、寧為玉碎，不為瓦
全的女性。托爾斯泰透過安娜
的愛情、家庭悲劇寄寓了他對
當時動盪的俄國社會中人的命
運和倫理道德準則的思考。

劇，也是時代的悲劇，是她的性格與社會環境衝突的必然結果。安娜不
滿於貴族社會的虛偽，所以她要反叛，同樣，上流社會的道德觀也無法
容忍安娜的存在，他們必須把她『剿殺』。虛偽的卡列寧以『拯救』安
娜的名義不肯與她離婚，不讓她與兒子相見，社會輿論都譴責她是一個
抛夫棄子的『壞女人』，這一切都讓安娜痛苦不堪，她的內心在忠於封

《安娜‧卡列尼娜》的兩條線索

《安娜‧卡列尼娜》透過女主角安娜追求愛情的悲劇，和列文在農村面臨危機而進行的改革與探索這兩條線索，描繪了俄國從莫斯科到外省鄉村廣闊而豐富多彩的圖景。

兩條線索

安娜 ← → 列文

安娜	列文
書裡的內容改為：安娜與沃倫斯基墜入愛河，二人沒能禁住情欲的誘惑，逾越了雷池。	一直致力於調和地主與農民關係的貴族列文懷抱著滿腔熱情在莊園嘗試改革，可惜卻慘遭失敗。
安娜不願忍受通姦的生活，於是為了愛情選擇了離家出走。	經歷了事業和愛情雙重失敗的列文陷入了迷茫，他的理想在現實中找不到出路，他開始灰心絕望，甚至產生了自殺的念頭。
安娜的行為不為世俗所容，但愛情降溫之後，她因為無法忍受流言蜚語和內心的掙扎痛苦，最終選擇了臥軌自殺。	在經過了一系列的思想鬥爭和靈魂洗滌之後，列文終於在農民弗克身上領悟了生命的真諦，從此走上了「為上帝、靈魂而活」的「博愛」與「道德自我完善」之路。

建操守和追求個人幸福的兩種思想之間飽受折磨。所以最終，她只能在『一切全是虛偽』的慨歎中，在『上帝，饒恕我的一切』的哀號中淒慘死去。而安娜的死其實是她對封建貴族社會的最後反抗。」

「接下來再談談小說中的另一個主角列文，這個人物其實是我自己的一個分身，他在文中的思想探索過程有很多我個人的痕跡。列文是一個死抱住宗法制不放的貴族地主，他讚揚自給自足的農村，憎恨都市文明，看不起資產者，反對地主採用西歐方式經營田莊，但他又不能不

看到俄國農奴制崩潰、資本主義成長的事實。爲了挽救貴族地主的沒落，他試圖在自己的莊園嘗試改革，卻慘遭失敗。在經過了一段時間的迷茫、絕望之後，他終於領悟到生命的意義應該是『爲上帝、爲靈魂而活』，因此開始走上了『博愛』與『道德自我完善』的道路。」

心靈辯證法

「列文找到的精神歸宿就是後世人們所說的『托爾斯泰主義』吧？」小悠突然插嘴。

「原來後人們還專門用我的名字命名了一種『主義』，這個問題我還眞的沒辦法回答你，因爲連我自己都不知道。不過我知道有人曾把我描寫人物心理的手法稱爲『心靈辯證法』，我對這個名字倒是頗爲滿意。」

「『心靈辯證法』的說法是俄國文學批評家車爾尼雪夫斯基在評價托爾斯泰老師心理描寫的技巧時提出的。他說您善於深入人物的內心，抓住思想感情的每一個細微的變化，一絲一毫地尋找出人物思想感情的巨大變化或劇烈轉變的所有過程……總之，他還說了很多，不過這些話實在是太抽象、太

麤鵬舉老師知識補充站

「托爾斯泰主義」是指托爾斯泰所宣揚的悔罪、拯救靈魂、禁慾主義、「勿以暴力抗惡」、「道德自我完善」等觀點。

深奧了，我反覆讀過之後還是沒能完全理解，不知道您能不能爲我講解一下。」很少發言的小文，一臉謙遜地提出自己的困惑。

「當然可以，能爲別人答疑解惑對我來說是最大的快樂。」托爾斯泰老師果然是身體力行著自己「博愛」的思想。

「其實所謂的『心靈辯證法』不過是一種刻畫人物心理運動、變化過程的方法，用抽象的話描述可能不太好懂，下面我結合具體作品中具體人物的心理過程來爲你講解，你應該更容易明白。」

托爾斯泰的創作特點

托爾斯泰

創造了史詩體小說

以《戰爭與和平》為例,這部巨著再現了整整一個時代,氣勢磅礴,場面壯闊,人物眾多。他將歷史的史詩與藝術的虛構融合,千頭萬緒的線索輕易駕馭,把小說表現得波瀾壯闊。

對微觀世界刻畫細緻

托爾斯泰的藝術魅力不只在於再現宏觀世界,而且在於刻畫微觀世界。他洞察人的內心奧祕,在世界文學中空前地把握心靈的辯證發展,細緻地描寫心理在外界影響下的嬗變過程,並且深入人的潛意識,把它表現在同類意識相互和諧的聯繫之中。

善於描繪性格的發展和變化

托爾斯泰的風格特點是樸素。他力求最充分最確切地反映生活的真實或表達自己的思想,因此,他雖然在藝術上要求嚴格,卻不單純以技巧取勝,不追求形式上的精緻,也不迴避冗長的複合句,而只尋求最大的表現力。

「比如剛才談到的《安娜‧卡列尼娜》,在這部作品中我就曾大量運用這種手法。如卡列寧從安然平靜的家庭生活狀態忽然陷入妻子與他人私通的尷尬境地後,他內心世界的複雜狀況;沃倫斯基與安娜相遇後,他的整個生活、事業、前程、家庭關係和社會關係的變化所帶來的心理變化等,這些都是『心靈辯證法』的運用。」

看著小文仍舊一臉茫然，托爾斯泰老師繼續說道：「下面我再以安娜臨死前的那段心理描寫爲例，爲你做更進一步的講述。這段心理獨白先是寫安娜有了『死』的念頭，接著便用虛虛實實、視覺、嗅覺、聽覺、想像、回憶等各種形式把安娜臨死前那種對人世間的一切加以猜測、懷疑、誤解的反常心理描寫出來。」

「她懷疑沃倫斯基和索羅金娜幽會，懷疑眞心愛她的吉媞和朵麗看不起她，她的思想行爲處處走向極端。接著她又產生了許多幻覺，一會兒好像見到了兒子謝遼沙，一會兒好像沃倫斯基在親吻她，一會兒又聽見沃倫斯基在說粗魯的話。她忽然夢見一個小老頭兒在敲一塊鐵板，忽然想起自己17歲時跟姑媽去朝拜三聖修道院的情景，她胡思亂想，煩躁不安，不知所措。她一會兒決心去死，一會兒又自言自語說：『不啊，怎麼都行，只要能活著！』就是在這樣混亂的心理狀態和自我誤導下，安娜一步步走到了那節火車輪下。」

「聽了您的講解，我的思路清晰了許多。我記得評論家們說您的另一部名著《復活》也是『心靈辯證法』運用的典範之作，不知道您能不能再爲我講講這部作品。」小文微笑著再次發問。

托爾斯泰老師捋著鬍鬚點了點頭，剛要開口，可是下課的鈴聲卻不識相地響了起來。無奈，時間已到，不得不分別了。「不好意思了，同學們，看來只能等下次有機會再給你們講解我的《復活》了。」托爾斯泰老師面帶笑容與大家道別，眼中帶著明顯的不捨之情，看來這位慈愛的長鬚老者也對我們這個「神祕教室」產生了感情。

眾人紛紛離去，小艾也返回現實。果然每一次來「神祕教室」都會有意外收穫，今天托爾斯泰老師的這堂課又給小艾帶來了不少驚喜。當然不止是文學上的靈感，還有生活上的啓發。在聽完了安娜的悲劇故事後，小艾決定買一本《安娜・卡列尼娜》送給老媽，讓她親眼目睹「包辦婚姻」的可怕。「要是你再冥頑不靈，我就會變成下一個安娜！」小艾連對付老媽的「臺詞」都想好了，希望下次上課時能聽到她勝利的好消息。

托爾斯泰老師推薦的參考書

　　《**復活**》托爾斯泰著。小說取材於當時的一件真實事件，透過男女主角的「精神救贖」之路，撕下了一切假面具，揭露了法律制度的虛偽和反人民的本質。小說對整個官僚機構、宗教法制進行了無情批判，還從經濟制度上探究了人民痛苦不幸的根源，否定了土地私有制，表現了托爾斯泰「最清醒的現實主義」。

第十四堂課

海明威老師主講 「迷惘與抗爭」

正因為我們是比別人承受了更多戰爭痛苦的「迷惘的一代」，所以就要更加努力地去與現實和命運抗爭。

厄內斯特・米勒・海明威（Ernest Miller Hemingway，1899—1961）

20世紀美國著名小說家，他以獨特的現代敘事藝術風格開啓了一代文風，是美國「迷惘的一代」作家中的代表人物。海明威的主要作品有《老人與海》、《太陽依舊升起》、《戰地春夢》、《戰地鐘聲》、《雪山盟》等。這些作品都對20世紀的歐美文學產生了重大影響。

相親的「鬧劇」總算可以告一段落了，小艾媽在讀了托爾斯泰老師的《安娜・卡列尼娜》之後果真沒再鬧騰。雖然不知道她老人家是不是徹底地被「思想改造」成功，但至少近期內小艾可以過兩天安靜的日子了。現在小艾又恢復了每天到「兔子洞書屋」閱讀的好習慣，週一到週六看書，週末「穿越」到「神祕教室」上課。細細想來，自己已經在「神祕教室」上了13堂課了，時間過得真快。上次聽小悠說，文學課程好像一共只安排了18堂。18堂課過後，就要「曲終人散」了，想想便覺得心中酸楚。

為什麼人生中總有那麼多事讓人無能為力呢？比如生離，比如死別。面對逝去的，我們挽不住；面對當下的，我們扛不住；面對未來的，我們卻只有迷茫、無助。生命好像輕飄飄的，人活著好像就為了等死，什麼都沒意思，什麼都無能為力。小艾又陷入了思維的怪圈，不能自拔。帶著這份無法排解的迷惘，小艾已不知不覺地來到了「神祕教室」。不知道今天又會是哪位文學大師來把小艾導出迷津呢？

迷惘的一代 （編註：臺灣稱「失落的一代」）

「大家晚上好。」一位高大英俊、結實硬朗的男子邁著矯健的步伐走上講臺。他留著滿臉的落腮鬍子，笑容含而不露，堅毅的目光中閃著柔情，給人一種親切舒服的感覺。

「我是美國作家海明威。或許有人聽過我的名字。」

原來這就是那位以獨特的「冰山」文風在文學界獨樹一幟的美國大作家海明威，果然是聞名不如見面。這位作家舉手投足間的風度絕對可以與他的文字相媲美。

「能來到這裡授課，本人十分榮幸。聽說前幾節課的老師都是文壇上舉足輕重的大人物，這讓我倍感壓力。不過我相信，我個人的獨特風格應該也能夠讓你們終生難忘。好了，時間寶貴，話不贅述，咱們開門見山，直奔主題。」海明威老師果然是以文筆簡練出名，就連說話做事也都奉行著「簡而不冗」的原則。

　　「說到我的文學創作，我想我會從《太陽依舊升起》這部小說談起，因為這是讓我在文壇獲得聲譽的第一部長篇小說。」

　　「這部小說我聽過，據說它是美國『迷惘的一代』的代表作品，在世界文壇上都聲名顯赫。」一聽到自己熟悉的話題，小新又忍不住出來表現。

魏鵬舉老師知識補充站

　　費茲傑羅也是「迷惘的一代」的代表作家。他不僅長篇小說出色，短篇小說也造詣頗深。《夜未央》和《最後的大亨》都是值得一讀的作品。

海明威小說簡介

類型	主要作品	內容簡介
短篇小說	《印第安人的營地》、《不敗的人》、《五萬塊》等	海明威的短篇小說主要創作於20世紀20年代。作品中充滿了暴力、鮮血和死亡的意象，以及海明威蔑視死亡的「硬漢子」精神。
中篇小說	《老人與海》	作品一方面歌頌了人類的偉大力量，另一方面又對人生表現出無可奈何的絕望心情。作品著力塑造了老人桑迪亞哥這個敢於與現實和命運抗爭的完美「硬漢」形象。
長篇小說	《太陽依舊升起》	海明威第一部長篇小說，「迷惘的一代」的宣言書，表達了第一次世界大戰後美國一部分年輕知識分子對現實的絕望，揭示了戰爭給人生理上和心理上造成的巨大創傷，帶有自傳色彩。
	《戰地春夢》	是「迷惘的一代」創作的高峰和終結。小說以第一次世界大戰為題材，透過一個美國中尉亨利自述的形式，描述了戰爭中人與人的相互殘殺，以及戰爭對人的精神的毀滅和對美好愛情的扼殺。
	《戰地鐘聲》	以西班牙內戰為題材的一部長篇小說，展現了西班牙人民反法西斯的鬥爭。在這部作品中，作者擺脫了以往悲觀、迷惘的感傷基調，塑造了一個為異國正義事業而捐軀的英雄形象。

　　「這位同學說得沒錯，《太陽依舊升起》這部小說描寫的確實是『迷惘的一代』。創作這部小說時，我剛剛經歷過第一次世界大戰，親眼目睹了人類空前的大屠殺，親身經歷了戰爭給人們帶來的苦難。這些難以磨滅的痛苦記憶讓我深深地覺得什麼『民主』、『光榮』、『犧牲』的口號都是騙人的，我對社會、人生感到一種前所未有的失望，也因此陷入了一種迷惘、彷徨、失望的情緒中。」

　　「後來，一次機緣巧合之下，我結識了另一位美國著名的作家費茲傑羅，你們對他應該並不陌生吧？」海明威老師笑著問道。

　　「當然不陌生，他的名著《大亨小傳》可是我的最愛。」一聽到自己喜歡的作家，小文按捺不住，嚷了起來。

　　「沒錯，就是在讀了費茲傑羅這部《大亨小傳》的手稿之後，激發了我的創作靈感，不久之後，我便寫成了這部《太陽依舊升起》。」

　　「《太陽依舊升起》這部小說描寫的是第一次世界大戰後一群青年人迷惘、苦悶的精神狀況。小說的男主人公傑克·巴恩斯是在巴黎工作的美國記者，在戰爭中負傷，失去了性愛能力。巴恩斯愛上了英國姑娘布蕾特·艾希利，但兩人卻無法結合。為瞭解除精神上的苦悶與無聊，他們與幾個意氣相投的朋友結伴來到西班牙的庇里牛斯山區遊玩，終日以狩獵、釣魚和觀看巴斯克鬥牛來消磨時光。然而美麗的自然風光卻未能安撫受傷的心靈，這群迷惘的青年人終日在無休止的酗酒、追求刺激、爭風吃醋、打架鬥毆之中消磨生命。他們的內心痛苦不堪。後來巴恩斯受到了鬥牛士勇敢精神的激發，似乎看到了人的本質力量，悟得了生命的真諦，可是這也不過是短暫的熱情，最終他再次陷入了對生活失望和厭倦的情緒之中。小說的最後，男女主角失望地回到了巴黎。苦悶和迷惘未能解決，這一代青年人註定是孤獨的，不能結合在一起，只能在幻想中求得安慰。」

　　「海明威老師，我們這代人沒經歷過戰爭，無法理解你們那代人所承受的痛苦，但是即便是身處當今的和平時代，我們也時常會產生悲觀、無助的迷惘感，找不到生命的意義，看來我們又是新的『迷惘一代』啊！」聽了海明威老師講的故事，多愁善感的小艾「觸景生情」，不禁大發感慨。

「這位同學的想法未免太過悲觀，迷惘其實不只是一個時代的主題，而是每一代青年人的『必經之路』。迷惘是為了引發思考，思考人生，思考走出迷惘的正確方法。我承認由於戰爭的陰影，我筆下的人物不免流露出悲觀、厭世的負面情緒，但那只是我思想中的一個層面，除了這些之外，你還應該看到我從不放棄的努力和抗爭。」海明威老師目光篤定，語氣堅定，讓我們看到了他性格中硬朗的一面。

🖋 「硬漢式」的抗爭

「人生本來就應該不斷抗爭，而正因為我們是比別人承受了更多戰爭痛苦的『迷惘的一代』，所以也要比以往更加努力地去與現實和命運抗爭。瞭解我作品的同學應該知道，在我的作品中，曾經塑造過眾多在迷惘中頑強拼搏的『硬漢形象』。他們堅強剛毅、勇敢正直，無畏地面對痛苦和死亡。他們都處在尖銳劇烈的外部矛盾和內心衝突中，他們都面對嚴酷的悲劇命運，但無論情況多麼嚴重，困難多麼巨大，死神多麼可怕，他們都不失人的尊嚴，不失勇氣和決心，時刻都能表現出臨危時的優雅風度。」

「海明威老師，您的名著《老人與海》中的老漁夫桑迪亞哥是不是您說的這類『硬漢形象』的代表人物之一？」小文再次插嘴，這堂課他顯得格外活躍。

「沒錯，這位同學舉的例子非常恰當。《老人與海》中老漁夫的形象正是我心目中『完美硬漢』的代表。他與我以往刻畫的硬漢形象有所不同，他象徵著一種哲理化的硬漢精神，一種永恆的、超越時空的存在，一種壓倒命運的力量。下面我就為大家簡述一下這部作品，讓你們感受一下老漁夫的那種不屈不撓的抗爭精神。」

「古巴老漁夫桑迪亞哥已經連續84天沒有釣到一條魚了，人們都認為他倒了大霉，可是他卻並不灰心。這是他第85天出海，他去了更遠的海域，碰上了一條從未見過的大馬林魚。經過兩天兩夜的搏鬥之後，他

終於制伏了大馬林魚。可是正當他準
備凱旋之際，卻碰上了鯊魚群，為了
保住勝利果實，老漁夫與鯊魚群拼鬥
了一天一夜。最後鯊魚群被趕跑了，
可是他的大馬林魚卻被鯊魚吞噬得只
剩下一副殘架。之後，老漁夫筋疲力
盡地返回家中，倒頭大睡。這晚他做
了一個夢，夢見了獅子。」

魏鵬舉老師知識補充站

　　在西方文化中，獅子象徵著
勝利和權威，作者以這個夢結
尾，在某種程度上是在暗示讀
者，老人才是最終的勝利者。

　　「這就是《老人與海》的故事，它沒有具體的背景、時間限制，僅
僅就是一個5萬字的簡單故事。有些評論家把它歸為預言式小說，說它象
徵豐富。這都是他們的臆斷。我想說的是，海就是海，老人就是老人，
魚就是魚，不好也不壞。不要刻意用象徵的手法去解讀它，其實正像藝
術史家貝瑞孫所說，一部真正的藝術品，它本身就會散發出獨特的象徵
和寓言意味，而我認為，我的這部作品，成功之處正在於此。」從談到
《老人與海》這部作品開始，海明威老師的情緒就明顯激動了起來，可
以看出，這部小說對他而言，意義非同小可。

　　「海明威老師，你把我說糊塗了。那麼您的《老人與海》到底是有
所象徵還是沒有象徵呢？」小悠搔著腦袋，一臉困惑地問。

　　「哈哈……我剛才的話好像是繞了不少彎子，這可不符合我簡潔明
快的風格啊！好啦，下面我還是恢復我的『直言不諱』吧。」

　　「其實我想說的是，老人與海的故事簡單，也沒有刻意的象徵隱
喻，但它卻寓意深刻，內涵深廣，這兩者並不相矛盾。老人與馬林魚、
鯊魚的搏鬥，其實就是一場人與自然、社會、命運的抗爭。我要讓人們
看到，在不可戰勝的力量面前，人類的反抗是註定要失敗的，可是我們
不要忘記，有一種失敗，叫作『雖敗猶榮』。就像故事中的老漁夫，雖
然他拼盡了全力還是沒能保住大馬林魚，但是他卻透過自己與鯊魚頑強
的搏鬥中，捍衛了『人的靈魂的尊嚴』，顯示了『一個人的能耐可以達
到什麼程度』。所以，他是一個勝利的失敗者，一個失敗的英雄。」

　　「這正是我心目中最完美的『硬漢形象』。『你盡可以將他消滅，但就是打不敗他。』肉身可以被打倒，可是不屈不撓的抗爭精神卻永遠不能被打敗。這就是我想向人們傳達的『硬漢』精神。」

《老人與海》的故事

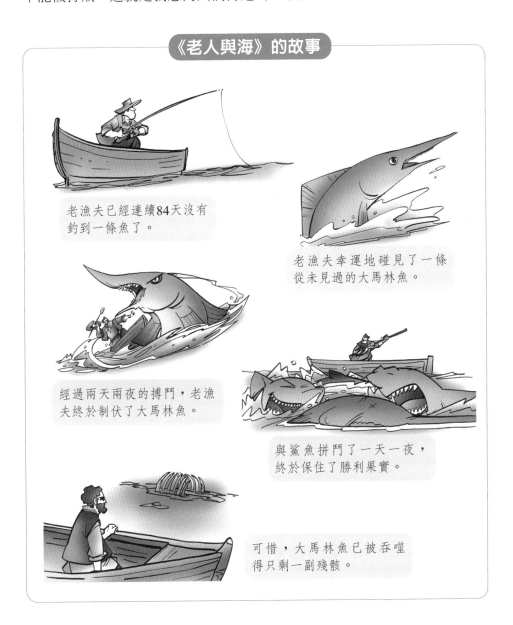

老漁夫已經連續84天沒有釣到一條魚了。

老漁夫幸運地碰見了一條從未見過的大馬林魚。

經過兩天兩夜的搏鬥，老漁夫終於制伏了大馬林魚。

與鯊魚拼鬥了一天一夜，終於保住了勝利果實。

可惜，大馬林魚已被吞噬得只剩一副殘骸。

🖋 獨特的敘事藝術

「好了，關於深刻的人生話題已經討論得差不多了，下面讓我們來換換腦子，談點文學性的話題吧。」海明威老師停下來喝了口水，向上挽了挽襯衫袖子，又繼續講了起來。

「我知道，在後世的文學史上，人們在評價我時，最為贊同的就是我寫作小說時採用的獨特的『冰山風格』。而我也正因此獲得了諾貝爾文學獎，這真的是我生命中光輝的一筆。那麼『冰山風格』究竟是什麼意思呢？我不知道在座的同學有沒有人知道？」

冰山理論

海明威認為，一部優秀的文學作品就應該像一座雄偉的冰山一樣，只微微露出八分之一的一角，而留下八分之七的空白讓讀者自己去填補。

文字和形象　1 / 8

情感和思想

7 / 8

「您曾在《午後之死》一書中寫道：『如果一位散文作家對於他想寫的東西心裡有數，那麼他可以省略他所知道的東西。讀者呢，只要作者寫得真實，會強烈地感覺到他所省略的地方，好像作者已經寫出來似的。冰山在海裡的移動很莊嚴宏偉，這是因為它只有八分之一露在水面上。』我猜我應該沒有記錯。」關鍵時刻，博學認真的芳姐當仁不讓地給出了她「教科書式」的標準回答。

「這位同學的回答相當專業嘛，居然能背得出我的原話，非常不錯。的確，我一向認為，冰山的運動之所以雄偉壯觀，正是因為它只有八分之一在水面之上。所以，在一部文學作品中，文字和形象是所謂的『八分之一』，而情感和思想是所謂的『八分之七』。前兩者是具體可見的，後兩者是寓於前兩者之中的。」

「海明威老師，我有一個困惑。您的『冰山理論』對於寫作散文可能非常實用，但是要把它應用於小說的寫作之中，是不是有點兒困難？我們要怎樣才能寫出您那種『冰山風格』的小說呢？」小文再次發問。

「沒錯，我的『冰山理論』最初確實是針對散文寫作提出來的，眾所周知，我曾經是一位記者，受過嚴格的新聞寫作訓練，所以這使我形成了簡潔、明快、活潑的文風。也正是以這種文風為基礎，引發了『冰山理論』的構想。我希望能嘗試著用這種不同尋常的方法寫作小說，如《老人與海》、《戰地鐘聲》等作品，我都應用了這種風格，事實證明，成效非常不錯。」

魏鵬舉老師知識補充站

海明威是記者出身，受過嚴格的新聞寫作訓練，正是這段經歷成就了他舉世聞名的「電報式」文風。

海明威老師首先回答了小文的第一個問題，接著又繼續說道：「要想寫作『冰山風格』的小說，你首先要注意到，我的這條『冰山理論』中包含的兩個方面的內容。其一，小說的文字要簡而又簡。也就是要刪掉小說中一切可有可無的東西，什麼形容詞、副詞，什麼誇張、修飾，什麼比喻、排比統統剪掉，我們要的是以少勝多。就像中國的水墨畫技巧，以白當黑，不要鋪陳，不要全部，

而只要八分之一。其二，『冰山理論』更內在的本質其實在於『經驗省略』，也就是省略掉那些人們完全可以憑藉經驗想像填充的部分，不要鉅細靡遺，喋喋不休，把冰山下面的八分之七留給讀者自己填充，這樣的效果會更取巧。」

看見同學們全都聚精會神，海明威老師欣慰一笑，然後又接著說了下去。「除了上述亮點之外，『冰山風格』的小說在結構上也有其獨特之處。我的小說從來不會採用傳統的史詩式的小說結構，我只會截取故事的一個時間段或時間點，以集中反映重大的主題或歷史事件，至於歷史的經過和歷史背景，則當作『冰山』的八分之七隱匿在洋面之下，含而不露，雖然一筆為題，但卻仍然能夠讓讀者強烈地感到它的存在，這就是精妙之所在。」

「好了，這節課上到這裡，希望我『冰山風格』的演講沒有讓你們失望。」言簡意賅地說完最後的結語，海明威老師邁著健步走下講臺，匆匆離開。這位以「電報式文風」著稱的老師真是人如其文：語言簡潔、行事幹練、目標明確，毫不拖泥帶水，讓人印象深刻，又回味無窮。

又告別了一堂課的精彩，又解決了一個困惑。聽完海明威老師的這堂課，猶如洗了一個冷水澡，讓那個曾經沉浸在纏綿悱惻、小情小調中的小艾徹底清醒。什麼『新的迷惘的一代』，都是沒病找病。誰的青春不迷惘？誰的日子不艱辛？人活著就會有困惑、有痛苦，難道還能因為這些小傷小痛就輕生不成？做人就要像老漁夫一般，勇敢樂觀，生活不過如此，咬緊牙關，總能過去。

海明威老師推薦的參考書

《**大亨小傳**》費茲傑羅著。這部作品是美國「迷惘的一代」的代表作之一，小說透過主角蓋茲比的追求和毀滅來表現「美國夢」的幻滅，深刻揭露了「美國夢」的虛假實質，是一闋華麗的「爵士時代」的輓歌。

卡夫卡老師主講
「世界的荒誕」

人的種種努力總是
朝著與願望相反的
方向發展……

法蘭茲‧卡夫卡（Franz Kafka，1883—1924）

　　奧地利小說家，西方現代主義文學奠基者之一。他的文筆明淨而想像奇詭，常採用寓言體且寓意難解。卡夫卡一生創作不多，主要作品有4部短篇小說集和3部長篇小說，大部分作品都用變形荒誕的形象和象徵直覺的手法，表現被充滿敵意的社會環境所包圍的孤立、絕望的個人。短篇小說《變形記》被公認為其代表作。

　　週末的晚上，「兔子洞書屋」，小艾和小悠兩人聚精會神地盯著桌上那本老舊泛黃的《古希臘神話》，等待著見證奇蹟的時刻。自從上次小艾把自己「穿越」的祕密告訴小悠之後，小悠一直吵著要小艾帶自己去親眼見識一下，於是便有了上述場景。

　　小艾已經「穿越」多次，經驗豐富，她熟練地將「魔法書」翻到1,007頁，不出所料，今天的內容又有不同。「當葛雷高・薩姆沙從煩躁不安的夢中醒來時，發現他在床上變成了一個巨大的蟲子。他的背成了鋼甲式的硬殼……」，小悠興奮地讀著書上的文字，她還搞不清楚狀況，對一切都覺得新鮮好奇。而小艾則在一旁皺眉沉思，咀嚼著書中的文字，因為她知道，按照老規矩，書上講的內容一定與今天的主講老師相關。

　　「巨大的蟲子」、「鋼甲式的硬殼」，總覺得這段文字在哪裡讀過，可是一時間卻怎麼都想不起來。就在小艾苦思無解之際，牆上的老掛鐘、相框都開始晃動起來，突然間天旋地轉，伴隨著小悠一聲穿透雲霄的尖叫，二人已身在「神祕教室」了。

✎ 從《判決》談卡夫卡的成長

　　小悠驚魂未定，小艾思緒未停，可是其他人卻都安坐於自己的座位上，靜靜地翻著書，等待上課，根本沒人注意到她倆的異樣。這堂課的氣氛明顯與往常不同，大家的心情似乎都格外沉重，教室裡安靜得讓人連大氣都不敢喘。今天的主講老師到底是何方神聖？小艾越發好奇。

　　「咯吱……」，一陣輕輕的推門聲打破了教室的沉寂，眾人翹首以待，只見一位高大英俊、身材瘦削的年輕男人緩步走上講臺。他眉頭微皺，神色憂鬱，清澈的眼眸空洞地望著遠方，似乎在想著什麼，又似乎什麼都沒想。

　　「我是法蘭茲・卡夫卡，故鄉在布拉格。我沒有國籍，我是一位孤獨的流浪者。」年輕的老師低沉著嗓音，簡略地做了自我介紹。

　　原來是「文壇奇葩」卡夫卡！難怪今天的氣氛如此不同尋常。這位用德語寫作的作家與法國作家馬塞爾・普魯斯特、愛爾蘭作家詹姆斯・喬伊斯並稱為西方現代主義文學的先驅。據說他一向行事低調，今天居然會來到這裡給我們上課，看來這間「神祕教室」還真是驚喜不斷啊！

　　「我也不知道自己爲何會在這裡，我之前只做過祕書，會寫幾個字，對於講課這件事眞的不太擅長。不過既然人家看得起我，叫我來了，我還是非常高興的。儘管我喜歡孤獨，但是我也不排斥與人接觸。再說，能與人談談自己的作品，這總是件讓人開心的事情。」卡夫卡老師漸漸放鬆了許多，話也多了起來。

　　「在我的所有作品中，《判決》是我的最愛。這部作品表現的是父子兩代人之間的衝突，也與我個人的成長經歷密切相關，我們就先從這部作品談起吧。」

　　「《判決》講述的是這樣一則故事。主角格奧爾格‧本德曼是個商人，母親去世之後一直與父親一起生活。一天，他在房間裡給一位俄國朋友寫信，告訴他自己訂婚的消息。寫完信來到父親的房間，他意外發現父親對自己的態度非常不好。父親懷疑他根本沒有給俄國朋友寫信，指責他背著自己做生意，還盼著自己早死。突然間，父親又轉換了話題，嘲笑格奧爾格在欺騙他朋友，並且說其實自己一直在與那位俄國朋友通信，並早已把格奧爾格訂婚的消息告訴他了。格奧爾格越聽越生氣，忍不住頂撞了父親，父親便判獨生子去投河自盡，於是獨生子眞的投河而死。」

　　「卡夫卡老師，恕我直言，您這則故事講得眞是莫名其妙。格奧爾格好端端的一個人怎麼會因爲父親的一句氣話就眞的投河自盡了呢？這部作品到底想表達什麼意思呢？」小新直言不諱地提出心頭之困惑。

　　「這則故事雖然看似荒誕，但卻寓意深刻，我是用一種誇張放大的方式來讓人看到父子和諧關係背後暗藏的洶湧『殺機』。在主角格奧爾格身上，其實有我自身的影子。我出生在一個猶太家庭，父親是一位成功的商人，性格粗暴剛愎，從小便對我實行『專橫有如暴君』的家長式管教。這位強大的父親給我的性格帶來了雙重影響。一方面我很敬畏他、崇拜他，想成爲他、超越他；另一方面我又因他的強勢而變得性格孤僻憂鬱、內向悲觀。所以說，我與父親之間的感情是複雜的，而我的內心也是十分痛苦的。正如小說中所寫的，父親總是高大強壯、毫無理性，而清白善良的兒子居然被父親視爲有罪和執拗殘暴。生活在父親淫威之下的兒子，終日害怕，恐懼到了喪失理智，以致自盡。」

卡夫卡作品概覽

·長篇小說

書名	内容簡介
《失蹤者》	原名《生死不明的人》。主角生於富裕家庭，16歲時被35歲的女奴引誘，和她生了孩子，後被逐出家門流落美洲大陸。故事沒有結尾。小說在形式上受流浪漢小說影響，用狄更斯式的傳統敘述手法，揭示西方社會人的生存狀態。
《審判》	銀行職員K在30歲生日時突然被宣布逮捕，無論他如何四處奔走要弄清自己犯罪的原因都無濟於事，一年後被架到一個荒涼的採石場殺死。這部小說標誌著卡夫卡式的風格完全形成。
《城堡》	從人與城堡的關係表現人在荒誕世界中的生存狀態。主角K是資本主義社會中小人物的象徵，既是現代人命運的象徵，也是卡夫卡的精神寫照——「現代人的困惑」。

·短篇小說

書名	内容簡介
《判決》	卡夫卡最喜愛的作品，表現了父子兩代人的衝突。小說在體現卡夫卡獨特的「審父」意識的同時，也表現了對家長式的奧匈帝國統治者的不滿。
《變形記》	透過主角葛雷高的變形及其變形後的遭遇及其悲慘結局，深刻揭露了資本主義社會中人與人之間赤裸裸的利害關係，表現了人的「異化」。
《地洞》	寫一隻擬人化了的鼠類動物，為了生存，抵禦大小動物的進攻，而營造了一個既能儲存食物又有不同出口的地洞。小說表現了小人物的恐懼心理和生存環境的非理性。

　　「為什麼格奧爾格要自盡呢？這其實並不僅僅是父親對他的判決，也是他對自己的判決。格奧爾格在臨死前曾低聲辯白——『親愛的父母親，我可是一直愛你們的。』這其實不僅是格奧爾格，也是我自己最隱密的心聲。我是愛他們的，但是我們之間的衝突無法化解。父與子之間

的衝突其實只是表象，在這背後揭示的主題是：生存於權威和凌辱之下的人類的扭曲心態，我想『審』的不僅是『父』，還有像父親壓迫兒子一樣壓迫人們的統治者，我要讓人們看清我們身處的環境，這生活是多麼的荒謬。」

作家之所以能成為作家，往往是因為他們有著比常人更敏感的神經，並且經歷過更深沉的痛苦。卡夫卡與父親之間的矛盾衝突既是他一生痛苦的根源，同時也成了他創作靈感的泉源。

聽了卡夫卡對《判決》的親自解讀，眾人如夢初醒，若有所得。原來一篇看似荒誕的故事背後，竟然蘊含著如此豐富的內涵，看來卡夫卡老師的作品還真是要細讀之下才能品出真味啊。

從《城堡》談卡夫卡的思維悖謬

「我知道很多人都覺得我的作品晦澀難懂，通常一篇文章會被解讀出七八種意思，還有很多人抱怨說我的小說情節不夠連貫，根本不知所云，是吧？」在沉默片刻之後，卡夫卡老師主動開口談到了這個每個人都想說，卻沒一個人敢說的問題。

「人家不是常說，要瞭解一個人的作品，首先要瞭解這個人的性格嗎？其實我的作品之所以會呈現出荒誕晦澀的風格，這主要與我自身悖謬的思維方式和行為方式有關。所謂悖謬思維，就是凡事都愛往完全相反的方向去說、去想，甚至去做。比如，我曾幾次訂婚又退婚，在譴責父親的同時又同情父親，視創作為生命卻又想把它們付之一炬，這些反常的行為都是我自身悖謬性格的表現。」

「卡夫卡老師，對您這些反常的舉動，我也曾透過資料有所瞭解。那麼究竟是什麼導致您形成了這種悖謬的思維呢？」小文好奇地發問。

「這個問題有點兒不好回答，我想這種悖謬思維的形成可能與我從小生活的環境，以及我接觸的人和思想有關吧。我的家庭看似溫馨和諧，可是我卻從來不曾真正幸福過。我的內心是孤獨的，我覺得從來沒有人能夠真正懂我，我總是比一個陌生人還要陌生。除了時常感到孤單

之外，恐懼更是我內心的常態。對我來說，安寧永遠都是不真實的，恐懼彷彿才是我生命的本質。然而我在害怕著什麼？有時候連我自己都不知道，我只覺得對我而言，這個世界就是一個障礙重重的世界，而似乎一切障礙都在摧毀著我。」卡夫卡老師很坦率地向我們敞開了心扉，這一次他沒有覥腆怯懦，或許他希望我們能透過對他性格的瞭解，而觸及他作品中更真實的一面。

「卡夫卡老師，不得不說您真的是一個性情古怪的人，不過也正是因為您如此怪異的性格才成就了您偉大的作品。您能不能給我們說說，這種悖謬思維在您的作品中有哪些表現呢？」小文繼續發問。

「一個人的思想決定著他的創作，其實我的這種悖謬思維在每部作品中都有所表現。不過要說影響最大、表現最集中的作品，那應該是長篇小說《城堡》了，不知道你們是否讀過這個故事。」卡夫卡老師語氣極其平靜地說道。

「《城堡》講述的是一個名義上的土地測量員K，前往不知名的城堡應聘工作。可是城堡內層層機構都沒有人知道這項聘任，於是K只得在重重阻撓之下孤軍奮戰，和官僚權貴不懈地進行鬥爭。可惜直到最後，他也沒能進入城堡，而小說則在荒誕離奇中莫名其妙地結束了。」小新言簡意賅地對《城堡》進行了講評，對於言語間流露出的主觀感情絲毫不加掩飾。

魏鵬舉老師知識補充站

你越想得到就越求之不得，而當你終於學會放手之時，所求之物反而「不請自來」，這果真是讓人無奈的悲哀。

「是的，在很多人看來，《城堡》又是一則荒誕無稽的故事，可正是在這荒誕之中包含著我對社會、人生、親情、愛情的深刻思考。很多人猜測城堡象徵著什麼，在這裡我不想給出定論，因為它可以只是一座城堡，也可以代表任何你想要的東西。無論如何，K在努力尋求，可是卻求之不得。這個荒誕無情的世界給我們設置了種種障礙，無論你怎麼追求、怎麼努力，最終都是徒勞。這則故事所表現的正是我思維中的悖謬，也是人類社會的悖謬，即人的種種努力總是朝著與人的願望相反的方向發展，正像《城堡》中的K，他耗盡畢生

關於「城堡」寓意的幾種猜想

　　《城堡》是最能體現卡夫卡創作風格的一部作品。在這部作品裡，卡夫卡延續他一貫的創作手法，將現實與非現實相結合，在一個真實的環境背景下講述了一個情節荒誕的故事。K花費畢生精力想進入城堡，可是城堡究竟代表著什麼？卡夫卡故意把城堡的形象抽象化，讓這個象徵物時隱時現，給讀者帶來無限猜想。

「城堡」到底象徵著什麼？

象徵著某種權利，象徵主宰小人物命運的力量。

象徵著一個權利無處不在的官僚集團和機構。

象徵著猶太人一直苦苦追尋的國家。

象徵著人類尋找上帝的旅程。

象徵著尋找與父親溝通成功的捷徑。

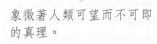

象徵著人類可望而不可即的真理。

精力也辦不了戶口，但在**彌留之際**，城堡卻突然宣佈准予他在村子裡住下。這樣諷刺的結局，何止是K一個人的悲哀，其實也是生存於這個荒誕世界上的每個人的悲哀。」

從《變形記》看世界的荒誕

「說到世界的荒誕，我突然想起了您的另一部作品《變形記》，如果我沒記錯的話，這部小說寫的是人變成了大甲蟲的離奇故事，我想其中一定也是別有深意吧，您可不可以給我們講講？」聽完了卡夫卡老師的一番透徹剖析，小新收斂了剛才的囂張氣焰，換上了一副謙遜笑容，繼續發問。

「沒錯，《變形記》的確是一部寓意深刻的小說。在這部作品裡，我用神話象徵的模式表現了一個真實而荒誕的世界，透過人的異變來表現現代人精神世界的扭曲異化，以及人與人之間溫情脈脈背後的孤獨感與陌生感。」

「小說共分三部分，第一部分寫推銷員葛雷高一覺醒來發現自己變成了一隻大甲蟲，他十分著急，因為他不能按時上班就會被公司解僱，而他若被解僱就無人來承擔家庭的經濟重擔，他的變形引起了全家人的恐慌。第二部分寫葛雷高逐漸養成了甲蟲的習性，但卻保留了人的意識。他真心真意地關心著家裡的每一個人，可是不能再掙錢養家的他卻被全家人視為累贅，家人漸漸地開始厭棄他。第三部分寫葛雷高遭到家人遺棄，他又餓又病，陷入深深的絕望，最後懷著對全家人的溫柔愛意離開人世。而家裡人在擺脫了他這個『負擔』之後則遷入新居，開始了自給自足的全新生活。」

「這真是一個荒誕而悲哀的故事。這悲哀是人的悲哀，這荒誕是悲哀的人所處的世界的荒誕！」聽完卡夫卡老師這則《變形記》之後，小艾不禁發出感歎。

「沒錯，卡夫卡老師講的這則故事雖然看似荒誕不稽，可是卻又是那麼真實。他在一個荒誕的故事背景之下讓我們看清了現代人真實的

葛雷高變甲蟲後，自己與家人的心理變化對照

葛雷高

第一階段：突然發現自己變成大甲蟲，驚慌、憂鬱、黯然神傷，害怕遭人嫌棄。

第二階段：漸漸習慣甲蟲的生活習性，開始為家庭經濟狀況焦慮，自我責備。

第三階段：身受重傷，遭到親人的厭棄，在絕望而又平和的心境中死去。

家人

第一階段：母親驚恐昏厥，父親暴跳如雷，妹妹同情並照料他。

第二階段：家人出外做工自力更生，妹妹開始厭棄他。

第三階段：全家人把他當作累贅，只想擺脫他，開始全新的生活。

內心，原來當一個人變成甲蟲之後，也就是說當他對家庭失去了價值之後，家人給予他的就是這樣的待遇：母親無奈、父親狂怒、妹妹厭棄，最後所有人都棄他而去，而他只有孤零零地慘死家中。不得不說，這個故事實在是太觸目驚心了！」繼小艾之後，小文也發表了自己的感言。

「透過一部作品能夠引發你們對人生、對自身生存環境的思考，這對於我來說已經算是成功了。我只想講一個故事，我不想摻入任何的主觀色彩去左右讀者的思想。讀過我作品的人應該瞭解，我的語調永遠是客觀而冷冰冰的，我的態度永遠是『事不關己』。我不會去細心地為你摹景狀物，安排情節，我只會為你剖析人物的內心，透過獨白、回憶、聯想、幻想等方式，讓你看清一個個生存於現代社會的底層小人物的真實內心。他們在這個充滿矛盾、扭曲變形的世界裡惶恐不安、

魏鵬舉老師知識補充站

人生而孤獨，每個人都需要一條釋放的途徑。大多數人會找尋伴侶，而卡夫卡卻選擇了寫作，所以我們只能庸碌一生，而他卻可以名垂千古。

孤獨迷茫，遭受壓迫而不敢反抗，也無力反抗，嚮往明天又看不到出路。而這些人物，其實都是我的分身，他們的痛苦正是我內心正在承受的痛苦。**我的人生是孤獨痛苦的。寫作是我能找到的唯一出路。**」

卡夫卡老師在留下一番長篇獨白之後，深深歎了一口氣，便黯然地轉身離開了。望著這位孤獨者遠去的背影，所有人都陷入了自身的迷惘。面對眼前這荒誕的世界，我們是否只能孤軍奮戰？作為現代人的我們是否已與甲蟲無異？喪失了個性與自我價值之後，等待我們的是否也只有被拋棄的命運？這些都是卡夫卡老師給我們留下的人生思考題。

卡夫卡老師推薦的參考書

《審判》卡夫卡著。這是一部標誌著卡夫卡式風格完全成形的小說。小說講述了銀行職員K在30歲生日時被突然宣布逮捕，無論他如何四處奔走要弄清自己犯罪的原因都無濟於事，一年後被架到一個荒涼的採石場殺死的悲慘故事。

馬奎斯老師主講
「魔幻與現實」

時間在重複輪迴，歷史在原地打轉，蒙昧和落後亙古不變，於是，所有的人和事都被鑲嵌在一個個大大小小的循環怪圈之中。

加布列‧賈西亞‧馬奎斯（Gabriel García Márquez，1927—2014）

　　哥倫比亞作家、記者和社會運動者、小說家，魔幻現實主義文學的代表，1982年諾貝爾文學獎獲得者。他將現實主義與幻想結合起來，創造了一部風雲變幻的哥倫比亞和整個南美大陸如神話般的歷史，代表作品有《百年孤寂》、《愛在瘟疫蔓延時》等。

　　連續加班半個月，小艾整個人都變得灰頭土臉的。今天難得休假，她趕緊到她最愛的書店閒逛一圈。好久沒來書店了，感覺一切都變了樣。果然是資訊時代，圖書的更新速度也在追趕著微博的洗版速度，書架上擺著各式各樣的新書，小艾覺得每本都好像是「最熟悉的陌生人」。在書海中尋尋覓覓，如同大浪淘沙一般，小艾終於找到了她今天的「獵物」——馬奎斯的《百年孤寂》。

　　《百年孤寂》是一部舉世聞名的經典之作，可是由於其筆法過於「魔幻」，所以自從問世以來，讀者群一直不大。可是最近不知是由於炒作還是別的原因，這本被大眾評為「枯燥難懂」的名著竟然一夜之間「大翻身」，各大書店爭相追捧，跟風購書的人更是不計其數。見到這種現象，身為「文學迷」的小艾感到十分好奇。拋開「沽名釣譽」的成分不談，這本《百年孤寂》何以能在現代人中賣得如此火熱呢？為了探尋答案，小艾決定要親自閱讀體驗一番。

　　書買回去了，也讀了，可是讀後感就是四個字——「囫圇吞棗」。小艾在「魔幻世界」裡繞得暈頭轉向。還好今天又是週末，小艾已事先得到「內部消息」，由於最近《百年孤寂》格外暢銷，所以「神祕教室」背後的「神祕主管」特意透過各種關係請來了馬奎斯為大家「現身說法」，看來這回所有的謎題都能迎刃而解了。

馬奎斯與《百年孤寂》

　　「大家好，我是加布列・賈西亞・馬奎斯，很高興能來到這裡與你們探討我的《百年孤寂》。」一位慈眉善目的老者緩緩走上講臺，語氣溫柔地做了自我介紹。原來這就是馬奎斯老師，果然是聞名不如見面。這位文學大師那副笑容可掬的神情，讓人不由得心生好感。

　　「我這個人很有自知之明，我知道大部分同學都是透過《百年孤寂》這部作品才開始知道我的，對我的個人情況並不十分瞭解，所以在開課之前，我想我有必要先詳細地做一個自我介紹。」馬奎斯老師輕輕咳嗽了兩聲，然後帶著慈祥的微笑繼續講道：「我出生在哥倫比亞一個叫作阿拉卡塔卡的小鎮，童年一直在外祖父家度過。我的外祖母是一位勤勞的農婦，她有一肚子的神話傳說和鬼怪故事，而幼小的我就是在她

為我勾勒出的這個充滿幽祕奇幻的世界中漸漸長大的，這些都成了我日後創作的重要源泉。」

「上了大學之後，我開始如饑似渴地閱讀各種世界文學名著，其中西班牙黃金時代的詩歌對我影響很大，這些積累都為我日後的寫作奠定了堅實的基礎。在此期間，我發表了處女作短篇小說《第三次辭世》，這是我在文壇的初次試水。大學畢業後，我進入報界，開始從事記者工作。接著

魏鵬舉老師知識補充站

　　馬奎斯曾說：「從寫《枯枝敗葉》的那一刻起，我所要做的唯一一件事，便是成為這個世界上最好的作家，沒有人可以阻攔我。」這部作品不但開啟了馬奎斯日後魔幻現實主義的創作道路，同時也奠定了他幾乎所有未來作品的「孤獨」主題。

發表了我的第一部長篇小說《枯枝敗葉》。在這部作品裡，我使用了意識流小說的技巧，表現了現代文明衝擊下馬康多人矛盾、迷惘和孤獨的心境。這部小說為我日後創作《百年孤寂》打下了基礎。」

「好了，『閒話』已經說得夠多了，接下來咱們還是趕緊直奔主題，談談你們最感興趣的《百年孤寂》吧，不知道有沒有哪位同學願意為大家簡述一下這部作品的故事梗概？」

「我來講！我來講！」小艾興奮地叫了起來，她才剛剛讀完《百年孤寂》，雖然是讀了個囫圇吞棗，一團霧水，但是熱情卻依舊高漲。

「《百年孤寂》講述的是一個光怪陸離的布恩迪亞家族在100年間，六代人因權力與情欲的輪迴上演的一部興衰史。西班牙移民的後裔荷西·阿爾卡迪歐·波恩地亞和表妹烏蘇拉結婚後，烏蘇拉擔心他倆會像姨媽與叔父結婚那樣生出長尾巴的孩子，因而拒絕與丈夫同房。一次，波恩地亞與鄰居阿奇勒鬥雞並發生口角，阿奇勒就以老婆拒絕與他同房的事情嘲笑他，波恩地亞一怒之下用長矛刺死了阿奇勒。從此，死者的鬼魂日夜出沒於波恩地亞家，攪得他們日夜不得安寧。為了躲避鬼魂，波恩地亞兩口子離開村莊，搬到了一個被人們稱為『鏡子城』的小村馬康多定居，於是波恩地亞家族的百年興廢史由此開始。」講了一大段之後小艾稍作停頓，她環顧四周，看見馬奎斯老師和同學們都聽得聚精會神，於是又興致勃勃地講了下去。

「第一代荷西‧阿爾卡迪歐‧波恩地亞是個富有創造精神的人，他一直在嘗試用各種方法帶領村民發財致富，可惜最後都以失敗告終，最後他沉迷於煉金術，終日躲在屋裡製作『小金魚』，直至死去。波恩地亞家族的第二代有兩男一女。老大是在去馬康多的路上出生的，長大成人後回到馬康多與波恩地亞家族中的養女蕾貝卡相愛，最後卻莫名其妙地被暗殺了。老二奧雷里亞諾參加了內戰，當上了上校，最後也和父親一樣沉迷於煉金術，一直到死。小妹阿瑪蘭妲與侄子亂倫，負罪之下便把自己關在房中，終日縫製殮衣，孤獨萬狀。」

「第三代只有兩個堂兄弟，他們其中一人戀上生母，一人愛上自己的姑媽，最終都抱憾終生。第四代、第五代仍舊周而復始地在重複著之前的種種，放縱情欲，昏沉度日，一代不如一代。到了第六代子孫奧雷里亞諾‧波恩地亞時，由於他與姑媽阿瑪蘭妲‧烏蘇拉近親亂倫，生出了長豬尾巴的女孩 —— 波恩地亞家族的第七代繼承人。奧雷里亞諾‧波恩地亞最終被一群螞蟻圍攻並吃掉。而就在此時，他終於破譯出了吉普賽人100年前用梵語寫成的羊皮密碼。手稿卷首的題詞是：『家族中的第一個人將被綁在樹上，家族中的最後一個人將被螞蟻吃掉。』原來，這手稿記載的正是波恩地亞家族的歷史。就在他譯完最後一章的瞬間，一場突如其來的颶風把整個馬康多鎮從地球上刮走，從此命運註定百年孤獨的家族，再也不復存在了。」

魏鵬舉老師知識補充站

在龐大繁雜的人物關係設定上，馬奎斯的《百年孤寂》完全可以和曹雪芹的《紅樓夢》一較高下。

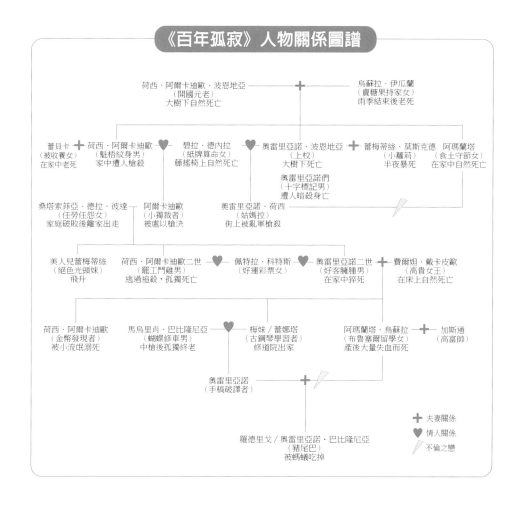

《百年孤寂》人物關係圖譜

荷西・阿爾卡迪歐・波恩地亞
（開國元老）
大樹下自然死亡

烏蘇拉・伊瓜蘭
（賣糖果持家女）
雨季結束後老死

蕾貝卡
（被收養女）
在家中老死

荷西・阿爾卡迪歐
（魁梧紋身男）
家中遭人槍殺

碧拉・德內拉
（紙牌算命女）
藤搖椅上自然死亡

奧雷里亞諾・波恩地亞
（上校）
大樹下死亡

奧雷里亞諾們
（十字標記男）
遭人暗殺身亡

蕾梅蒂絲・莫斯克德
（小蘿莉）
半夜暴死

阿瑪蘭塔
（食土守節女）
在家中自然死亡

桑塔索菲亞・德拉・彼達
（任勞任怨女）
家庭破敗後離家出走

阿爾卡迪歐
（小獨裁者）
被處以槍決

奧雷里亞諾・荷西
（姑媽控）
街上被亂軍槍殺

美人兒蕾梅蒂絲
（絕色光頭妹）
飛升

荷西・阿爾卡迪歐二世
（罷工鬥雞男）
逃過追殺，孤獨死亡

佩特拉・科特斯
（好運彩票女）

奧雷里亞諾二世
（好客腫腫男）
在家中猝死

費爾姐・戴卡皮歐
（高貴女王）
在床上自然死亡

荷西・阿爾卡迪歐
（金幣發現者）
被小流氓溺死

馬烏里肖・巴比隆尼亞
（蝴蝶修車男）
中槍後孤獨終老

梅妹／蕾娜塔
（古鋼琴學習者）
修道院出家

阿瑪蘭塔・烏蘇拉
（布魯塞爾留學女）
產後大量失血而死

加斯通
（高富帥）

奧雷里亞諾
（手稿破譯者）

羅德里戈／奧雷里亞諾・巴比隆尼亞
（豬尾巴）
被螞蟻吃掉

✚ 夫妻關係
♥ 情人關係
✎ 不倫之戀

🌀 耐人尋味的循環怪圈

「好了，剛剛這位女同學已經為大家簡述了《百年孤寂》的劇情梗概，這裡七代人之間複雜的關係圖譜可能已經讓你們聽得暈頭轉向了，不過沒關係，要理解一部作品最重要的就是要懂得『透過現象看本質』，接下來就讓我親自為大家詳細解讀一番吧。」說罷，馬奎斯老師脫下西裝外套，挽了挽袖子，擺開架勢，正式開講。

　　「讀完《百年孤寂》之後，很多人都會提出一個問題，這部小說到底在講什麼？他們只看到了波恩地亞家族一代復一代重複著日子，重複著上一代的悲劇，莫名其妙地出生，莫名其妙地死亡，他們覺得這個故事『荒誕無稽』、『冗長乏味』、『不知所云』。可是其實我想講的就是這樣一個故事。一個建立在過去、現在和將來重複循環的象徵框架中的現代神話。在這個魔幻的世界裡，上演著波恩地亞家族的百年興衰，而這一整個家族的歷史，反映的正是處於蒙昧落後狀態下的哥倫比亞人的真實生活寫照。」

　　「時間在重複輪迴，歷史在原地打轉，蒙昧和落後亙古不變，於是所有的人和事都被鑲嵌在一個個大大小小的循環怪圈之中。正如小說中講述的馬康多由衰及盛，由盛及衰的歷史，百年之後，又回到原地，這便是一個大的循環怪圈。波恩地亞家族中的前輩因近親結婚生出帶豬尾巴的小孩，到第六代近親結婚再生出帶豬尾巴的小孩，這又是一個大循環怪圈。順著這個思路仔細思考，你們會發現，其實小說中還有很多處都在描寫這種奇怪的循環，不知你們是否注意過。」

　　「家族中的第一代荷西・阿爾卡迪歐・波恩地亞後半生在小屋裡製作『小金魚』，而他的兒子奧雷里亞諾・波恩地亞最後也是終日沉迷於煉金術直至死去，這是不是也是一種循環呢？」小悠怯怯地發問。

　　「這位同學的例子舉得很恰當。若你們仔細閱讀後就會發現，其實波恩地亞家族的每個人的行為都與製作小金魚相似，每個人都處在過去、現在、將來的重複之中。如第四代奧雷里亞諾二世反覆地修理門窗，蕾梅蒂絲每天花許多時間洗澡，第六代奧雷里亞諾晚年不停地縫製殮衣等等，這些都是歷史循環的微小寫照。」

魏鵬舉老師知識補充站

　　歷史從來沒有簡單的重複，看似一成不變的循環背後，其實暗藏洶湧，蓄勢待發。

　　「不僅如此，細心的同學還會發現，小說中的人物姓名與秉性也是循環重複的。波恩地亞家族中的男性，始終是阿爾卡迪歐與奧雷里亞諾的重複和疊加，秉性也依次延續，

其中隱含的也是時間上的輪迴重複。吉普賽人曾幾次到馬康多村，可是村民們每次都和最初一次一樣被那些磁石、放大鏡耍得團團轉，由此可見，儘管時間在推移，可是馬康多人的價值觀念、思維方式卻是百年如故，一成不變。這其中隱含的其實仍是時間的重複。」

「馬奎斯老師，您說了這麼多，我只聽懂了四個字：循環，重複。為什麼您要不停地描寫這些，不停地強調這些呢？《百年孤寂》中這一個個大大小小的循環怪圈背後究竟蘊含著什麼深刻含義呢？」性急的小新還沒等馬奎斯老師講完，便迫不及待地發問。

波恩地亞家族陷入循環怪圈的原因

　　百年不變的蒙昧與落後讓波恩地亞家族陷入了循環怪圈的噩夢，第七代「豬尾巴」女孩的出現是歷史發展的必然結果，對於一個「孤獨」、「自守」的民族來說，等待他們的只能是衰敗和滅亡的命運。

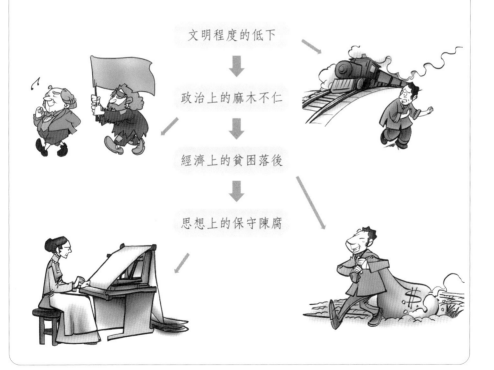

文明程度的低下

政治上的麻木不仁

經濟上的貧困落後

思想上的保守陳腐

「這位同學的問題問到了這本書的核心，也正是我接下來要重點闡述的問題。沒錯，一整部《百年孤寂》就是在寫一個循環怪圈，波恩地亞家族的命運其實早已被寫入羊皮密碼，冥冥中有股神祕的力量在指引，悲劇早已註定，無論他們再怎樣苦苦掙扎，終究都是徒勞。然而，到底是怎樣的神祕力量讓這個家族陷入惡性的循環怪圈呢？答案其實我早已在小說中揭曉。」

「是文明程度的低下，是政治上的麻木不仁，是經濟上的貧困落後，是思想上的保守陳腐。」小文突然激動地站起來，給出準確精鍊的回答。

「沒錯，這位同學的回答非常精準，看來你對我的《百年孤寂》研究頗深。不知道你願不願意為大家做更詳細透徹的分析？」馬奎斯老師滿面笑容地問道。

「我非常樂意。」小文十分爽快地答應了。

「首先闡述第一個問題：文明程度的低下。正因為長期處於蒙昧無知的狀態，波恩地亞家族才會百年如一日地出現亂倫關係，才會一次又一次被吉普賽人欺騙。他們排斥現代文明，把火車當作怪物，他們害怕改變，所以只能在自己的循環怪圈中抱殘守缺。」

「其次，政治上的麻木不仁讓馬康多人經常糊里糊塗地充當了黨派鬥爭的工具，許多村民白白犧牲了生命，卻無助於社會的進步，這不得不說是一種悲哀。」

「此外，由於經濟的落後，馬康多人只得依附於外國殖民者，而隨著種植園、工廠、跨國公司的出現，馬康多人民創造的財富又源源不斷地流入到殖民者手中，這又是一個惡性循環，所以馬康多人變得越來越貧窮。」

「最後一點，是思想上的保守陳腐。這一點在小說中可謂是隨處可見。『製小金魚』、『織殮衣』、『修破門窗』、『洗澡』等等，這些都是馬康多人逃避現實、抱殘守缺的表現。而正是因為飽受封閉思想的毒害，馬康多人無法掙脫命運的『魔咒』，只能無力地守在原地，等待著『豬尾巴』的重現。」

🕐 魔幻現（寫）實主義

小文條理清晰、生動深刻地揭示了循環怪圈背後的深意，同學們聽過之後都拍手叫絕，就連馬奎斯老師也親自送上了掌聲。一陣喧鬧過後，馬奎斯老師開口講話了。

「解讀過了《百年孤寂》背後的深層思想，接下來我們再探討一下它的文學成就。承蒙大家抬愛，這部作品被稱爲魔幻現實主義的代表作，**對此我只能說是受寵若驚**。不過我也不想過分謙虛，實事求是地說，這部作品的確是一部充滿了『魔幻性』的現實主義著作。關於它背後的現實意義，剛才發言的那位男同學已經做了出色的講解，所以接下來，我就對這部作品中所表現出的『魔幻性』做一下重點分析。」

「老師，能不能讓我來代勞呢？」就在馬奎斯老師剛要開口的時候，小新突然站起來主動請纓。眾人都心知肚明，他是看自己的「死對頭」小文出了風頭，心裡頭不平衡，所以也想趕緊表現一下。

「當然可以，我非常樂意有人來代勞。而且就憑你這份敢於表現自己的勇氣，我相信你一定能說得不錯。

魏鵬舉老師知識補充站

魔幻現（寫）實主義是20世紀50年代前後在拉丁美洲興盛起來的一種敘事文學技巧。它不是文學集團的產物，而是文學創作中的一種共同傾向，主要表現在小說領域。魔幻現（寫）實主義小說大多以神奇、魔幻的手法反映了拉丁美洲各國的現實生活，把離奇荒誕的人物情節與現實主義的場景相融合，讓人眞幻難分，從而創造出「魔幻」而不失其眞實的獨特風格。

加油吧，小伙子。」馬奎斯老師不但欣然答應了小新的請求，還給了他許多鼓勵，於是小新便鬥志昂揚地講了起來。

「說到《百年孤寂》的魔幻性，最典型的就是馬奎斯老師爲大家呈現的這個人鬼混雜、生死交融的奇異世界。小說中有對波恩地亞家族苦苦追蹤的阿奇勒的鬼魂；有上知天文、下曉地理，能夠瞭解過去、預測未來的吉普賽人，他一會兒生，一會兒死，還留下羊皮密碼準確指出了波恩地亞家族的悲劇命運，這些描寫都具有超自然的色彩。」

　　「其次，小說的魔幻性還體現在它所描寫的那些千奇百怪、似是而非的神奇事物上。如吉普賽人帶來的飛毯可以載人飛翔；他們拖著磁鐵在街上走過，就能把各家各戶的鐵鍋、鐵盆都吸走；奧雷里亞諾二世的生活越是放蕩，家裡的牲畜和家禽的生殖能力就會越旺盛，導致家中財富劇增，這些橋段都具有超現實性。」

　　「第三，馬奎斯老師在小說中運用了大量的神話和傳說，這些都增加了其魔幻特徵。如小說的一開頭，從荷西‧阿爾卡迪歐‧波恩地亞『偷嘗了禁果』，從而不得不離開家鄉，從這段失去樂園的經歷中隱約可以看到人類祖先亞當和夏娃的影子。而他們的長途跋涉，則與《聖經‧出埃及記》中的塔拉遷居哈蘭類似。總之，像這樣別具含義的橋段在小說中還有很多，不勝枚舉。」

　　就在小新剛剛講完第三點的時候，下課鈴聲不合時宜地響了起來，這也是「神祕教室」的規矩，鈴聲一響就必須離開，猶如死神的宣判，沒有餘地。就因為這條沒有人情味的爛規矩的限制，這堂精彩的文學課不得不到此結束了，而關於《百年孤寂》的故事也只能等到下次再續。不過相信今天這堂課的內容，已經足夠讓各位同學好好消化一陣了，小艾就已經迫不及待地打開書讀了起來，她希望自己在聽過馬奎斯老師的「現身說法」之後，能夠重新在這本書中讀出更多深意。

 馬奎斯老師推薦的參考書

　　《愛在瘟疫蔓延時》馬奎斯著。作品以男女主角的戀愛為主線，展示了19世紀末20世紀初哥倫比亞沿海城市的生活、社會變遷和時代風氣，反思了人們的偏見與感情。男女主角戀愛50多年而終未果，被評論界一致認為是繼《羅密歐與茱麗葉》之後史上最動人的愛情故事。

第十七堂課

夏目漱石老師主講
「諷刺與批判」

我是一個具有自覺的文學意識的作家，我的小說創作一直都密切地關注著現實生活。

―――― 夏目漱石（Natsume Souseki，1867―1916）――――

　　原名夏目金之助，日本近代文學史上最傑出的代表作家之一，在日本享有盛名，幾乎家喻戶曉，也是20世紀全世界最為人熟知的日本作家之一，在日本有「國民大作家」的美譽。夏目漱石精通英文、俳句漢詩和書法，小說擅長運用對句、疊句、幽默的語言和新穎的形式，對個人心理描寫得精確細微，開後世私小說風氣之先河。

　　時間就像長了翅膀一樣，總是一不留神就飛出去老遠。小艾還清楚地記得，自己第一次誤打誤撞來到「神祕教室」的場景，那是3月中旬的一個傍晚，天氣還是乍暖還寒，自己做夢似的便來到了這裡，本以為只是一次偶然，誰也不曾想之後竟會有這麼多的故事發生。

　　今天是倒數第二堂文學課，小艾懷著沉重的心情早早到場。她想趁眾人沒來之前再好好看一看這間教室，這裡的講臺、黑板、桌椅、板凳，它們都是獨一無二的，因為它們承載了這段獨一無二的記憶。

　　曾經站在高高的講臺的莎士比亞老師、托爾斯泰老師、馬奎斯老師——他們的聲音猶在耳畔。緩步走過每一張桌椅，芳姐、小新、小文、小悠——一張張熟悉的面孔晃過眼前。小艾安靜地在自己的座位上坐好，全心全意地等待著新一堂課的開始。既然回憶無法複製，那就好好珍惜當下吧，因為每一個今天也都將成為再也回不去的昨天。

「三為」的文學觀

　　正當小艾胡思亂想之際，一位西裝筆挺的中年男子走進教室。此人頭髮梳得光潔整齊，留著八字鬍鬚，一臉嚴謹正直，一眼望過去，便叫人不由心生敬意。這位不是別人，正是今天的主講老師——夏目漱石。

　　「呃……這位同學，我不是走錯教室了吧？」夏目漱石老師看見偌大的教室裡只有小艾一人，不禁懷疑起自己來。

　　「您沒走錯，是咱倆都來早了。『神祕教室』都是八點半準時開課的。他們可能還在路上呢。」小艾今天沒有犯傻，她一眼就認出了夏目漱石老師。這還多虧了小艾是多年的『日劇迷』，她對電視劇裡那1,000元日鈔上的頭像實在是再熟悉不過了。

　　「前16堂課的老師都是西方的文學家，真沒想到還能在『神祕教室』見到黃皮膚、黑頭髮的熟悉臉孔。夏目漱石老師，您真給了我一個大大的驚喜！」小艾坦誠地表達了自己的激動心情。

　　「是的，我聽說之前來給你們上課的都是文壇上舉足輕重的名家，我能受邀來此也同樣是受寵若驚啊！」夏目漱石老師謙虛地作答。

　　正在兩人攀談之際，上課鈴聲響起，那群坐著「特殊機器」的同學

們按時趕到，於是這堂由夏目漱石老師
主講的文學課正式拉開序幕。

「你們還真準時啊！一分都不
差。」夏目漱石老師看了一眼手錶，發
出驚歎。他本想開口做自我介紹，可是
卻發現同學們對他早已「瞭若指掌」。

「夏目漱石老師，我知道您原名
叫夏目金之助，『漱石』這個筆名是在
22歲那年以中文寫作時第一次使用，據

甄鵬舉老師知識補充站

為了彰顯夏目漱石為日
本文學作出的巨大貢獻，他
的頭像一度被印在日幣1,000
元的紙鈔上，不過從2004年
11月之後，頭像已經更換成
日本醫生野口英世了。

說這個頗具內涵的名字也是取自我們中文。」一見到夏目漱石老師，小
新便忍不住賣弄學問了。

見大家對自己如此瞭解，夏目漱石老師又驚又喜，於是想考考小
新，便讓他解釋自己名字的由來。

「『漱石』的名字取自中國的《晉書‧孫楚傳》。相傳孫楚年輕
時想體驗隱居生活，便對朋友王濟說要去『漱石枕流』，王濟聽了以後
說：『流不能枕，石不能漱。』孫楚解釋道：『枕流是為了洗滌耳朵；
漱石是為了砥礪齒牙。』這個故事顯示了孫楚不服輸的精神。而夏目老
師取『漱石』之名，多半也取此意。」

聽了小新的從容對答之後，夏目漱石老師沒有評價對錯，只是抿嘴
一笑，接著開口說道：「看來你們事先還真是做了不少功課，好吧，那
就給你們一個表現的機會，接下來誰來談談我的文學創作？」夏目漱石
老師話音剛落，一向很少發言的芳姐便趕緊站起來，搶了個「頭彩」。

「夏目漱石老師是一位中西兼備、時刻關注現實的作家。他從小迷
戀傳統的漢文漢詩和俳句，後來又受到西方資產階級民主思想的影響，
開始主動學習和接受西方文化。正是在這種東方與西方、傳統與現代諸
文學和文化因素的比較中，夏目漱石老師建立了一種適合現代社會之發
展的日本文學觀。他認為，我們要在發揮日本文學清雅閒適的固有特色
的同時，學習和借鑑西方文學，要建立一種『三為』的文學觀，即寫作
要為自己、為日本、為社會。」

夏目漱石的著名公式

魏鵬舉老師知識補充站

　　一位優秀的作家要「兼容並蓄」，不一味「排外」，也不一味「媚外」，有選擇地吸收，才是成功之道。

　　「爲此，他還提出了一個著名的公式：文學內容與形式＝F＋f，即認識要素＋情緒要素。雖然文學藝術實現的是情緒，但卻並不排除認識要素。像西方現代包括人道主義思想在內的哲學、美學和心理學等都屬於認識要素，情緒要素指的則是包括東方傳統的『爲人生、爲社會』的文學精神。而夏目漱石老師認爲，只有將這兩者有機結合，文學才能實現其幫助人們認識社會與世界，探求並解釋人生意義的最大價值。」

　　芳姐用她素來專業的口吻爲我們介紹了夏目漱石老師的文學觀。在她說完之後，剛才沒搶到發言權的小新不甘落後，趕緊又站起來補充道：「夏目漱石老師提出的這種F＋f的文學觀可謂是既具獨創性，又富前瞻性。他提出的現實批判主義在當時自然主義文學盛行的文壇掀起了一股巨浪，可謂是異軍突起，獨樹一幟，甚至形成了一個『漱石門派』，可見影響之大。」

夏目漱石的前、後「三部曲」

概覽	簡介	作品詳述	
「前三部曲」： 《三四郎》 《從此以後》 《門》	以冷峻的筆觸，灰暗的色調指斥日本近代社會的不義，是本世紀初日本知識分子在不同人生階段痛苦命運的共同寫照。	《三四郎》	講述青年平民知識分子三四郎到東京帝國大學求學時所立下的三個理想一一破滅。
		《從此以後》	富家子弟代助在富裕生活中難以領略人生樂趣，又逢愛情坎坷，前途未卜，表現出無可奈何的灰暗色調。
		《門》	主人公宗助雖然有工作、有溫柔可愛的妻子，沒有任何怪癖，並在努力適應這個社會，但依然不能解除其不堪忍受的精神苦悶，只能成為「佇立門外等待落日的不幸之人」。
「後三部曲」： 《彼岸過迄》 《心》 《行人》	著意從知識分子的個人道德和心理狀況等方面去展示人生，刻畫了一群自私自利者形象。	《彼岸過迄》	採用集合若干小短篇的方式寫就的長篇小說，描寫了自我意識強烈的男人與天真爛漫的堂妹之間的感情糾葛，延續了作者對知識分子內心世界的探討。
		《心》	追述了一位孤寂、痛苦、悲哀的知識分子由對人性自私、殘酷的認識而自感負罪到難以排解的自我責咎，最後用自殺超脫的人生旅程，塑造了一位步履維艱的靈魂探索者形象。
		《行人》	由四個短篇構成，分別為《朋友》、《哥哥》、《歸來》、《塵勞》，各篇之間連接緊湊。是一部「處理現代知識分子因自我懷疑而產生孤獨情境」的作品。

在芳姐和小新說完之後，終於輪到夏目漱石老師開口了。「這兩位同學一唱一和，把我都捧到天上去了。下面也該我這個『當事人』親口說說了吧。」夏目漱石老師清了清嗓子，正式開講。

《我是貓》中的諷刺藝術

「其實除去誇大吹捧的成分，剛才這兩位同學對我的文學觀的介紹還頗為準確。在這裡我就不再贅述了。作為一名作家，我一直認為一切都應該靠作品說話，所以撇開那些空泛的理論不談，接下來我要先為大家介紹一部小說，我相信在解讀過這部小說之後，你們一定能夠對我批判現實主義的創作風格有更清晰的瞭解。」

「漱石老師，您一定是想講您的代表作《我是貓》吧？」又是小倫插嘴。

「沒錯，《我是貓》是我小說創作的處女作，本來只是一節短篇文章，沒想到在雜誌上發表之後竟然反響熱烈，於是我便再接再厲，把它續成了一部長篇小說。從嚴格意義上說，這部作品並沒有完整的故事情節，而是透過一隻貓的所見所聞淋漓盡致地反映了20世紀初，日本中小資產階級的思想、生活，對明治『文明開化』的資本主義社會進行了尖銳的揭露和批判。」

「小說以貓為故事的敘述者，透過它的感受和見聞，寫出它的主人窮教師苦沙彌及其一家平庸、瑣細的生活，以及和他的朋友迷亭、寒月、東風、獨仙等人經常談古論今、嘲弄世俗、吟詩作文之故作風雅的無聊世態。除此之外，我還在文中穿插了鄰家金田小姐婚事糾葛的橋段。」

「資本家金田的妻子『鼻子』夫人打算把女兒富子嫁給有可能馬上獲得博士學位的寒月，於是特意到苦沙彌家裡打聽了未來女婿的情況。苦沙彌本就對充滿銅臭味的金田家非常反感，所以不僅當場奚落了『鼻子』夫人，後來還竭力勸寒月拒絕此事，於是招來了金田夫婦的肆意迫害。他們先是指使一夥人污辱謾罵，接著唆使苦沙彌的同事進行報復，

《我是貓》中諷刺藝術的解析

多元化的諷刺對象

嘲諷了日本明治三十年代一群不滿社會現狀又無力抗爭，終日遠離社會，渾渾噩噩，無所作為地打發時光的知識分子。如性情迂腐偏愛附庸風雅的苦沙彌，輕佻浮薄專愛戲弄人的迷亭和趨炎附勢、阿諛奉承的鈴木藤十郎等，作者在刻畫這一系列形象時雖然帶有諷刺，但同時也帶有一種自愛自憐的善意和同情，筆鋒相對柔和。

對當時社會中畸形醜陋的人事和黑暗的政治現狀進行了尖銳深刻的抨擊。作者諷刺了精通「三缺戰術」的資本家，批判了資本主義金錢至上的原則，嘲諷了官吏、警察、偵探等人，同時還毫不留情地揭露了當時教育界的黑暗現象以及當時社會上盛行的盲目崇洋媚外之風，其諷刺之筆可謂犀利毒辣，面面俱到。

靈活多變的諷刺手法

將主觀評論與客觀敘述巧妙結合
在《我是貓》這部作品中，作者在客觀描述人物和事件的同時，還屢屢借助貓之口對人和事發出精彩的評論，這些評論不但不會枯燥乏味，反而能夠幫著讀者更好地認清諷刺對象的本質特徵，對增加諷刺效果有很大幫助。

漫畫式的誇張手法
夏目漱石在勾勒人物的音容笑貌時喜歡以一種誇張的手法來突出人物某一方面的特點，使其特點因為格外突出而不協調，從而形成滑稽的諷刺畫面，造成漫畫式的效果。這種漫畫式的誇張語言可以讓人在一笑之後，感受到作者犀利的諷刺，強烈的反差會讓人們印象深刻。

大量使用反諷來增強諷刺效果
文中反諷手法的運用大致有兩種形式，一種是透過正話反說或反話正說來取得虛褒實貶或虛貶實褒的諷刺效果。另一種是故意將日語中符合特殊人物身分地位的尊敬語、自謙語或禮貌語等顛倒使用，讓人在啼笑皆非的同時感受到字裡行間的滑稽嘲弄。

後來又買通落雲館的頑皮學生鬧得他不得安寧，最後還叫苦沙彌過去的同學對他進行規勸、恐嚇。總之把苦沙彌家裡鬧得不得安穩。」

「小說的最後，寒月在老家與別人成了婚。而苦沙彌過去的一個學生多多良三平向富子小姐求婚成功。他於婚禮前夕帶了一箱啤酒來到苦沙彌家，眾人藉機尋歡作樂。深夜散去後，貓也酒興大發地暢飲起來，結果醉意朦朧中掉進水缸而爬不出來，最後只能念誦著『南無阿彌陀佛』，悄然死去。」

「夏目漱石老師，我曾經讀過您的這部作品，我讀過之後的感覺就是好像什麼都沒講，但又好像什麼都講了。這是怎麼一回事呢？」小悠怯怯地發問。

「你之所以有這種感覺並不奇怪，因為一般人讀小說都偏重故事情節，可是我的這篇小說基本上沒什麼完整的情節，所以你會覺得好像什麼都沒講。但是你又說感覺好像什麼都講了，這就是我這部作品的高妙之所在了。其實我最初的構思就是，想透過一隻貓的視角，冷眼旁觀這個世界。這不是一隻普通的貓，它是一個虛構的、獨特的藝術形象，不僅具有動物的習性，而且具有人的思想意識。它每天與人生活在一起，見證著眾生百相，體味著世態炎涼，所以它是最客觀的敘述者、評判者。」

「透過這隻貓的敘述，我們可以看見當時最真實的社會生活。我們看見了靠高利貸起家的金田大老爺『窮凶極惡，又貪又狠』的真實嘴臉。他大言不慚地宣稱自己的致富祕訣在於精通『三缺』，即缺義理、缺人情、缺廉恥。他奉行的原則是『把鼻子、眼睛都盯在鈔票上』、『只要能賺錢，什麼事也幹得出來』，把金錢看得比命還重要。他擁有了錢財，擁有了顯赫的地位之後便開始仗勢欺人，把老實正直的主角苦沙彌一家禍害得雞犬不寧。正是透過這隻貓的眼睛，我讓人們看見了當時社會中拜金主義的不良之風，同時我也透過貓的嘴說出了人類共同的心聲：『金田是最壞的人類。』」

「夏目漱石老師，您的構思真是絕妙。這隻貓不僅能看，還能發表評論，這樣一來，您就可以借助貓的視角，來嘲笑那些時而可笑，時而可悲，時而可恨的人類了，難怪人家都稱頌您這部作品既具諷刺性又有

幽默感，原來是這隻貓的功勞啊！」小倫看準時機，連忙插嘴，他已總結出經驗了，這次插嘴倒是很合時宜。

「是的，這位同學評價得很準確，多虧了這隻貓，我們才能看到這幅滑稽醜陋的眾生百像圖啊！這隻貓是如此犀利，它不僅抨擊了金田的拜金，同時對以主角苦沙彌為首的明治時期的一群知識分子身上的種種弱點給予了辛辣的諷刺和嘲笑。這群知識分子正直、善良，鄙視世俗、不與敗壞的社會時尚同流合污，這些都是他們身上的閃光之處，可是除此之外，他們也有自身難以克服的弱點。這群知識分子胸無大志、無所事事，雖然自命清高，但是卻過著無聊、庸俗的生活。他們為了尋求精神刺激、填補生活的空虛，賣弄知識，故作風雅，嘲笑世俗。他們這種矛盾的生活狀態和性格特點，正是當時一種既不滿上層統治者又不與人民為伍，處在社會中間狀態的中小資產階級知識分子的典型寫照。」

魏鵬舉老師知識補充站

作家創作或多或少都會在作品中注入主觀情感，而當作者與主角共鳴之時，往往也是作品中最精彩的部分。

「**眾所周知，我本身就來自這個階層，所以對這群知識分子的生活習性和心理特徵再熟悉不過了。因此我把他們赤裸裸地擺上檯面，我要讓他們的弱點暴露無遺。儘管我的筆鋒犀利，但是這辛辣的諷刺背後，又何嘗不是隱藏著我自己無限的苦悶與悲哀呢？**」說到此處，夏目漱石老師頗為感慨，連聲歎氣。

「如果我沒記錯的話，您曾說過這樣的話：『比起嘲笑他們，我更嘲笑我自己，像我這樣嬉笑怒罵是帶有一種苦艾的餘韻的。』對吧？」小倫第三次插嘴。

「沒錯，這位同學的記性還真不錯，這句話的確是對我心情最準確的描述了。」說到此處，夏目漱石老師看了一眼手錶，發現時間已經不多了，於是趕緊切換了話題。

深刻的批判與獨特的「漱石風格」

「透過一部《我是貓》的講解，我想你們應該大致瞭解我的寫作風格了。不敢自誇，但我一直認為自己還算是一位具有自覺的文學意識的作家，我的小說創作一直都密切地關注著現實生活。我的筆下，寫到了鄉村青年進城生活的艱難，寫到了都市知識青年的工作學習和戀愛生活、家庭生活的各種矛盾，寫到了家庭的衰敗、市民生活的平庸、工人生活的貧困、學校教育體制的問題等等。透過這些客觀真實的細節描寫和對現實黑暗的批判，我希望人們能看清自己的生活現狀，從而擺脫困境。」

「比如，小說《從此以後》，在講述代助等人的三角戀故事的同時，也真實地描寫了當時日本資產階級經濟剝削的殘酷性和明治政府所推行的強權政治。而《野分》中則嚴厲地抨擊了社會上盛行的『金錢萬能』的拜金主義生活現象。《三四郎》是透過人物之口，對日本社會當時愈演愈烈的盲目崇洋歐化的社會風氣進行了批判，而小說《少爺》則揭露了教育界

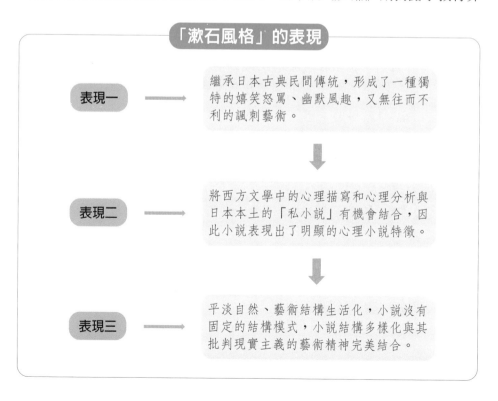

「漱石風格」的表現

表現一 → 繼承日本古典民間傳統，形成了一種獨特的嬉笑怒罵、幽默風趣，又無往而不利的諷刺藝術。

表現二 → 將西方文學中的心理描寫和心理分析與日本本土的「私小說」有機會結合，因此小說表現出了明顯的心理小說特徵。

表現三 → 平淡自然、藝術結構生活化，小說沒有固定的結構模式，小說結構多樣化與其批判現實主義的藝術精神完美結合。

的骯髒內幕。總而言之，我的小說一直都是本著批判現實主義的原則在進行創作，所以我不敢說我的作品寫得有多精妙，但至少都是無愧於作家的使命的。」講到此處，夏目漱石老師停了下來，彷彿若有所思。

趁著這個空檔，一向愛表現的小新又趕忙站起來插話。「夏目漱石老師，您太謙虛了。其實您的小說是內容與形式兼備，不僅開啟了日本批判現實主義的文風，而且在藝術形式上也形成了您獨具特色的『漱石風格』。」

「這不是剛剛『大肆吹捧』過我的那位同學嗎？怎麼，你又有話要說？」看見小新又站起來發言，夏目漱石老師幽默地調侃道。

「沒錯，夏目漱石老師，讓我來為大家介紹一下您獨樹一幟的『漱石風格』吧。憋著不說我實在是太難受了。」小新故意擺出一副委屈的神情，讓人無法拒絕。夏目漱石老師無奈地點了點頭，得到許可的小新好似開了閘的水龍頭，立刻滔滔不絕起來。

「首先，夏目漱石老師在自己的小說創作中自覺地繼承了日本古典和民間的文學傳統，特別是『俳諧』文學和江戶時代『落語』文學等日本古典文學和民間滑稽小說藝術等都是他創作的養分，再加上他對俗語、漢語、佛語、雅語、俚語等語言的熟練運用，這便使得他的小說形成了一種獨特的嬉笑怒罵、幽默風趣，又無往而不利的諷刺藝術。這些特點在夏目漱石老師的早期小說中表現得比較突出。」

「其次，由於受到過良好的西方教育，夏目漱石老師還善於從西方文學中吸取精華並且能巧妙地化為己用。在夏目漱石老師後期的小說創作中，他更多地借用西方文學慣用的心理描寫和心理分析，並且把它與日本本土當時流行的『私小說』的描寫藝術有機結合起來，從而使他的中後期小說呈現出明顯的心理小說特徵。」

「『漱石風格』的最後一種表現，是它平淡自然、非常富有生活化的藝術結構。縱觀夏目漱石老師全部的小說作品，我們可以發現，他所創作的小說沒有一種固定的結構模式，幾乎每部作品都是自成一格。有些作品甚至沒有一個完整的故事，有些作品則好似隨意摘取的一個生活片斷，敷衍成章。外行人可能以為這是作者不負責任，其實仔細研究之

後方知，正是透過這平實自然又多樣化的小說結構，才能讓夏目漱石老師那深刻的批判現實主義藝術精神得到更好的凸顯。」

小新有條有理、生動精鍊地為大家介紹了獨特的「漱石風格」，同學們都聽得津津有味，恨不得趕緊去一覽其作品的風采。而夏目漱石老師則在一旁笑而不語，從他謙虛的笑容中，我們可以看到一個文人的自信和淡泊。

美好的時光總是轉瞬即逝，同學們還來不及稍加緬懷，那無情的下課鈴聲便響了起來。本來小艾還想和小悠、小文等人訴訴衷腸，可惜身不由己，當她再睜開眼時，自己已身在空蕩冷清的「兔子洞書屋」。於是小艾只得一個人落寞地踏上歸程，心中唯一的溫暖，就是對那僅剩的最後一課的期待。

夏目漱石老師推薦的參考書

《雪國》川端康成著。這部中篇小說是川端康成最負盛名的中篇小說，標誌著他獨特的創作風格的成熟。作品講述有錢有閒的舞蹈研究者島村與一位藝妓和一位純情少女之間的感情糾葛，為讀者展現了一種哀怨和冷艷的世界，展示了獨特的東方「餘情」之美。

泰戈爾老師主講
「和平與博愛」

> 唯有以愛為出發點，我們方能求得人與神的完美結合；唯有愛和道德的自我完善才能實現人生理想。

羅賓德拉納德・泰戈爾（Rabindranath Tagore，1861—1941）

　　印度傑出詩人、小說家和戲劇家。1913年獲得諾貝爾文學獎，他因此成為第一位獲此殊榮的亞洲人。泰戈爾自稱是神的求婚者，他的詩是獻給神的禮物。《吉檀迦利》、《漂鳥集》、《園丁集》等是他的詩歌代表作，這些詩歌中都蘊含著深刻的宗教和哲學的見解。泰戈爾的詩在印度享有史詩的地位，而他本人則有「詩聖」的美譽。

　　「悲莫悲兮生別離，樂莫樂兮新相知。」每次讀到這一句，心中都千頭萬緒。從新知到故交，有相聚就有別離。有時候總想，人生若只如初見多好，緣尚淺，情尚薄，可以輕易聚散，無謂悲歡。不過哪裡有那麼多如果，人生在世，總有些事無從選擇。改變不了結局，只能改變自己的心。盛宴過後，何必非要淚流滿面？

　　「天空沒有翅膀留下的痕跡，但我慶幸自己曾經飛過。」這不也是一種美好嗎？經歷過了，便足夠。相交過了，便無悔。最後一刻，讓我們在泰戈爾老師那溫柔和煦、深情款款的詩句裡一起度過吧。共同珍惜這最後的美好時光。

「泛神論」的哲學思想

　　「同學們晚上好，我是來自印度的羅賓德拉納德・泰戈爾，聽說今天是你們『神祕課堂』的『收官之課』，能夠有幸擔此重任，真是榮幸之至。」一位鶴髮童顏、白鬚飄飄的老者站在講臺之上發言，他聲如洪鐘，面色紅潤，渾身上下散發著一股寧靜祥和之氣。

　　「真是聞名不如見面，泰戈爾老師，我可是您的『詩迷』，每次心浮氣躁的時候，您的詩總能讓我平靜下來。」小新搶先開口。

　　「『我們錯看世界，反說它欺騙我們。』我要『生如夏花之絢爛，死如秋葉之靜美』。」沒能搶到「頭彩」的小文也不甘示弱，他別出心裁地背起泰戈爾老師的詩句來。這對冤家心裡都清楚，這是最後一次「對決」了，所以他們都拼命展露自己的鋒芒，以最賣力的戰鬥來表達對對方的尊重與珍惜。

　　「小文背的是《漂鳥集》裡的句子，『如果你因錯過太陽而流淚，那麼你也將錯過群星。』這本詩集我也讀過。」連一向很少發言的小艾也摻和了進來，她不想在日後的回憶裡，自己只是個沉默的旁觀者。

魏鵬舉老師知識補充站

　　泰戈爾的詩歌哺育了許多後世作家，中國現代詩人冰心的著名詩篇《繁星・春水》就深受其《漂鳥集》的影響。

「不錯，不錯，看來同學們對我的詩歌還頗爲瞭解，我感到十分欣慰。不過你們熟知的《漂鳥集》只是我一生眾多創作中的一部分而已，我希望透過這節課，能讓你們看到一個更全面的我。」

「在講述我的作品之前，我想先讓大家瞭解一下我的思想，因爲我的所有創作正是基於它們。**我思想的核心是『泛神論』，強調『人格的眞理』**。那麼，什麼叫作人格的眞理？關於這個問題我在《人的宗教：泰戈爾論文集》一書中給出過答案。

我曾在書中寫道：『詩與藝術培養的最後眞理就是人格的眞理，這種信仰是一種宗教而能使人直接理解，並不是一種供分析論辯的玄學學說。』換句話說，就是我所信仰的神存在於萬物之中，人與萬物都是神的表象。這也就是我所謂的『泛神論』。不知道同學們能否理解？」泰戈爾老師生怕自己說得太抽象，大家理解不了，因此惴惴不安地發問。

魏鵬舉老師知識補充站

　　泰戈爾的宗教哲學思想屬於客觀唯心主義範疇，但不乏其合理因素，因爲他著眼於現象和人，而且對人的精神性格外關注。泰戈爾的美學思想則是他宗教哲學觀的延伸，他認爲「藝術是人的創作靈魂對最高眞實的召喚的回答」。

「我記得您曾在《生辰集》中寫過這樣的句子：『農民在田間揮鋤，紡織工人在紡織機上織布，漁民在撒網──他們形形色色的勞動散布在四方，是他們推動整個世界在前進……』結合這首詩來理解您的泛神論，意思是不是說：神無處不在，祂在貧賤的人群中，祂穿著破爛衣衫在行走、勞作，祂是你，也是我，只要我們不停地在道德上自我完善，我們就會離祂越來越近。」這次發言的是芳姐，她仍像第一次發言時那般冷靜、專業，有條不紊。

「這位同學補充得非常好，她把我『泛神論』的思想闡述得十分透徹，我相信大家應該都聽懂了。好了，剛才說過，講述思想是爲瞭解讀作品，鋪墊工作已經做好，那麼接下來，就讓我們一起走入那部讓我獲得了諾貝爾文學獎的詩集《吉檀迦利》吧。」

泰戈爾的思想解析

　　泰戈爾的宗教哲學思想深受古代印度吠檀多不二一元論的影響，集中探討了「無限」與「有限」的本質、內涵及其關係。

「梵」即「無限」，是宇宙萬物的
最高意識、最高真實、最高存在。
「無限」本身根本沒有意義，「無限」
只有在「有限」之中才能表現出來。
「無限」涵蓋「有限」，統轄「有限」，
而「無限」又存在於「有限」之中。

「梵」即「無限」

「有限」

「無限人格」
（神所在的世界）

 有「人格」
的人

以愛和道德的途徑

「人神合一」的完美境界

獻給神的詩篇

「《吉檀迦利》正是一部以剛才所講的『泛神論』爲核心思想寫成的哲理抒情詩集。詩名『吉檀迦利』意爲『獻詩』，即獻給神的詩篇，以敬仰、渴求與神結合爲主題的詩。我在詩中歌頌了神無限的恩賜、無限的愛、無限的意志；表達了渴望與神結

魏鵬舉老師知識補充站

神不過是泰戈爾的一個寄托，他借神的名義抒發自己內心最深沉的情感。

合的心情，因爲與神分離，會給人生帶來痛苦，使現實變得黑暗，一旦與神會合，黑暗就會過去，鐐銬就會粉碎，我和我的祖國將會永享自由和幸福。」

「泰戈爾老師，您苦苦追尋著神的蹤跡，可是神究竟在哪裡？」小悠忍不住發問。

「你問我，我眞的說不出來。我只知道，我筆下的『神』不是上帝，不是眞主，也不是印度教的大神梵天、濕婆或毗濕奴，不是至高無上、高坐天庭、制約一切的偶像。我的『神』看不見、摸不到，但卻能時刻感到祂的存在，受到祂的恩賜，得到祂的啓示。祂無處不在，在火中、在水中、在植物中、在人類社會中，祂穿著破爛的衣服，在最貧賤、最失寵的人群中行走，祂和那最貧賤、最失寵的人們當中沒有朋友的人做伴。祂是主人，是『萬物之王』，但又是朋友、兄弟、親人。」

「可是，不管這神是誰，也不管祂在哪裡，我們苦苦追尋祂的目的何在呢？」小悠再次發問。

「這位同學問得好。宗教學家把我歸爲『泛神論者』，對此我不想發表看法。因爲在我看來，一切名稱都不過是外在形式，我們眞正應該做的是拋棄形式，尋求眞理。所以，我詩中的『神』其實是我所追尋的理想和眞理的化身。我正是透過對神的歌頌來寄託自己的理想追求。」

「我曾在詩中寫道：『在那裡，心是無畏的，頭也抬得高昂；在那裡，知識是自由的；在那裡，世界還沒有被狹小的家國牆隔成片段；在

《吉檀迦利》解析

《吉檀迦利》 ── 意為「獻給神的詩篇」，以「泛神論」為核心思想，表達了對神的敬仰、渴望以及與神結合的心情。

內容簡介 ── 共包含103篇短詩，大部分是對神靈的描寫。詩人筆下的神不是上帝，不是真主，也不是任何偶像。這位「神」看不見、摸不著，但祂卻無處不在。祂在火中、在水中，在最失寵的人群中。

主題思想 ── 泰戈爾在詩中對神的苦苦追求其實是對理想和真理的追尋。

藝術特色 ── 詩歌帶有濃厚的象徵主義色彩，詩人善於利用藝術形象的暗示來表現感情及作品的基調，詞彙搭配富於想像力，畫面生動活潑。

那裡，話從眞理的深處說出；在那裡，不懈的努力向著『完美』伸臂；在那裡，理智的清泉沒有沉沒在積習的荒漠之中；在那裡，心靈是受你的指引，走向那不斷放寬的思想與行爲──進入那自由的天國，我的父呵，讓我的國家覺醒起來吧。』讀過了這首詩你們就該知道，我爲何要苦苦追慕那無影無形的『神』了吧，因爲只有在『神』那裡，才有我想要的美好與光明。」

「那麼您追尋了這麼久，是否找到了通往理想世界的道路呢？」這次發問的是小倫，一向調皮的他在這「最後一課」上也表現得出奇的安靜。

「在我看來，若想實現理想，唯有『人神合一』。在我看來，人分爲兩種，一種是沒有人性的物質的人，一種是有人性的『人格』的人。而神的世界也就是『無限人格』的世界。當一個有『人格』的人與『無限人格』結合時，人就能從『那狹窄自私的世界』中解放出來，臻於『圓滿』之境。」

「我還是不懂，人與神或者按您說的人與『無限人格』要怎樣才能結合呢？」小倫皺著眉頭，繼續提出心頭的困惑。

「愛。唯有以愛爲出發點，我們方能求得人與神的完美結合。我曾在詩中高呼：『我只等候著愛，要最終把我交到他手裡。』我們在愛窮人中與神結合，我們在勞動裡、流汗裡與神結合，我們在驅除思想中的虛僞、心中的醜惡的過程中與神結合。總而言之，唯有愛和道德的自我完善才能實現人生理想。」

這一次小倫終於不再發問了。在座的同學們都篤定地點了點頭，而泰戈爾老師也終於露出了欣慰的笑容。

魏鵬舉老師知識補充站

19世紀70年代，在舊印度教的基礎上成立了「新印度教」。「新印度教」反對崇洋媚外，反對殖民壓迫，提倡民族化，增強民族自信心。但他們又拘泥於守舊，主張嚴格遵守印度教一切古老傳統，維護種姓制度和封建習俗，這些觀點不免流於狹隘。

創作分期與小說《戈拉》

　　「好了，講完了詩歌，接下來我再給大家介紹一下我的小說吧。世人只知道我是一名寫過50多部詩集的詩人，卻不知這個詩人除了寫詩之外，還寫過12部中長篇小說和100餘篇短篇小說。」一向謙遜的泰戈爾老師反常地高調起來，竟然主動向我們「炫耀」他豐碩的創作成果。

　　「之所以告訴你們這些具體的數字，並不是在炫耀，而是在勉勵。我希望你們這些『後起之秀』能夠寫出更多更好的作品。不過話說回來，要想寫得多，最重要的還是要活得長，要不是活到80歲，我哪能騰出60多年的時間來寫作呢？」泰戈爾老師一邊捋著白鬍鬚，一邊調侃自己，眾人這才發現，原來這位和藹可親的長者也有調皮可愛的一面。

　　一番輕鬆幽默過後，泰戈爾老師又恢復了常態，繼續講了起來。「我這60多年的創作大致可分為三個時期。早期的創作主要是一部故事詩集和60多篇短篇小說。《故事詩集》大多取材於民間故事和宗教、歷史傳說，篇幅短小，借古喻今。而這個時期的短篇小說大多結構簡單，具有抒情和敘事相結合的清新樸素的風格。」

魏鵬舉老師知識補充站

　　梵社是近代印度教改革團體之一。它反對印度教的種姓分離、教派對立和煩瑣的祭祀儀式；批判中世紀遺留下來的封建習俗，主張男女平等，並與寡婦殉夫、童婚、多妻等歧視婦女現象進行堅決的鬥爭；提倡開設新型學校、傳播科學知識。梵社的活動在孟加拉青年知識分子中間有較大的影響。

　　「中期是我一生中創作最豐富、最重要的時期，我最重要的詩歌《吉檀迦利》、《新月集》、《園丁集》、《漂鳥集》等都是這個時期的成果，除此之外，我還創作了一部重要的長篇小說《戈拉》，這部作品是小說中的代表作，所以我一會兒再做詳細講解。晚期我把創作重心轉移到了散文和劇本上，說到散文，這本《在中國的談話》正是其中的佳作，我真的要感謝你們偉大的國家給我帶來的創作靈感。」

泰戈爾作品概覽

詩歌創作	敘事詩集《故事詩集》	泰戈爾早期的詩歌創作主要有抒情詩和敘事詩兩類。在敘事詩中，《故事詩集》被稱為「廣大青年的愛國主義教科書」。主要包括揭露封建壓迫和反映印度人民抗殖鬥爭兩方面內容，充滿人道主義精神和愛國主義精神。
	英文詩集《吉檀迦利》	這是一部散文詩集，是詩人「獻給神的詩」。主題思想在於表達詩人對渴望與神結合的理想境界的追求以及達到這種境界後的快樂，曲折地表達出作家對人生理想的探索與追求。詩集充滿哲理，但抒情意味很濃。
	政治抒情詩	20世紀20年代以後，詩人的思想發生了變化，作品現實性增強，政治性、戰鬥性突出。在《生辰集》中作者對自己的創作進行總結，熱切希望能夠走進領導者的行列。
小說創作	《沉船》	長篇小說代表作之一。小說描寫了青年大學生羅梅西曲折複雜的婚戀經歷，以「錯認」模式為依託展開情節，揭示出封建婚姻制度和爭取婚姻自由的青年男女們的矛盾。
	《戈拉》	寫19世紀70至80年代的孟加拉社會生活。作者意在借助歷史經驗，回答當代社會中產生的新問題。小說歌頌了青年男女的愛國精神，批判了宗教偏見，揭露了殖民主義者的罪惡，號召人民起來鬥爭。

　　泰戈爾老師簡要地介紹了他的創作生涯，然後喝了口水，稍作停歇，便又接著給我們講起了他剛才提到的長篇小說《戈拉》。

　　「《戈拉》是一部充滿了政治色彩的作品。小說以19世紀與20世紀之交的印度社會生活為背景，在主人翁淒婉動人的愛情線索之下，揭發了殖民主義的罪行，表達了印度人民渴望獨立和自由的願望。」

　　「我知道這部小說，它因其深刻的思想價值而被人譽為『近代印度的史詩』，對吧？」小倫又恢復了以往的活躍，開始插起嘴來。

　　「對於這些後人加的頭銜，我就不予評價了。我只是想透過這部小說讓人們瞭解那個時代的印度所面臨的最尖銳的矛盾。當時的印度正進行著轟轟烈烈的反殖民地鬥爭，然而就在鬥爭即將進入高潮的時候，

人們卻對如何展開鬥爭產生了分歧。究竟該如何看待古老印度文化和以種姓制度爲特徵的封建制度，印度主要的兩個教派『梵社』和『新印度教』分別給出了不同的回答。前者主張崇拜西方文明，以和平方式解決問題，後者則主張暴力推翻殖民統治，以求得民族獨立。兩種意見爭執不休。」

「小說就是在這樣的悲劇之下展開的，主人翁戈拉是一名『新印度教』的虔誠信徒，他反對自己的好友與『梵社』姑娘相愛，並因此與之反目。可諷刺的是，後來他自己也愛上了一位『梵社』姑娘。他一面壓抑自己的感情，一面努力維護印度教的陋習，最後終於陷入了孤獨可悲的境地。經歷過一番磨練之後，他終於看清楚了自己思想中的狹隘，拋棄了落後虛幻的宗教信仰，成爲了一名眞正的民主主義戰士。」

「其實戈拉不過是千千萬萬個印度愛國知識分子中的一名代表，我希望透過這樣一個典型形象，讓大家看清那些活躍於20世紀初的印度資產民主主義者成長的心路歷程。我知道中國也和我們印度一樣，經歷過一場轟轟烈烈的反殖民地戰爭，所以也希望生在和平年代的你們在看過這部作品之後，能夠更加珍惜今天的美好生活。」泰戈爾老師果然是位「和平使者」，在課程的最後都不忘「使命」，還要對我們進行一番思想的洗禮。

泰戈爾老師推薦的參考書

《漂鳥集》泰戈爾著。這部詩集是泰戈爾的代表作之一，具有很大的影響，在世界各地被譯為多種文字版本，廣為流傳。詩集中包括30餘首清麗的小詩，這些詩歌描寫小草、流螢、落葉、飛鳥、山水、河流，簡短凝鍊又富含哲思，韻味雋永，讀罷讓人口有餘香，回味悠長。

結　語

　　就這樣，18堂課徹底結束了。泰戈爾這位20世紀的「東方聖人」，帶著慈祥的笑容跟我們揮手告別。臨別前他吟誦了一句詩：「在我自己的杯中，飲了我的酒吧，朋友。一倒在別人的杯裡，這酒的騰跳的泡沫便要消失了。」他說，希望我們在詩句中找到友情的真諦，這樣便可不再為離別而感傷。

　　眾人咀嚼著這意味深長的詩句，哭著的人不禁又都笑了起來。是啊，朋友不一定要相守，相互祝福著放彼此高飛或許才是更好的愛護。所以，讓我們收起離愁別緒，帶著微笑告別吧。帶著這週末晚上八點半的緣分，帶著在我們心中路過的每一位老師、同學的音容笑貌，帶著在「神祕教室」的每一寸空氣裡迴盪著的獨家記憶，揮手告別，各自上路，待釀出了屬於自己的美酒，再舉著那騰跳的泡沫與朋友分享。

打動人心的高效簡報術

魅力表達x打動人心x激發行動

講師：廖孟彥/睿華國際
課號：V1F0100
課名：打動人心的高效簡報術

10倍

效率的工作計劃
與 精準執行力

高效能力時代必備的職場力

講師：陳英昭/睿華國際
課號：V1F0200
課名：10倍效率的工作計劃與精準執行力：
　　　高效能力時代必先具備的職場力

目視化 應用在生產管理

講師：林木森/睿華國際
課號：V1F0500
課名：目視化應用在生產管理

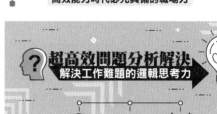

超高效問題分析解決

解決工作難題的邏輯思考力

講師：張倩怡/睿華國際
課號：V1F0300
課名：超高效問題分析解決
　　　（基礎課程）

講師：張倩怡/睿華國際
課號：V1F0600
課名：高績效時間管理

1 小時學會有效庫存管理

如何達到庫存低減
成台份推動典範實務

打造專屬的智慧物流模式

講師：游國治/睿華國際
課號：V1F0700
課名：1小時學會有效庫存管理：如何達到
　　　庫存低減-成台份推動典範實務

投稿請洽：侯家嵐 主編 #836

商管財經類教科書/各類大眾書/童書/考試書/科普書/工具書
E-mail：chiefed3a@ewunan.com.tw、chiefed3a@gmail.com

五南圖書出版股份有限公司 / 書泉出版社

地址：106台北市和平東路二段339號4樓
電話：886-2-2705-5066

五南出版事業股份有限公司
購書請洽：業務助理林小姐 #824 #889

Facebook：
五南財經異想世界

五南線上學院
課程詢問：邱小姐 #869

博雅文庫 273

文學原來這麼有趣：
顛覆傳統教學的18堂文學課

作　　者 ─ 孫赫

審 定 者 ─ 魏鵬舉

發 行 人 ─ 楊榮川

總 經 理 ─ 楊士清

總 編 輯 ─ 楊秀麗

主　　編 ─ 侯家嵐

責任編輯 ─ 吳瑀芳

文字校對 ─ 林芷安

封面設計 ─ 姚孝慈

出 版 者 ─ 五南圖書出版股份有限公司

地　　址：106臺北市大安區和平東路二段339號4樓

電　　話：(02)2705-5066　傳　　真：(02)2706-6100

網　　址：https://www.wunan.com.tw

電子郵件：wunan@wunan.com.tw

劃撥帳號：01068953

戶　　名：五南圖書出版股份有限公司

法律顧問：林勝安律師

出版日期：2023年8月初版一刷

定　　價：新臺幣380元

國家圖書館出版品預行編目（CIP）資料

文學原來這麼有趣 ： 顛覆傳統教學的18堂文學課 /
孫赫著. -- 初版. -- 臺北市 ： 五南圖書出版股份
有限公司, 2023.08
　面 ；　公分
　ISBN 978-626-366-287-2(平裝)

1.CST: 世界文學 2.CST: 文學評論

812　　　　　　　　　　　　　　112010398